莎士比亚全集

VII

人民文学出版社

目　次

辛白林 …………………………………………………… *1*
李尔王 …………………………………………………… *125*
科利奥兰纳斯 …………………………………………… *247*

辛白林

朱生豪 译
方　　重 校

CYMBELINE.

VOL II.

Act II. Sc. 2.

剧 中 人 物

辛白林　英国国王

克洛顿　王后及其前夫所生之子

波塞摩斯·里奥那托斯　绅士，伊摩琴之夫

培拉律斯　被放逐的贵族，化名为摩根

吉德律斯　化名为波里多 ⎫
阿维拉古斯　化名为凯德华尔 ⎭ 辛白林之子，摩根之假子

菲拉里奥　波塞摩斯之友 ⎫
阿埃基摩　菲拉里奥之友 ⎭ 意大利人

法国绅士　菲拉里奥之友

卡厄斯·路歇斯　罗马主将

罗马将领

二英国将领

毕萨尼奥　波塞摩斯之仆

考尼律斯　医生

辛白林宫廷中二贵族

辛白林宫廷中二绅士

二狱卒

王后　辛白林之妻

伊摩琴　辛白林及其前后所生之女
海伦　随侍伊摩琴的宫女

群臣、宫女、罗马元老、护民官、一荷兰绅士、一西班牙绅士、一预言者、乐工、将校、兵士、使者及其他侍从等
朱庇特及里奥那托斯家族鬼魂

地　　点

英国；意大利

第 一 幕

第一场 英国。辛白林宫中花园

　　二绅士上。

绅士甲　您在这儿遇见的每一个人,都是愁眉苦脸的;我们的感情不再服从上天的意旨,虽然我们朝廷里的官儿们表面上仍旧服从着我们的国王。

绅士乙　可是究竟为了什么事呀?

绅士甲　他最近娶了一个寡妇做妻子,那寡妇有一个独生子,他想把他的女儿,他的王国的继承者,许嫁给他,可是他的女儿偏偏看中了一个有才的贫士。她跟她的爱人秘密结了婚;她的父亲知道了这件事情,就宣布把她的丈夫放逐,把她幽禁起来,大家表面上都很哀伤,我想国王心里才真是很难过的。

绅士乙　难过的只有国王一个人吗?

绅士甲　那失去她的人当然也是很难过的;还有那个王后,她是最希望这门婚事成功的人;可是讲到朝廷里的官儿们,虽然他们在表面上顺着国王的颜色,装出了一副哭丧的面孔,可是心里头没有一个不是称快的。

绅士乙　为什么？

绅士甲　那失去这公主的人，是一个丑恶得无可形容的东西；那得到她的人，我的意思是说因为和她结了婚而被放逐的那个，唉，可真是个好男子！他才是一个人物，走遍世界也找不到一个可以和他相比的人。像这样才貌双全的青年，我想除了他以外再没有第二个了。

绅士乙　您把他说得太好了。

绅士甲　我并没有把他揄扬过分，先生，我的赞美并不能充分表现他的长处。

绅士乙　他叫什么名字？他的出身怎样？

绅士甲　我不能追溯到他的祖先。他的父亲名叫西塞律斯，曾经随同凯西伯兰和罗马人作战，可是他的封号是在德南歇斯手里得到的，因为勋劳卓著的缘故，赐姓为里奥那托斯；除了我们现在所讲起的这位公子以外，他还有两个儿子，都因为参加当时的战役，喋血身亡，那年老的父亲痛子情深，也跟着一命呜呼；那时候我们这位公子还在他母亲的腹内，等到他呱呱堕地，他的母亲也死了。我们现在这位国王把这婴孩收养宫中，替他取名为波塞摩斯·里奥那托斯，把他抚育成人，使他受到当时最完备的教育；他接受学问的熏陶，就像我们呼吸空气一样，俯仰之间，皆成心得，在他生命的青春，已经得到了丰富的收获。他住在宫廷之内，成为最受人赞美敬爱的人物，这样的先例是很少见的；对于少年人，他是一个良好的模范；对于涉世已深之辈，他是一面可资取法的明镜；对于老成之士，他是一个后生可畏的小子。说到他的爱人，他既然是为了她才被放逐的，那么她本身的价值就可以说明她是怎样重视他和他的才德；从她的选择上,我们可以真实地明了他是怎样的一个人。

绅士乙　听了您这一番话,已经使我不能不对他肃然起敬。可是请您告诉我,她是国王唯一的孩子吗?

绅士甲　他的唯一的孩子。他曾经有过两个儿子——您要是不嫌我提起这些旧事,不妨请听下去——大的在三岁的时候,小的还在襁褓之中,就从他们的育儿室里给人偷了去,直到现在还不知道他们的下落。

绅士乙　这是多久以前的事?

绅士甲　约莫是二十年前的事。

绅士乙　一个国王的儿子会给人这样偷走,看守的人会这样疏忽,寻访的工作会这样缓怠,竟至于查不出他们的踪迹,真是怪事!

绅士甲　怪事固然是怪事,那当事者的疏忽,也着实可笑,然而的确有这么一回事哩,先生。

绅士乙　我很相信您的话。

绅士甲　我们必须避一避。那公子、王后和公主都来了。(二人同下。)

　　　　王后、波塞摩斯及伊摩琴上。

王　后　不,女儿,你尽可以放心,我决不会像一般人嘴里所说的后母那样嫉视你;你是我的囚犯,可是你的狱吏将要把那禁锢你的钥匙交在你的手里。至于你,波塞摩斯,只要我能够挽回那恼怒的国王的心,我一定会替你说话的;不过现在他在盛怒之下,你是一个聪明人,还是安心忍耐,暂时接受他的判决吧。

波塞摩斯　启禀娘娘,我今天就要离开这里。

王　后　你知道逗留不去的危险。现在我就在园子里绕一个圈子,让你们叙叙离别的情怀,虽然王上是有命令禁止你们在一起说话的。(下。)

伊摩琴　啊,虚伪的殷勤!这恶妇伤害了人,还会替人搔伤口。我的最亲爱的丈夫,我有些害怕我父亲的愤怒;可是我的神圣的责任重于一切,我不怕他的愤怒会把我怎样。你必须去;我将要在这儿忍受着每一小时的怒眼的扫射;失去了生存的乐趣,我的唯一的安慰,只是在这世上还有一个我所珍爱的你,天可怜见,我们总会有重新见面的一天。

波塞摩斯　我的女王!我的情人!啊,亲爱的,不要哭了,否则人家将要以为我是一个没出息的男子了。我将要信守我的盟誓,永远做一个世间最忠实的丈夫。我到了罗马以后,就住在一个名叫菲拉里奥的人的家里,他是我父亲的朋友,与我还不过是书信往还,并未见过面;你可以写信到那里去,我的女王,我将要用我的眼睛喝下你所写的每一个字,即使那墨水是用最苦的胆汁做成的。

　　　　　王后重上。

王　　后　请你们赶快一些;要是王上来了,我不知道他要对我怎样生气哩。(旁白)可是我要骗他到这儿来。我没有对他不起,是他自己把我的恶意当作了好心,为了我所干的坏事,甘愿付出了重大的代价。(下。)

波塞摩斯　要是我们用毕生的时间诀别,那也不过格外增加我们离别的痛苦。再会吧!

伊摩琴　不,再等一会儿;即使你现在不过是骑马出游,这样的分手也太轻率了。瞧,爱人,这一颗钻石是我母亲的;拿着吧,心肝;好好保存着它,直到伊摩琴死后,你向另一个妻子求婚的时候吧。

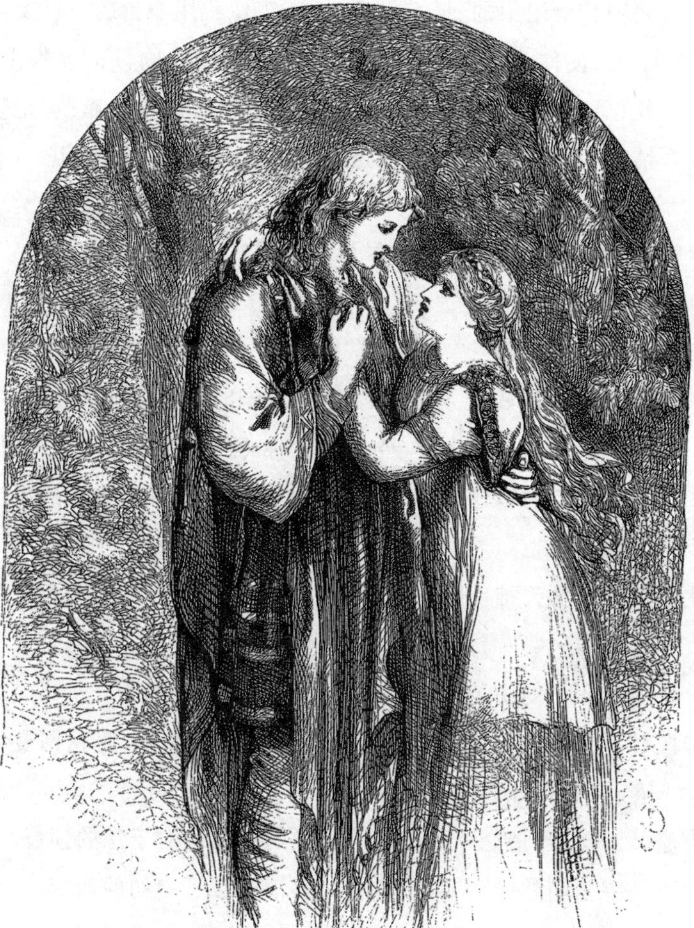

波塞摩斯　怎么！怎么！另一个？仁慈的天神啊，我只要你们把这一个给我，要是另结新欢，愿你们用死亡的铁索加在我的身上！（套上戒指）当我还有知觉的时候，你继续留在这儿吧！最温柔的、最美丽的人儿，正像我用寒伧的自己交换了你，使你蒙受无限的损失一样，在我们小物件的交换上，我也要占到你的便宜：为了我的缘故，把它戴上吧；它是爱情的手铐，我要把它套在这一个最美貌的囚人的臂上。（以手镯套伊摩琴臂上。）

伊摩琴　神啊！我们什么时候再相见呢？

　　　　　辛白林及群臣上。

波塞摩斯　唉！国王来了！

辛白林　你这下贱的东西，滚出去！走开，不要让我看见你的脸！这是最后的命令，要是以后你再敢让你这下贱的身体混进我们的宫廷，你可休想活命。去！你是败坏我的血液的毒药。

波塞摩斯　愿天神们护佑你，祝福宫廷里一切善良的人们！我走了。（下。）

伊摩琴　死亡的痛苦也不会比这更使人难受。

辛白林　啊，不孝的东西！你本该安慰我的晚景，使我回复青春；可是你却偏偏干出这种事来，加老我的年龄。

伊摩琴　父亲，请您不要气坏了自己的身体。对于您的愤怒，我是完全漠然的；一种更稀有的感情征服了一切的痛苦、一切的恐惧。

辛白林　羞耻也可以不顾，服从父母的道理也可以不讲了吗？

伊摩琴　一切希望都消沉了，还有什么羞耻？

辛白林　放着我的王后的独生子不要！

伊摩琴　啊,我幸而没有成为他的妻子!我选中了一只神鹰,避开了一只鹞子。

辛白林　你选中了一个叫化子;你要让卑贱之人占据我的王座。

伊摩琴　不,我要使它格外增加光彩。

辛白林　啊,你这可恶的东西!

伊摩琴　父亲,都是您的错处,我才会爱上了波塞摩斯;您把他抚养长大,叫他做我的游侣;他是一个配得上无论哪个女子的男人,我把整个身心给了他,还抵不上他付给我的他自身的价值。

辛白林　嘿!你疯了吗?

伊摩琴　差不多疯了,父亲;愿上天恢复我的理智!我愿做一个牧牛人的女儿,我愿里奥那托斯是我们邻家牧羊人的儿子!

辛白林　你这傻瓜!

　　　　　　王后重上。

辛白林　他们又在一起了;你没有照我的命令办。把她带去关起来。

王　后　请您不要气得这个样子。别吵了,我的好小姐,别吵了!亲爱的王上,让我们在这儿谈谈,您去找些什么消遣,消消您的怒气好不好?

辛白林　哼,让她每天失去一滴血;让她未老先衰,为了这一件蠢事而死去吧!(辛白林及群臣下。)

王　后　嗳哟!你也该让他些才是。

　　　　　　毕萨尼奥上。

王　后　你的仆人来了。喂,朋友!什么消息?

毕萨尼奥　您的公子爷刚才向我家主人挑战。

王　后　嘿!我想没有闹出什么乱子来吧?

11

毕萨尼奥　倘不是我家主人抑住怒气,只跟他敷衍两手,一场恶战是免不了的;后来他们总算被两旁的人士劝解开了。

王　后　谢天谢地。

伊摩琴　你的儿子是我的父亲所中意的人,他这样做也是意料之中的。向一个被放逐的人挑战!啊,好一位英雄!我希望他们两人都在非洲,我自己拿着一根针站在旁边,谁要是打败了,我就用针去刺他。为什么你不跟你的主人在一起?到这儿来有什么事?

毕萨尼奥　这是他的命令。他不许我把他送到港口;留下这一张字条,叫我留在这儿侍候您,无论什么时候,您假如有事使唤我,都请吩咐我就是了。

王　后　这人一向是你们的忠仆;我敢用我的名誉打赌,他一定会继续忠实于你们的。

毕萨尼奥　多谢娘娘褒奖。

王　后　来,我们散一会儿步吧。

伊摩琴　(向毕萨尼奥)大约半点钟以后,请你再来见我。你至少应该去送我的丈夫上船。现在你去吧。(各下。)

第二场　同前。广场

　　　　克洛顿及二贵族上。

贵族甲　殿下,我要劝您换一件衬衫;您用力太猛了,瞧您身上这一股热腾腾的汗气,活像献祭的牛羊一般。一口气出来,一口气进去;像您老兄嘴里吐出来的,才真是天地间浩然的正气。

克洛顿　要是我的衬衫上染着血迹,那倒非换不可。我有没有伤了他？

贵族乙　（旁白）天地良心，没有；甚至没有害得他失去耐性。

贵族甲　伤了他！要是他没有受伤，除非他的身体是一具洞穿的尸骸，是一条可以让刀剑自由通过的大道。

贵族乙　（旁白）他的剑大概欠了人家的债，所以放着大路不走，偷偷地溜到小巷里去了。

克洛顿　这混蛋不敢跟我对抗。

贵族乙　（旁白）是啊；他一看见你，就向你的面前逃了上来。

贵族甲　跟您对抗！您占据的地面，他不但不敢侵犯，并且连他自己脚下的地面也要让给您哩。

贵族乙　（旁白）你有多少海洋，他就让给你多少时地面。摇头摆尾的狗子们！

克洛顿　我希望他们不要劝开我们。

贵族乙　（旁白）我也这样希望，好让你量量你在地上是一个多么长的蠢材。

克洛顿　她居然会拒绝了我，去爱这个家伙！

贵族乙　（旁白）假如确当的选择是一种罪恶，那么她的确是罪无可逭的。

贵族甲　殿下，我早就屡次对您说过了，她的美貌和她的头脑并不是一致的；她是一个美好的外形，可是我看不出有什么智慧的反映。

贵族乙　（旁白）她的智慧是不会照射到愚人身上的，因为怕那反光会伤害她。

克洛顿　来，我要回家去了。要是让他多受一些伤就好了！

贵族乙　（旁白）我倒不希望这样；除非像一头驴子倒在地上，那是算不了什么损伤的。

13

克洛顿　你们愿意跟我走吗？

贵族甲　我愿意奉陪殿下。

克洛顿　那么来，我们一块儿走吧。

贵族乙　很好，殿下。（同下。）

第三场　辛白林宫中一室

伊摩琴及毕萨尼奥上。

伊摩琴　我希望你的身体牢附在港岸之上，向每一艘经过的船只探询。要是他写信给我，而我却没有收到，那封信必然是和其中所寄的情意一起遗失了。他最后对你说的是些什么话？

毕萨尼奥　他说的是，"我的女王，我的女王！"

伊摩琴　那时他挥动着他的手帕吗？

毕萨尼奥　是，他还吻着它哩，公主。

伊摩琴　没有知觉的布片，你还比我幸福一些！这样就完了吗？

毕萨尼奥　不，公主；当我这双眼睛和耳朵还能够从人丛之中分辨出他来的时候，他始终站在甲板上，不断地挥着他的手套、帽子，或是手帕，表示他的内心的冲动，好像在说，他的灵魂是多么迟迟其行，无奈那船儿偏偏行驶得这样迅速。

伊摩琴　你应该一眼不霎地望着他，直到他只有乌鸦那么大小，或者比乌鸦还要小一点儿，方才回过头来才是。

毕萨尼奥　公主，我正是这样望着他的。

伊摩琴　为了望他，我甘心望穿我的眼睛，直到辽邈的空间把他缩小得像一枚针尖一样；我要继续用我的眼光追随他，让他从蚊蚋般的微细直至于完全消失在空气中为止，那时候我就要转过我的眼睛来流泪。可是,好毕萨尼奥,我们什么时候再可以听到他的消息呢?

毕萨尼奥　不必担心,公主,他一有机会,就会写信来的。

伊摩琴　我并没有和他道别,我还有许多最亲密的话儿要向他说;我想告诉他,我要在那几个时辰怎样怎样想念他;我想叫他发誓不要让意大利的姑娘们侵害我的权利和他的荣誉;我还想和他约定,在早晨六点钟、正午和半夜的时候,彼此用祈祷做精神上的会聚,那时候我会在天堂里等候着他;甚至于我还来不及给他那临别的一吻——那是我特意安插在两句迷人的话儿中间的——我的父亲就走了进来,像一阵蛮横的北风一样,摧残了我们的心花意蕊。

　　　　　一宫女上。

宫　女　公主,娘娘请您过去。

伊摩琴　我叫你干的事,你快去给我办好。现在我要去见王后了。

毕萨尼奥　公主,我一定给您办好。(同下。)

第四场　罗马。菲拉里奥家中一室

　　　　　菲拉里奥、阿埃基摩、一法国人、一荷兰人及一西班牙人同上。

阿埃基摩　相信我,先生,我曾经在英国见过他;那时他还是初露头角,人们对他都怀着极大的期望;可是那时候即使他的身旁放着一张写明他的各种才能的清单,可以让我逐条诵读,我照样不会以钦佩的眼光望着他的。

菲拉里奥　您看见他的时候,他还只是一个才识未充的青年,比起现在来,无论在仪表或是学问方面,都要相差很远哩。

法国人　我曾经在法国见过他;在我们国里,像他一样能够望着太阳不霎眼睛的人多着呢。

阿埃基摩　我相信他这次和他的国王的女儿结婚,一定使他在众人口中成为格外了不得的人物;他是借着公主的身价,提高自己的地位的。

法国人　他的放逐也是使他受人同情的原因。

阿埃基摩　嗯,还有些人同情他们好好的姻缘被活生生地拆散,为了证实她选中了一个一无足取的穷鬼并不是错误起见,也都把他拼命吹捧。可是他怎么会到您府上做起寓公来?你们是怎么相识的?

菲拉里奥　他的父亲跟我曾经一起上过战场,我好多次受过他的救命之恩。这位英国人来了;让他在你们中间按照像他那样一位异国人的身份,享受他所应得的礼遇吧。

　　　　波塞摩斯上。

菲拉里奥　各位先生,让我介绍这位绅士给你们认识认识,他是我的一个尊贵的朋友;我不必当面吹嘘他的好处,因为你们不久就会知道他的价值的。

法国人　先生,我们在奥尔良就认识了。

波塞摩斯　正是,您的盛情厚意,我还不知道几时能够报答呢。

法国人　先生,区区小节,何必这样言重?我很高兴总算替您和我的同国之人尽了一份和解的责任;要是为了这样一个琐细的问题,大家拼起你死我活来,那才不值得呢。

波塞摩斯　请您原谅,先生,那时我不过是一个年轻识浅的旅行者,不肯接受人家的教诲,更不愿让别人的经验指导我的行动;可是,您要是不见怪的话,我在仔细考虑之下,仍然觉得我那一次争吵的意义是并不琐细的。

法国人　不错,两个人闹到了必须用武力解决争端的地步,结果不是一死一生,就是两败俱伤,这样的事情当然是很严重的。

阿埃基摩　请原谅我们失礼,我们能不能问问这次争吵是怎样发生的?

法国人　我想不妨。这是一场众目共睹的争吵,说出来也没有什么关系。它的起因完全像我们昨天晚上的辩论一样,各人赞美着自己国里的情人;这位绅士在那时一口咬定,并且不惜用流血证明,他的爱人比我们法国无论哪一位绝世女郎更美丽、贤淑、聪明、贞洁、忠心、富于才能而不可侵犯。

阿埃基摩　那位小姐大概已经不在人世,否则这位先生的意见到现在也总改变过来了。

波塞摩斯　她仍旧保持着她的美德,我也没有改变我的意见。

阿埃基摩　您不能说她比我们意大利的姑娘们更好。

波塞摩斯　我已经在法国受到过那样的挑衅,可是我对于她的崇敬一点没有减少,虽然我承认我只是她的崇拜者,不是她的朋友。

阿埃基摩　人家往往把美善二字相提并论,可是在你们英国女郎中间,却还没有一个当得起既美且善的赞誉。要是她果然胜过我所看见过的其他女郎,正像您这颗钻石的光彩胜过我所看见过的许多钻石一样,那么我当然不能不相信她是个超群绝伦的女郎;可是我还没有见过世上最珍贵的钻石,您也没有见过世上最美好的女郎。

波塞摩斯　我按照我对她的估价赞美她;对我的钻石也是一样。

阿埃基摩　您把它估价多少?

波塞摩斯　胜过全世界所有的一切。

阿埃基摩　那么您那无比的情人一定早已死了,否则她的价值也高不到哪儿去。

波塞摩斯　您错了。钻石是可以买卖授受的东西,谁愿意出重大的代价,就可以把它收买了去;为了报恩酬德的缘故,它也可以做送人的礼物。可是美人却不是市场上的商品,那是天神们的恩赐。

阿埃基摩　天神们已经把这样的恩赐赏给您了吗?

波塞摩斯　是的,仰仗神恩,我要把它永远保存起来。

阿埃基摩　您可以在名义上把她据为己有,可是,您知道,有些鸟儿是专爱栖在邻家的池子上的。您的戒指也许会给人偷去;您那无价之宝的美人也难保不会被人染指;戒指固然是容易丢失的东西,女人的轻薄的天性,又有谁能捉摸?一个狡猾的偷儿,或者一个风雅的朝士,就可以把这两件东西一起拐到手里。

波塞摩斯　你把轻薄的头衔加在我的爱人的头上,可是在你们贵国意大利之中,还没有哪一个风雅的朝士可以使她受到他的诱惑。我很相信你们这儿有很多的偷儿,可是我却不怕我的戒指会给人偷走。

菲拉里奥　让我们就在这儿告一段落吧,两位先生。

波塞摩斯　先生,我很愿意。我谢谢这位可尊敬的先生,他不把我当作陌生人看待;我们一开始就相熟了。

阿埃基摩　要是我有机会能够直接看见她,跟她攀起交情来,只消五次这样的谈话,准可以在您那美丽的爱人心头占一个地位,甚至于可以叫她随意听我摆布。

波塞摩斯　不会,不会。

阿埃基摩　我敢把我家产的一半打赌您的戒指,我相信那价值是不会在它之下的;可是我打赌的动机,只是要打破您的自信,并没有存心毁坏她的名誉的意思;为了免除您的误会起见,我可以向世上无论哪一个女郎做同样的尝试。

波塞摩斯　像你这样狂言无惮,简直是自欺欺人;我相信你一定会受到你的尝试的应得的结果。

阿埃基摩　什么结果?

波塞摩斯　一顿拒斥;虽然像你所说的那种尝试,是应该狠狠地受一顿惩罚的。

菲拉里奥　两位先生,够了;这场争吵本来是凭空而来,现在仍旧让它凭空而去吧。请你们瞧在我的面上,大家交个朋友好不好?

阿埃基摩　我恨不得把我跟我邻人的家产一起拿出来,证明我刚才所说的话。

波塞摩斯　你要向哪一个女郎进攻?

阿埃基摩　你的爱人,你以为她的忠心是绝对不会动摇的。我愿意用一万块金圆和你的戒指打赌,只要你把我介绍到她的宫廷里去,让我有两次跟她见面的机会,我就可以把你所想象为万无一失的她的贞操掠夺而归。

波塞摩斯　我愿意用金钱去和你的金钱打赌;我把我的戒指看得跟我的手指同样宝贵;它是我的手指的一部分。

阿埃基摩　你在害怕了,这倒是你的聪明之处。要是你出了一百万块钱买一钱女人的肉,你也不能把它保藏得不会腐坏。可是我看你究竟是一个信奉上帝的人,你心里还有几分畏惧。

波塞摩斯　这是你口头上轻薄的习惯;我希望你的话不是说着

玩儿的。

阿埃基摩　我的话我自己负责,我发誓我要是说到哪儿,一定做到哪儿。

波塞摩斯　真的吗? 我就把我的戒指暂时借给你,等你回来再说。让我们订下契约。我的爱人的贤德,决不是你那卑劣的思想所能企及的;我倒要看看你有几分伎俩,胆敢这样夸口。这儿是我的戒指。

菲拉里奥　我不赞成你们打赌。

阿埃基摩　凭着天神起誓,那都是一样。要是我不能给你充分的证据,证明我已经享受到你爱人身上最宝贵的一部分,我的一万块金圆就是属于你的;要是我去了回来,她的贞操依旧完整无缺,那么她和这一个戒指,你的两件心爱的宝贝,连带着我的金钱,一起都是你的;我的唯一的条件,就是你必须给我一封介绍的函件,让我可以在她那里得到自由交谈的方便。

波塞摩斯　我接受这些条件;让我们把约款写下来吧。不过你必须对我负这样的责任:要是你征服了她的肉体,直接向我证明你已经达到目的,我就不再是你的敌人,她是不值得我们挂齿的;要是她始终不受诱惑,你也不能提出她的失贞的证据,那么为了你的邪恶的居心,为了你破坏她的贞操的企图,你必须用你的剑给我一个满意的答复。

阿埃基摩　把你的手给我;我们就这样约定。我们要依照合法的手续,把这些条件记下,然后我就立刻动身到英国去,免得这一注交易冷了下来。现在我就去拿我的金钱,把我们两方面的赌注分别记载清楚。

波塞摩斯　很好。(波塞摩斯、阿埃基摩同下。)

法国人　您看他们的打赌不会是开玩笑吧？

菲拉里奥　阿埃基摩先生是决不会放弃他的见解的。各位,让我们跟他们去吧。(同下。)

第五场　英国。辛白林宫中一室

王后、众宫女及考尼律斯上。

王　　后　趁着地上还有露水的时候,把那些花采下来吧;赶快一些。那张列着花名的单子在什么人手里？

宫女甲　在我这儿,娘娘。

王　　后　快去。(众宫女下)现在,医生先生,你有没有把那药儿带来？

考尼律斯　启禀娘娘,我带来了;这儿就是,娘娘。(以小匣呈王后)可是请娘娘不要见怪,我的良心要我请问您一声,您为什么要我带给您这种奇毒无比的药物;它的药性虽然缓慢,可是人服了下去,就会逐渐衰弱而死,再也无法医治的。

王　　后　我很奇怪,医生,你会问我这样一个问题。我不是已经做了你的学生好久了吗？你不是已经把制造香料、酿酒、蜜饯的方法都教给我了吗？嚇,就是我们那位王上爷爷他也老是逼着我要我把我的方剂告诉他知道哩。倘然你并不以为我是一个居心险恶的人,那么我已经学到了这一步,难道不应该再在其他的方面充实我的知识吗？我要在那些不值得用绳子勒死的畜类身上试一试你这种药品的力量——当然我不会把它用到人身上的——看看有没有方法可以减轻它的药性,从实际的试验中探求它的功效和作用。

考尼律斯　娘娘,这种试验的结果,不过使您的心肠变硬;而且中毒的动物不但恶臭异常,还容易把疫气传染到人们身上。

王　后　　啊!你不用管。

　　　　　　毕萨尼奥上。

王　后　　(旁白)这儿来了一个胁肩谄笑的奴才;我要在他身上开始我的实验;他为他的主人尽力,是我的儿子的仇敌——啊,毕萨尼奥!医生,现在你没有别的事了,请便吧。

考尼律斯　(旁白)我疑心你不怀好意,娘娘;可是你的药是害不了人的。

王　后　　(向毕萨尼奥)听着,我有话对你说。

考尼律斯　(旁白)我不喜欢她。她以为她手里有慢性的毒药;可是我知道她的心意,我怎么也不会让她把这种危险的药物拿去害人的。我刚才给她的那种药,可以使感觉暂时麻木昏迷;也许她最初在猫狗身上试验,然后再进一步实行她的计划;可是虽然它会使人陷入死亡的状态,其实并无危险,不过暂时把精神封锁起来,一到清醒之后,反而比原来格外精力饱满。她不知道我已经用假药骗她上了当;可是我要是不骗她,我自己也就成了奸党了。

王　后　　没有别的事了,医生,有事再来请你吧。

考尼律斯　那么我告辞了。(下。)

王　后　　你说她还在哭吗?你看她会不会慢慢地把她的悲伤冷淡下来,感觉到她现在的愚蠢,愿意接受人家的劝告?你也应该好好劝劝她;要是你能够说得她回心转意,爱上我的儿子,那么你一告诉我这个消息,我就可以当场向你宣布你的地位已经跟你的主人一样;不,比你的主人更高,因为他的命运已经到了绝境,他的名誉也已经奄奄待毙;他不能回来,也不能继续住在他现在所住的地方;转换他的环境不过使他从这一种困苦转换到另一种困苦,每一个新的日子的到来,不过摧毁了他又一天的希望。你依靠着一件既不能独立,又不能重新改造的东西,他也没有一个支持他的朋友,这样对你有什么好处呢?(故意将小匣跌落地上,毕萨尼奥趋前拾起)你不知道你所拾起的是件什么东西;可是既然劳你拾了起来,你就拿了去吧。这是我亲手调制的药剂,它曾经五次救活王上的生命;我不知道还有什么比它更灵验的妙药。不,你尽管拿去吧;这不过是表示我对你的好意的信物,以后我还要给你更多的好处哩。告诉你的公主,她现在处在什么情形之下;用你自己的口气对她说话。想一想你现在换了个主儿,是一个多么难得的机会;一方面你并没有失去你的公主的欢心,一方面我的儿子还要另眼看待你。你要怎样的富贵功名,我都可以在王上面前替你竭力运动;我自己是一手提拔你的人,当然会格外厚待你的。叫我的侍女们来;想一想我的话吧。(毕萨尼奥下)一个狡猾而忠心的奴才,谁也不能动摇他的心;他是他的主人的代表,他的使命就是要随时提醒她坚守她对她丈夫的盟约。我已经把那毒药给了他,他要是服了下去,就再也没有人替她向她的爱人传递消息了。假如她一味固执,不知悔改,少不得也要叫她尝尝滋味。

    毕萨尼奥及宫女等重上。

王 后 好,好;很好,很好。紫罗兰、莲香花、樱草花,都给我拿到我的房间里去。再会,毕萨尼奥;想一想我的话吧。(王后及宫女等同下。)

毕萨尼奥 是的,我要想一想你的话。可是要我不忠于我的主人,我宁愿勒死我自己;这就是我将要替你做的事情。(下)

第六场　同前。宫中另一室

　　　　伊摩琴上。

伊摩琴　一个凶狠的父亲,一个奸诈的后母,一个向有夫之妇纠缠不清的愚蠢的求婚者,她的丈夫是被放逐了的。啊!丈夫,我的悲哀的顶点!还有那些不断的烦扰!要是我也像我的两个哥哥一般被窃贼偷走,那该是多么快乐!可是最不幸的是那抱着正大的希望而不能达到心愿的人;那些虽然贫苦,却有充分的自由实现他们诚实的意志的人们是有福的。嗳哟!这是什么人?

　　　　毕萨尼奥及阿埃基摩上。

毕萨尼奥　公主,一位从罗马来的尊贵的绅士,替我的主人带信来了。

阿埃基摩　您的脸色变了吗,公主?尊贵的里奥那托斯平安无恙,向您致最亲切的问候。(呈上书信)

伊摩琴　谢谢,好先生;欢迎您到这儿来。

阿埃基摩　(旁白)她的外表的一切是无比富丽的!要是她再有一副同样高贵的心灵,她就是世间唯一的凰鸟,我的东道也活该输去了。愿勇气帮助我!让我从头到脚,充满了无忌惮的孟浪!或者像帕提亚人一样,我要且战且退,而不一味退却。

伊摩琴　"阿埃基摩君为此间最有声望之人,其热肠厚谊,为仆所铭感不忘者,愿卿以礼相待,幸甚幸甚。里奥那托斯手启。"我不过念了这么一段;可是这信里其余的话儿,已经使我心坎里都充满了温暖和感激。可尊敬的先生,我要用一切可能的字句欢迎你；你将要发现在我微弱的力量所能做到的范围以内，你是我的无上的佳宾。

阿埃基摩　谢谢，最美丽的女郎。唉！男人都是疯子吗？造化给了他们一双眼睛，让他们看见穹隆的天宇，和海中陆上丰富的出产，使他们能够辨别太空中的星球和海滩上的沙砾，可是我们却不能用这样宝贵的视力去分别美丑吗？

伊摩琴　您为什么有这番感慨？

阿埃基摩　那不会是眼睛上的错误，因为在这样两个女人之间，即使猴子也会向这一个饶舌献媚，而向那一个扮鬼脸揶揄的；也不会是判断上的错误，因为即使让白痴做起评判员来，他的判断也决不会颠倒是非；更不会是各人嗜好不同的问题，因为当着整洁曼妙的美人之前，蓬头垢面的懒妇是只会使人胸中作恶，绝对没有迷人的魅力的。

伊摩琴　您究竟在说些什么？

阿埃基摩　日久生厌的意志——那饱餍粱肉而未知满足的欲望，正像一面灌下一面漏出的水盆一样，在大嚼肥美的羔羊以后，却想慕着肉骨菜屑的异味。

伊摩琴　好先生，您在那儿唧唧咕咕地说些什么？您没有病吧？

阿埃基摩　谢谢，公主，我很好。（向毕萨尼奥）大哥，劳驾你去看看我的仆人；他是个脾气十分古怪的家伙。

毕萨尼奥　先生，我本来要去招待招待他哩。（下。）

伊摩琴　请问我的丈夫身体一直很好吗？

阿埃基摩　很好，公主。

伊摩琴　他在那里快乐吗？我希望他是的。

阿埃基摩　非常快乐；没有一个异邦人比他更会寻欢作乐了。他是被称为不列颠的风流浪子的。

伊摩琴　当他在这儿的时候,他总是郁郁寡欢,而且往往不知道为了什么原因。

阿埃基摩　我从来没有见他皱过眉头。跟他做伴的有一个法国人,也是一个很有名望的绅士,他在本国爱上了一个法兰西的姑娘,看样子他是非常热恋她的;每次他长吁短叹的时候,我们这位快乐的英国人——我的意思是说尊夫——就要呵呵大笑,嚷着说,"嗳哟!我的肚子都要笑破了。你也算是个男人,难道你不会从历史上、传说上或是自己的经验上,明了女人是怎样一种东西,她们天生就是这样的货色,不是自己能做主的?难道你还会把你自由自在的光阴在忧思憔悴中间消磨过去,甘心把桎梏套在自己的头上?"

伊摩琴　我的夫君会说这样的话吗?

阿埃基摩　哦,公主,他笑得眼泪都滚了出来呢;站在旁边,听他把那法国人取笑,才真是怪有趣的。可是,天知道,有些男人真不是好东西。

伊摩琴　不会是他吧,我希望?

阿埃基摩　不是他;可是上天给他的恩惠,他也该知道些感激才是。在他自己这边说起来,他是个得天独厚的人;在您这边说起来,那么我一方面固然只有惊奇赞叹,一方面却不能不感到怜悯。

伊摩琴　您怜悯些什么,先生?

阿埃基摩　我从心底里怜悯两个人。

伊摩琴　我也是一个吗,先生?请您瞧瞧我;您在我身上看出了什么残缺的地方,才会引起您的怜悯?

阿埃基摩　可叹!哼!避开了光明的太阳,却在狱室之中去和一盏孤灯相伴!

伊摩琴　先生,请您明白一点回答我的问话。您为什么怜悯我?

阿埃基摩　我刚才正要说,别人享受着您的——可是这应该让天神们来执行公正的审判,轮不到我这样的人说话。

伊摩琴　您好像知道一些我自己身上的或者有关于我的事情。一个人要是确实知道发生了什么变故,那倒还没有什么,只有在提心吊胆、怕有什么变故发生的时候,才是最难受的;因为已成确定的事实,不是毫无挽回的余地,就是可以及早设法,筹谋补救的方策。所以请您不要再吞吞吐吐,把您所知道的一切告诉我吧。

阿埃基摩　要是我能够在这天仙似的脸上沐浴我的嘴唇;要是我能够抚摩这可爱的纤手,它的每一下接触,都会使人从灵魂里激发出忠诚的盟誓;要是我能够占有这美妙的影像,使我狂热的眼睛永远成为它的俘虏;要是我在享受这样无上的温馨以后,还会去和那些像罗马圣殿前受过无数人践踏的石阶一般下贱的嘴唇交换唾液,还会去握那些因为每小时干着骗人的工作而变成坚硬的手,还会去向那些像用污臭的脂油点燃着的冒烟的灯火似的眼睛挑逗风情,那么地狱里的一切苦难应该同时加在我的身上,谴责我的叛变。

伊摩琴　我怕我的夫君已经忘记英国了。

阿埃基摩　他也已经忘记了他自己。不是我喜欢搬弄是非,有心宣布他这种生活上可耻的变化,却是您的温柔和美貌激动了我的沉默的良心,引诱我的嘴唇说出这些话来。

伊摩琴　我不要再听下去了。

阿埃基摩　啊,最亲爱的人儿!您的境遇激起我深心的怜悯,使我感到莫大的苦痛。一个这样美貌的女郎,在无论哪一个王国里,她都可以使最伟大的君王增加一倍的光荣,现在却被人下饬于搔首弄姿的娼妓,而那买笑之资,就是从您的银箱里拿出来的!那些身染恶疾、玩弄着世人的弱点,以达到猎取金钱的目的的荡妇!那些污秽糜烂、比毒药更毒的东西!您必须报复;否则那生养您的母亲不是一个堂堂的王后,您也就是自绝于您的伟大的祖先。

伊摩琴　报复!我应该怎样报复?假如这是真的——我的心还不能在仓猝之间轻信我的耳朵所听到的话——假如这是真的,我应该怎样报复?

阿埃基摩　您应该容忍他让您像尼姑一般度着枕冷衾寒的生活,而他自己却一点不顾您的恩情,把您的钱囊供他挥霍,和那些荡妇淫娃们恣意取乐吗?报复吧!我愿意把我自己的一身满足您的需要,在身分和地位上,我都比您那位负心的汉子胜过许多,而且我将要继续忠实于您的爱情,永远不会变心。

伊摩琴　喂,毕萨尼奥!

阿埃基摩　让我在您的唇上致献我的敬礼吧。

伊摩琴　去!我恼恨自己的耳朵不该听你说了这么久的话。假如你是个正人君子,你应该抱着一片好意告诉我这样的消息,不该存着这样卑劣荒谬的居心。你侮辱了一位绅士,他决不会像你所说的那种样子,正像你是个寡廉鲜耻的小人,不知荣誉为何物一样;你还胆敢在这儿向一个女子调情,在她的心目之中,你是和魔鬼同样可憎的。喂,毕萨尼奥!我的父王将要知道你这种放肆的行为;要是他认为一个无礼的外邦人可以把他的宫廷当作一所罗马的妓院,当着我的面宣说他的禽兽般的思想,那么除非他一点不重视他的宫廷的庄严,全然把他的女儿当作一个漠不相关的人物。喂,毕萨尼奥!

阿埃基摩　啊,幸福的里奥那托斯!我可以说:你的夫人对于你的信仰,不枉了你的属望,你的完善的德性,也不枉了她的诚信。愿你们长享着幸福的生涯!他是世间最高贵的绅士;也只有最高贵的人,才配得上您这样一位无比的女郎。原谅我吧。我刚才说那样的话,不过为要知道您的信任是不是根深蒂固;我还要把尊夫实际的情形重新告诉您知道。他是一个最有教养、最有礼貌的人;在他高尚的品性之中,有一种吸引他人的魔力,使每一个人都乐于和他交往;一大半的人都是倾心于他的。

伊摩琴　这样说才对了。

阿埃基摩　他坐在人们中间,就像一位谪降的天神;他有一种出众的尊严,使他显得不同凡俗。不要生气,无上庄严的公主,因为我胆敢用无稽的谰言把您欺骗。现在您的坚定的信心已经证明您有识人慧眼,选中了这样一位稀有的绅士,他的为人的确不错。我对他所抱的友情,使我用那样的话把您煽动,可是神明造下您来,不像别人一样,却是一尘不染的。请原谅我吧。

伊摩琴　不妨事,先生。我在这宫廷内所有的权力,都可以听您支配。

阿埃基摩　请接受我的卑恭的感谢。我几乎忘了请求公主一件小小的事;可是事情虽小,却也相当重要,因为尊夫、我自己,还有几个尊贵的朋友,都与这事有关。

伊摩琴　请问是什么事?

阿埃基摩　我们中间有十二个罗马人,还有尊夫,这些都是我们交游之中第一流的人物,他们凑集了一笔款子,购买一件礼物呈献给罗马皇帝；我受到他们的委托，在法国留心采选，买到了一个雕刻精巧的盘子和好几件富丽夺目的珠宝，它们的价值是非常贵重的。我因为在此人地生疏，有些不大放心，想找一处安全寄存的所在。不知道公主愿意替我暂时保管吗？

伊摩琴　愿意愿意；我可以用我的名誉担保它们的安全。既然我的丈夫也有他的一份在内，我要把它们藏在我的寝室之中。

阿埃基摩　它们现在放在一只箱子里面，有我的仆人们看守着；既蒙慨允，我就去叫他们送来，暂寄一宵；明天一早我就要上船的。

伊摩琴　啊！不，不。

阿埃基摩　是的，请您原谅，要是我延缓了归期，是会失信于人的。为了特意探望公主的缘故，我才从法兰西渡海前来。

伊摩琴　谢谢您跋涉的辛苦；可是明天不要去吧！

阿埃基摩　啊！我非去不可，公主。要是您想叫我带信给尊夫的话，请您就在今晚写好。我不能再耽搁下去，因为呈献礼物是不能误了日期的。

伊摩琴　我就去写起来。请把您的箱子送来吧；我一定把它保管得万无一失，原封不动地还给您。欢迎您到我们这儿来。

（同下。）

第 二 幕

第一场　英国。辛白林王宫前

　　克洛顿及二贵族上。

克洛顿　有谁像我这般倒楣！刚刚在最后一下的时候,给人把我的球打掉了！我放了一百镑钱在它上面呢,你想我怎么不气;偏偏那个婊子生的猴崽子怪我不该骂人,好像我骂人的话也是向他借来的,我自己连随便骂人的自由都没有啦。

贵族甲　他得到些什么好处呢？您不是用您的球打破了他的头吗？

贵族乙　(旁白)要是那人的头脑也跟这打他的人一般,那么这一下一定会把它全都打出来的。

克洛顿　大爷高兴骂骂人,难道旁人干涉得了吗？哼！

贵族乙　干涉不了,殿下;(旁白)他们总不能割掉他们的耳朵。

克洛顿　婊子生的狗东西！他居然还敢向我挑战！可惜他不是跟我同一阶级的人！

贵族乙　(旁白)否则你们倒是一对傻瓜。

克洛顿　真气死我了。他妈的！做了贵人有什么好处？他们不敢跟我打架,因为害怕王后,我的母亲。每一个下贱的奴才都可以打一个痛快,只有我却像一只没有敌手的公鸡,谁也不敢碰我一碰。

贵族乙　(旁白)你是一只公鸡,也是一只阉鸡;给你套上一顶高冠儿,公鸡,你就叫起来了。

克洛顿　你说什么?

贵族乙　要是每一个被您所开罪的人,您都跟他认真动起手来,那是不适合您殿下的身份的。

克洛顿　那我知道;可是比我低微的人,我就是开罪了他们,也没有什么不对。

贵族乙　嗯,只有殿下才有这样的特权。

克洛顿　可不是吗,我也是这样说的。

贵族甲　您听说有一个外国人今天晚上要到宫里来没有?

克洛顿　一个外国人,我却一点儿也不知道!

贵族乙　(旁白)他自己就是个外来的货色,可是他自己不知道。

贵族甲　来的是一个意大利人;据说是里奥那托斯的一个朋友。

克洛顿　里奥那托斯!一个亡命的恶棍;他既然是他的朋友,不管他是什么人,总之也不是好东西。谁告诉你关于这个外国人的消息的?

贵族甲　您殿下的一个童儿。

克洛顿　我应不应该去瞧瞧他?那不会有失我的身份吗?

贵族甲　您不会失去您的身份,殿下。

克洛顿　我想我的身份是不大容易失去的。

贵族乙　(旁白)你是一个公认的傻子;所以无论你干些什么傻事,总不会失去你傻子的身份。

克洛顿　来,我要瞧瞧这意大利人去。今天我在球场上输去的,今晚一定要在他身上捞回本来。来,我们走吧。

贵族乙　我就来奉陪殿下。(克洛顿及贵族甲下)像他母亲这样一个奸诈的魔鬼,竟生下了这一头蠢驴来!一个用她的头脑制服一切的妇人,她这一个儿子却连二十减二还剩十八都算不出来。唉!可怜的公主,你天仙化人的伊摩琴啊!你有一个受你后母节制的父亲,一个时时刻刻都在制造阴谋的母亲,还有一个比你亲爱的丈夫的无辜放逐和你们的惨痛的分离更可憎可恼的求婚者,在他们的压力之下,你在挨度着怎样的生活!但愿上天护佑你,保全你的贞操的壁垒,使你的美好的心灵的庙宇不受摇撼,在你自己的立场上坚定站住,等候你流亡的丈夫回来,统治这伟大的国土!(下。)

第二场　卧室。一巨箱在室中一隅

　　　　伊摩琴倚枕读书;一宫女侍立。

伊摩琴　谁在那里?海伦吗?
宫　女　是我,公主。
伊摩琴　什么时候了?
宫　女　快半夜了,公主。
伊摩琴　那么我已经读了三小时了;我的眼睛疲倦得很;替我把我刚才读完的这一页折起来;你也去睡吧。不要把蜡烛移去,让它亮着好了。要是你能够在四点钟醒来,请你叫我一声。睡魔已经攫住我的全身。(宫女下)神啊,我把自己托仗你们的保护,求你们不要让精灵鬼怪们侵扰我的梦魂!

　　　　(睡;阿埃基摩自箱中出。)

阿埃基摩　蟋蟀们在歌唱,人们都在休息之中恢复他们疲劳的精神。我们的塔昆正是像这样蹑手蹑脚,轻轻走到那被他毁坏了贞操的女郎的床前。维纳斯啊,你睡在床上的姿态是多么优美!鲜嫩的百合花,你比你的被褥更洁白!要是我能够接触一下她的肌肤!要是我能够给她一个吻,仅仅一个吻!无比美艳的红玉,化工把它们安放得多么可爱!散布在室内的异香,是她樱唇中透露出来的气息。蜡烛的火焰向她的脸上低俯,想要从她紧闭的眼睫之下,窥视那收藏了的光辉,虽然它们现在被眼睑所遮掩,还可以依稀想见那净澈的纯白和空虚的蔚蓝,那正是太空本身的颜色。可是我的计划是要记录这室内的陈设;我要把一切都写下来:这样这样的图画;那边是窗子;她的床上有这样的装饰;织锦的挂帏,上面织着这样这样的人物和故事。啊!可是关于她肉体上的一些活生生的记录,才是比一万种琐屑的家具更有力的证明,更可以充实我此行的收获。睡眠啊!你死亡的模仿者,沉重地压在她的身上,让她的知觉像教堂里的墓碑一般漠无所感吧。下来,下来;(自伊摩琴臂上取下手镯)一点不费力地它就滑落下来了!它是我的;有了这样外表上的证据,一定可以格外加强内心的扰乱,把她的丈夫激怒得发起疯来。在她的左胸还有一颗梅花形的痣,就像莲香花花心里的红点一般:这是一个确证,比任何法律所能造成的证据更有力;这一个秘密将使他不能不相信我已经打开键锁,把她宝贵的贞操偷走了。够了。我好傻!为什么我要把这也记了下来,它不是已经牢牢地钉住在我的记忆里了吗?她读了一个晚上的书,原来看的是忒柔斯的故事;这儿折下的一页,正是菲罗墨拉被迫失身的地方。够了;回到箱子里去,把弹簧关上了。你黑夜的巨龙,走快一些吧,让黎明拨开乌鸦的眼睛！恐惧包围着我的全身；虽然这是一位天上的神仙，我却像置身在地狱之中。（钟鸣）一，二，三；赶快，赶快！（躲入箱内；幕闭。）

第三场　与伊摩琴闺房相接之前室

　　克洛顿及二贵族上。

贵族甲　您殿下在失败之中那一种镇定的功夫，真是谁也不能仰及的；无论什么人在掷出幺点的时候，总比不上您那样的冷静。

克洛顿　一个人输了钱，总是要冷了半截身子，气得说不出话来的。

贵族甲　可是，不是每一个人都有您殿下这样高贵的耐性。您在得胜的时候，那火性可大啦。

克洛顿　胜利可以使每一个人勇气百倍。要是我能够得到伊摩琴这傻丫头，我就不愁没有钱花。快天亮啦，是不是？

贵族甲　已经是清晨了，殿下。

克洛顿　我希望这班乐工们会来。大家劝我在清晨为她奏乐；他们说那是会打动她的心的。

　　乐工等上。

克洛顿　来，调起乐器来吧。要是你们的弹奏能够打动她的心，那么很好；我们还要试试你们的歌唱哩。要是谁也打不动她的心，那么让她去吧；可是我是永远不会灰心的。第一，先来一支非常佳妙的曲调；接着再来一支甜甜蜜蜜的歌儿，配着十分动人的词句；然后让她自己去考虑吧。

歌

听！听！云雀在天门歌唱，
　　旭日早在空中高挂，
天池的流水琤琮作响，
　　日神在饮他的骏马；
瞧那万寿菊倦眼慵抬，
　　睁开它金色的瞳睛：
美丽的万物都已醒来，
　　醒醒吧，亲爱的美人！
　　醒醒，醒醒！

克洛顿　好,你们去吧。要是这一次的奏唱能够打动她的心,我从此再不看轻你们的音乐；要是打不动她的心,那是她自己的耳朵有了毛病,无论马鬃牛肠,再加上太监的嗓子,都不能把它医治的。（乐工等下。）

贵族乙　王上来了。

克洛顿　我幸亏通夜不睡,所以才能够起身得这么早；他看见我一早就这样献着殷勤,一定会疼我的。

　　　　辛白林及王后上。

克洛顿　陛下早安,母后早安。

辛白林　你在这儿门口等候着我的倔强的女儿吗？她不肯出来吗？

克洛顿　我已经向她奏过音乐,可是她理也不理我。

辛白林　她的爱人新遭放逐,她一下子还不能把他忘掉。再过一些时候,等到对他的记忆一天一天淡薄下去以后,她就是你的了。

王　后　你千万不要忘了王上的恩德,他总是千方百计,想把你配给他的女儿。你自己也该多用一番工夫,按部就班地进行你的求婚的手续,一切都要见机行事;她越是拒绝你,你越是向她赔小心献殷勤,好像你为她所干的事,都是出于灵感的冲动一般;她吩咐你什么,你都要依从她,只有当她打发你走开的时候,你才可以装聋作哑。

克洛顿　装聋作哑!不!

　　　　—使者上。

使　者　启禀陛下,罗马派了使臣来了,其中的一个是卡厄斯·路歇斯。

辛白林　一个很好的人,虽然他这次来是怀着敌意的;可是那不是他的错处。我们必须按照他主人的身份接待他;为了他个人以往对于我们的友谊,我们也必须给他应得的礼遇。我儿,你向你的情人道过早安以后,就到我们这儿来;我还要派你去招待这罗马人哩。来,我的王后。(除克洛顿外均下。)

克洛顿　要是她已经起身,我要跟她谈谈;不然的话,让她一直睡下去做她的梦吧。有人吗?喂!(敲门)我知道她的侍女们都在她的身边。为什么我不去买通她们中间的一个呢?有了钱才可以到处通行;事情往往是这样的。是呀,只要有了钱,替狄安娜女神看守林子的人也会把他们的鹿偷偷地卖给外人。钱可以让好人含冤而死,也可以让盗贼逍遥法外;嘿,有时候它还会不分皂白,把强盗和好人一起吊死呢。什么事情它做不到?什么事情它毁不了?我要叫她的一个侍女做我的律师,因为我对于自己的案情还有点儿不大明白哩。有人吗?(敲门。)

　　　　—宫女上。

宫　女　谁在那儿打门?

克洛顿　一个绅士。

宫　女　不过是一个绅士吗？

克洛顿　不，他还是一个贵妇的儿子。

宫　女　(旁白)有些跟你同样讲究穿着的人，他们倒还夸不出这样的口来呢。——您有什么见教？

克洛顿　我要见见你们公主本人。她打扮好了没有？

宫　女　嗯，她还在闺房呢。

克洛顿　这是赏给你的金钱；把你的好消息卖给我吧。

宫　女　怎么！把我的好名声也卖给你吗？还是把我认为是合适的话去向她通报？公主来了！

　　　　　伊摩琴上。

克洛顿　早安，最美丽的人儿；妹妹，让我吻一吻你可爱的手。(宫女下。)

伊摩琴　早安，先生。您费了太多的辛苦，不过买到了一些烦恼；我所能给您的报答，只有这么一句话：我是不大懂得感激的，我也不肯向随便什么人表示我的谢意。

克洛顿　可是我还是发誓我爱你。

伊摩琴　要是您说这样的话，那对我还是一样；您尽管发您的誓，我是永远不来理会您的。

克洛顿　这不能算是答复呀。

伊摩琴　倘不是因为恐怕您会把我的沉默当作了无言的心许，我本来是不想说话的。请您放过我吧。真的，您的盛情厚意，不过换到我的无礼的轻蔑。您已经得到教训，应该懂得容忍是最大的智慧。

克洛顿　让你这样疯疯癫癫下去，那是我的罪过；我怎么也不愿意的。

伊摩琴　可是傻子医不好疯子。

克洛顿　你叫我傻子吗？

伊摩琴　我是个疯子，所以说你是傻子。要是你愿意忍耐一些，我也可以不再发疯；那么你就不是傻子，我也不是疯人了。我很抱歉，先生，你使我忘记了妇人的礼貌，说了这么多的废话。请你从此以后，明白我的决心，我是知道我自己的心的，现在我就凭着我的真诚告诉你，我对你是漠不相关的；并且我是那样冷酷无情，我简直恨你；这一点我原来希望你自己觉得，当面说破却不是我的本意。

克洛顿　你对你的父亲犯着不孝的罪名。讲到你自以为跟那下贱的家伙订下的婚约，那么像他那样一个靠着布施长大、吃些宫廷里残羹冷炙的人，这种婚约是根本不能成立的。虽然在微贱的人们中间——还有谁比他更微贱呢？——男女自由结合是一件可以容许的事，那结果当然不过生下一群黄脸小儿，过着乞丐一般的生活；可是你是堂堂天潢贵胄，那样的自由是不属于你的，你不能污毁王族的荣誉，去跟随一个卑贱的奴才、一个奔走趋承的下仆、一个奴才的奴才。

伊摩琴　亵渎神圣的家伙！即使你是天神朱庇特的儿子，你也不配做他的侍仆；要是按照你的才能，你能够在他的王国里当一名刽子手的助手，已经是莫大的荣幸，人家将会妒恨你得到这样一个大好的位置。

克洛顿　愿南方的毒雾腐蚀了他的筋骨！

伊摩琴　他永远不会遭逢灾祸，只有被你提起他的名字才是他最大的不幸。曾经掩覆过他的身体的一件最破旧的衣服，在我看起来也比你头上所有的头发更为宝贵，即使每一根头发是一个像你一般的人。啊，毕萨尼奥！

39

毕萨尼奥上。

克洛顿　"他的衣服"！哼,魔鬼——

伊摩琴　你快给我到我的侍女陶乐雪那儿去——

克洛顿　"他的衣服"！

伊摩琴　一个傻子向我纠缠不清,我又害怕,又恼怒。去,我有一件贵重的饰物,因为自己太大意了,从我的手臂上滑落下来,你去叫我的侍女替我留心找一找;它是你的主人送给我的,即使有人把欧洲无论哪一个国王的收入跟我交换,我也宁死不愿放弃它。我好像今天早上还看见的;昨天夜里还的的确确在我的臂上,我还吻过它哩。我希望它不是飞到我的丈夫那儿去告诉他,说什么我除了他以外,还吻过别人。

毕萨尼奥　它不会不见的。

伊摩琴　我希望这样;去找吧。(毕萨尼奥下。)

克洛顿　你侮辱了我:"他的最破旧的衣服"！

伊摩琴　嗯,我说过这样的话,先生。您要是预备起诉的话,就请找证人来吧。

克洛顿　我要去告诉你的父亲。

伊摩琴　还有您的母亲;她是我的好母后,我希望她会恨透了我。现在我要少陪了,先生,让您去满心不痛快吧。(下。)

克洛顿　我一定要报复。"他的最破旧的衣服"！好。(下。)

第四场　罗马。菲拉里奥家中一室

波塞摩斯及菲拉里奥上。

波塞摩斯　不用担心,先生;要是我相信我能够挽回王上的心,正像深信她会保持她的贞操一样确有把握,那就什么都没有问题了。

菲拉里奥　您向他设法疏通没有？

波塞摩斯　没有,我只是静候时机,在目前严冬的风雪中战栗,希望温暖的日子会有一天到来。抱着这样残破的希望,我惭愧不能报答您的盛情;万一抱恨而终,只好永负大恩了。

菲拉里奥　能够和盛德的君子同堂共处,已经是莫大的荣幸,可以抵偿我为您所尽的一切微劳而有余。你们王上现在大概已经听到了伟大的奥古斯特斯的旨意;卡厄斯·路歇斯一定会不辱他的使命。我想贵国对于罗马的军威是领教过的,余痛未忘,这一次总不会拒绝纳贡偿欠的条款的。

波塞摩斯　虽然我不是政治家,也不会成为政治家,可是我相信这一次将会引起一场战争。你们将会听到目前驻屯法兰西的大军不久在我们无畏的不列颠登陆的消息,可是英国是决不会献纳一文钱的财物的。我们国内的人已经不像当初裘力斯·恺撒讥笑他们迟钝笨拙的时候那样没有纪律了,要是他尚在人世,一定会惊怒于他们的勇敢。他们的纪律再加上他们的勇气,将会向他们的赞美者证明他们是世上最善于改进的民族。

菲拉里奥　瞧！阿埃基摩！

　　　　　阿埃基摩上。

波塞摩斯　最敏捷的驯鹿载着你在陆地上奔驰,四方的风吹着你的船帆,所以你才会这样快就回来了。

菲拉里奥　欢迎,先生。

波塞摩斯　我希望你所得到的简捷的答复,是你提早归来的原因。

阿埃基摩　你的爱人是我所见到过的女郎中间最美丽的一个。

波塞摩斯　而且也是最好的一个；要不然的话,让她的美貌在窗孔里引诱邪恶的人们,跟着他们堕落了吧。

阿埃基摩　这儿的信是给你的。

波塞摩斯　我相信是好消息。

阿埃基摩　大概是的。

菲拉里奥　你在英国的时候,卡厄斯·路歇斯是不是在英国宫廷里？

阿埃基摩　那时候他们正在等候他,可是还没有到。

波塞摩斯　那么暂时还不至于有事。这一颗宝石还是照旧发着光吗？或者你嫌它戴在手上太黯淡了？

阿埃基摩　要是我失去了它,那么我就要失去和它价值相等的黄金。我在英国过了这样甜蜜而短促的一夜,即使路程再远一倍,我也愿意再做一次航行,再享一夜这样温存的艳福。这戒指我已经赢到了。

波塞摩斯　这钻石太坚硬了,它的棱角是会刺人的。

阿埃基摩　一点不,你的爱人是这样一位容易说话的女郎。

波塞摩斯　先生,不要把你的失败当作一场玩笑；我希望你知道我们不能继续做朋友了。

阿埃基摩　好先生,要是你没有把我们的约定作为废纸,那么我们的友谊还是要继续下去的。假如这次我没有把关于你的爱人的消息带来,那么我承认我们还有进一步推究的必要,可是现在我宣布我已经把她的贞操和你的戒指同时赢到了；而且我也没有对不起她或是对不起你的地方,因为这都是出于你们两人自愿的。

波塞摩斯　要是你果然能够证明你已经和她发生了枕席上的关

系,那么我的友谊和我的戒指都是属于你的;要不然的话,你这样污蔑了她的纯洁的贞操,必须用你的剑跟我一决雌雄,我们两人倘不是一死一生,就得让两柄无主的剑留给无论哪一个经过的路人收拾了去。

阿埃基摩　先生,我将要向你详细叙述我所见所闻的一切,它们将会是那样逼真,使你不能不相信我的话。我可以发誓证明它们的真实,可是我相信你一定会准许我不必多此一举,因为你自己将会觉得那是不需要的。

波塞摩斯　说吧。

阿埃基摩　第一,她的寝室——我承认我并没有在那儿睡过觉,可是一切值得注目的事物,都已被我饱览无遗了——那墙壁上张挂着用蚕丝和银线织成的锦毡,上面绣着华贵的克莉奥佩特拉和她的罗马英雄相遇的故事,昔特纳斯的河水一直泛滥到岸上,也许因为它载着太多的船只,也许因为它充满了骄傲;这是一件非常富丽堂皇的作品,那技术的精妙和它本身的价值简直不分高下;我真不信世上会有这样珍奇而工致的杰作,因为它的真实的生命——

波塞摩斯　这是真的;不过也许你曾经在这儿听我或是别人谈起过。

阿埃基摩　我必须用更详细的叙述证明我的见闻的真确。

波塞摩斯　是的,否则你的名誉将会受到损害。

阿埃基摩　火炉在寝室的南面,火炉上面雕刻着贞洁的狄安娜女神出浴的肖像;我从来没有见过这样栩栩如生的雕像;那雕刻师简直是无言的化工,他的作品除了不能行动,不能呼吸以外,一切都超过了大自然的杰作。

波塞摩斯　这你也可以从人家嘴里听到,因为它是常常被人称道的。

阿埃基摩　寝室的屋顶上装饰着黄金铸成的小天使;她的炉中的薪架,我几乎忘了,是两个白银塑成的眉目传情的小爱神,各自跷着一足站着,巧妙地凭靠在他们的火炬之上。

波塞摩斯　这就是她的贞操!就算你果然看见这一切——你的记忆力是值得赞美的——可是单单把她寝室里的陈设描写一下,却还不能替你保全你所押下的赌注。

阿埃基摩　那么,要是你的脸色会发白的话,请你准备起来吧。准许我把这宝贝透一透空气;瞧!(出手镯示波塞摩斯)它又到你眼前来了。它必须跟你那钻石戒指配成一对;我要把它们保藏起来。

波塞摩斯　神啊!再让我瞧一瞧。这就是我留给她的那手镯吗?

阿埃基摩　先生,我谢谢她,正是那一只。她亲自从她的臂上捋了下来;我现在还仿佛能想见她当时的光景;她的美妙的动作超过了她的礼物的价值,可是也使它变得格外贵重。她把它给了我,还说她曾经一度对它十分重视。

波塞摩斯　也许她取下这手镯来,是要请你把它送给我的。

阿埃基摩　她在信上向你这样写着吗?

波塞摩斯　啊!不,不,不,这是真的。来,把这也拿去;(以戒指授阿埃基摩)它就像一条毒龙,看它一眼也会置人于死命的。让贞操不要和美貌并存,真理不要和虚饰同在;有了第二个男人插足,爱情就该抽身退避。女人的誓言是不能发生效力的,因为她们本来不知道名节是什么东西。啊!无限的虚伪!

菲拉里奥　宽心一些,先生,把您的戒指拿回去;它还不能就算被他赢到哩。这手镯也许是她偶然遗失；也许——谁知道是不是她的侍女受人贿赂，把它偷出来的？

波塞摩斯　很对，我希望他是这样得到它的。把我的戒指还我。向我提出一些比这更可靠的关于她肉体上的证据；因为这是偷来的。

阿埃基摩　凭着朱庇特发誓，这明明是她从臂上取下来给我的。

波塞摩斯　你听，他在发誓，凭着朱庇特发誓了。这是真的；不，把那戒指留着吧；这是真的。我确信她不会把它遗失；她的侍女们都是矢忠不贰的；她们会受一个不相识者的贿诱，把它偷了出来！不可能的事！不，他已经享受过她的肉体了；她用这样重大的代价，买到一个淫妇的头衔：这就是她的失贞的铁证。来，把你的酬劳拿了去；愿地狱中一切恶鬼为了争夺你而发生内讧吧！

菲拉里奥　先生，宽心一些吧；对于一个信心很深的人，这还不够作为充分的证据。

波塞摩斯　不必多说，她已经被他奸污了。

阿埃基摩　要是你还要找寻进一步的证据，那么在她那值得被人爱抚的酥胸之下，有一颗小小的痣儿，很骄傲地躺在这销魂蚀骨的所在。凭着我的生命起誓，我情不自禁地吻了它，虽然那给我很大的满足，却格外燃起了我的饥渴的欲望。你还记得她身上的这一颗痣吗？

波塞摩斯　嗯，它证实了她还有一个污点，大得可以充塞整个的地狱。

阿埃基摩　你愿意再听下去吗？

波塞摩斯　少卖弄一些你的数学天才吧；不要一遍一遍地向我数说下去；只一遍就抵得过一百万次了！

阿埃基摩　我可以发誓——

波塞摩斯　不用发誓。要是你发誓说你没有干这样的事,你就是说谎;要是你否认奸污了我的妻子,我就要杀死你。

阿埃基摩　我什么都不否认。

波塞摩斯　啊！我希望她就在我的眼前,让我把她的肢体一节一节撕得粉碎。我要到那里去,走进她的宫里,当着她父亲的面前撕碎她。我一定要干些什么——(下。)

菲拉里奥　全然失去了自制的能力！你已经胜利了。让我们跟上他去,解劝解劝他,免得他在盛怒之下,干出一些不利于自己的事来。

阿埃基摩　我很愿意。(同下。)

第五场　同前。另一室

波塞摩斯上。

波塞摩斯　难道男人们生到这世上来,一定要靠女人的合作的吗？我们都是私生子,全都是。被我称为父亲的那位最可尊敬的人,当我的母亲生我的时候,谁也不知道他在什么地方;不知道哪一个人造下了我这冒牌的赝品;可是我的母亲在当时却是像狄安娜一般圣洁的,正像现在我的妻子擅着无双美誉一样。啊,报复！报复！她不让我享受我的合法的欢娱,常常劝诫我忍耐自制,她的神情是那样的贞静幽娴,带着满脸的羞涩,那楚楚可怜的样子,便是铁石心肠的人,也不能不见了心软;我以为她是像没有被太阳照临的白雪一般皎洁的。啊,一切的魔鬼们！这卑鄙的阿埃基摩在一小时之内——也许还不到一小时的工夫？——也许他没有说什么话,只是像一头日耳曼的野猪似的,一声叫喊,一下就扑了上去,除了照例的半推半就以外,并没有遭遇任何的反抗。但愿我能够在我自己的一身之内找到哪一部分是女人给我的!因为我断定男人的罪恶的行动,全都是女人遗留给他的性质所造成的:说谎是女人的天性;谄媚也是她的;欺骗也是她的;淫邪和猥亵的思想,都是她的、她的;报复也是她的本能;野心、贪欲、好胜、傲慢、虚荣、诽谤、反复,凡是一切男人所能列举、地狱中所知道的罪恶,或者一部分,或者全部分,都是属于她的;不,简直是全部分;因为她们即使对于罪恶也没有恒心,每一分钟都要更换一种新的花样。我要写文章痛骂她们、厌恶她们、咒诅她们。可是这还不是表示真正的痛恨的最好的办法,我应该祈求神明让她们如愿以偿,因为她们自己招来的痛苦,是远胜于魔鬼所能给与她们的灾祸的。(下。)

第 三 幕

第一场　英国。辛白林宫中大厅

　　　　辛白林、王后、克洛顿及群臣自一门上；卡厄斯·路歇斯及侍从等自另一门上。

辛白林　现在告诉我们，奥古斯特斯·恺撒有什么赐教？

路歇斯　我们的先皇裘力斯·恺撒——他的记忆至今存留在人们心目之中，他的赫赫的威名将要永远流传于众口——当他征服贵国的时候，正是令叔凯西伯兰当国，他的卓越的功业，是素来为恺撒所称道的；那时令叔曾经答应每年向罗马献纳三千镑的礼金，传诸后嗣，永为定例，可是近年来陛下却没有履行这一项义务。

王　　后　为了免得你们惊讶起见，我们将要从此废除这一项成例。

克洛顿　也许要经过许多的恺撒才会再有这样一个裘力斯出现。英国是一个独立的世界，我们自己的鼻子爱怎样生长就怎样生长，用不着向任何人付款。

王　　后　当初他们凭借威力，夺去我们独立自强的机会，现在这样的机会又重新到我们手里了。陛下不要忘了先王们缔造的辛勤,也不要忘了我们这岛上天然的形势,它正像海神的苑囿一般,周遭环绕着峻峭的危岩、咆哮的怒浪和广漠的沙碛,敌人们的船只一近滩岸,就会连桅樯一起陷入沙内。恺撒曾经在这儿得到过一次小小的胜利,可是他的"我来,我看见,我征服"的豪语,却不是在这儿发表的。他曾经两次被我们击退,驱出海岸之外,这是他平生第一次感到痛心的耻辱;他的船舶——可怜的无用的泡沫!——在我们可怕的海上,就像随波浮沉的蛋壳一般,一碰到我们的岩石就撞为粉碎。为了庆祝那一次的胜利,著名的凯西伯兰——他曾经一度几乎使恺撒屈服于他的宝剑之下,啊,反复无常的命运!——下令全国举起欢乐的火炬,每一个不列颠人都扬眉吐气,勇敢百倍。

克洛顿　得啦,什么礼金我们也不付的。我们的国势已经比当初强了许多;而且我说过的,你们也不会再有那样一位恺撒;也许别的恺撒也有弯曲的鼻子,可是谁也不会再有那样挺直的手臂了。

辛白林　我儿,让你的母亲说下去。

克洛顿　在我们中间还有许多人有着像凯西伯兰一样坚强的铁腕;我并不说我也是一个,可是我的手却也不怕和人家周旋。为什么要我们献纳礼金?要是恺撒能够用一张毯子遮住太阳,或是把月亮藏在他的衣袋里,那么我们为了需要光明的缘故,只好向他献纳礼金;要不然的话,阁下,请您还是不用提起礼金这两个字吧。

辛白林　你必须知道,在包藏祸心的罗马人没有向我们勒索这一笔礼金以前,我们本来是自由的;恺撒的囊括世界的雄心,使他不顾一切阻力,把桎梏套在我们的头上;我们是尚武好勇的民族，当然要挣脱这一种难堪的束缚。我们当时就曾向恺撒说过，我们的祖先就是为我们制定法律的慕尔缪歇斯，他的神圣的宪章已经在恺撒的武力之下横遭摧残；凭着我们所有的力量，恢复我们法纪的尊严，这是我们义不容辞的责任，虽然因此而触怒罗马，也在所不顾。慕尔缪歇斯制定我们的法律，他是第一个戴上黄金的宝冠即位称王的不列颠人。

路歇斯　我很抱歉，辛白林，我必须向你宣告奥古斯特斯·恺撒是你的敌人；在恺撒麾下奔走服役的国王，是比你全国所有的官吏更多的。我现在用恺撒的名义，通知你战争和混乱的命运已经临到你的头上，无敌的雄师不久就要开入你的国境之内，请准备着吧。现在我的挑战的使命已经完毕，让我感谢你给我的优渥的礼遇。

辛白林　你是我们的嘉宾，卡厄斯。我曾经从你们恺撒的手里受到骑士的封号；我的少年时代大半是在他的麾下度过，是他启发了我荣誉的观念；为了不负他的训诲起见，我必须全力保持我的荣誉。我知道巴诺尼亚人和达尔迈西亚人已经为了争取他们的自由而揭竿奋起了；恺撒将会知道不列颠人不是麻木不仁的民族，决不会看着这样的前例而无动于衷的。

路歇斯　让事实证明一切吧。

克洛顿　我们的王上向您表示欢迎。请您在我们这儿多玩一两天。要是以后您要跟我们用另一副面目相见，您必须在海水的拱卫中间找寻我们；要是您能够把我们驱逐出去，我们的国土就是你们的；要是你们的冒险失败了，那却便宜了我们的乌鸦，可以把你们的尸体饱餐一顿；事情就是这样完结。

路歇斯　很好,阁下。

辛白林　我知道你们主上的意思,他也知道我的意思。我现在所要向你说的唯一的话,就是"欢迎"!（同下。）

第二场　同前。另一室

毕萨尼奥上,读信。

毕萨尼奥　怎么!犯了奸淫!你为什么不写明这是哪一个鬼东西捏造她的谣言?里奥那托斯!啊,主人!什么毒药把你的耳朵麻醉了?哪一个毒手毒舌的、奸恶的意大利人向你搬弄是非,你会这样轻易地听信他?不忠实!不,她是因为忠贞不二而受尽折磨,像一个女神一般,超过一切妻子所应尽的本分,她用过人的毅力,抵抗着即使贞妇也不免屈服的种种胁迫。啊,我的主人!你现在对她所怀的卑劣的居心,恰恰和你低微的命运相称。嘿!我必须杀死她,是因为我曾经立誓尽忠于你的命令吗?我,她?她的血?要是必须这样才算尽了一个仆人的责任,那么我宁愿永远不要做人家的忠仆。我的脸上难道竟是这样冷酷无情,会动手干这种没有人心的事吗?"此事务须速行无忽。余已遵其请求,另有一函致达彼处,该信将授汝以机会。"啊,可恶的书信!你的内容正像那写在你上面的墨水一般黑。无知无觉的纸片,你做了这件罪行的同谋者,你的外表却是这样处女般的圣洁吗?瞧!她来了。我必须把主人命令我做的事隐瞒起来。

伊摩琴上。

伊摩琴　啊,毕萨尼奥!

毕萨尼奥　公主,这儿有一封我的主人寄来的信。

伊摩琴　谁?你的主?那就是我的主里奥那托斯。啊!要是有哪一个占星的术士熟悉天上的星辰,正像我熟悉他的字迹一样,那才真算得学术湛深,他的慧眼可以观察到未来的一切。仁慈的神明啊,但愿这儿写着的,只是爱,是我主的健康,是他的满足,可是并不是他对于我们两人远别的满足;让这一件事使他悲哀吧,有些悲哀是有药饵的作用的,这一种悲哀也是,因为它可以滋养爱情;但愿他一切满足,只除了这一件事!好蜡,原谅我,造下这些把心事密密封固的锁键的蜂儿们啊,愿你们有福!好消息,神啊!"噫,至爱之人乎!设卿不愿与仆更谋一面,则将重创仆心;纵令仆为卿父所获而被处极刑,其惨痛尚不若如是之甚。仆今在密尔福德港之堪勃利亚;倘蒙垂怜,幸希临视,否则悉随卿意可耳。山海之盟,永矢勿谖;爱慕之忱,与日俱增。敬祝万福!里奥那托斯·波塞摩斯手启。"啊!但愿有一匹插翅的飞马!你听见吗,毕萨尼奥?他在密尔福德港;读了这封信,再告诉我到那里去有多少路。要是一个事情并不重要的人,费了一星期的跋涉,就可以走到那里,那么为什么我不能在一天之内飞步赶到?所以,忠心的毕萨尼奥——你也像我一样渴想着见一见你主人的面的;啊!让我改正一句,你虽然思念你的主人,可是并不像我一样;你的思念之心是比较淡薄的;啊!你不会像我一样,因为我对于他的爱慕超过一切的界限——说,用大声告诉我——爱情的顾问应该用充耳的雷鸣震聋听觉——到这幸福的密尔福德有多少路程,同时告诉我威尔士何幸而拥有这样一个海港;可是最重要的,你要告诉我,我们怎么可以从这儿逃走出去,从出走到回来这一段时间,用怎样的计策才可以遮掩过他人的耳目;可是第一还是告诉我逃走的方法。为什么要在事前预谋掩饰?这问题我们尽可慢慢再谈。说,我们骑着马每一小时可以走几哩路?

毕萨尼奥　从日出到日没,公主,二十哩路对于您已经足够了,也许这样还嫌太多。

伊摩琴　嗳哟,一个骑了马去上刑场的人,也不会走得这样慢。我曾经听说有些赛马的骑士,他们的马走得比沙漏中的沙还快。可是这些都是傻话。去叫我的侍女诈称有病,说她要回家去看看她的父亲;然后立刻替我备下一身骑装,不必怎样华贵,只要适宜于一个小乡绅的妻子的身份就得了。

毕萨尼奥　公主,您最好还是考虑一下。

伊摩琴　我只看见我前面的路,朋友;这儿的一切,或是以后发生的事情,都笼罩在迷雾之中,望去只有一片的模糊。去吧,我求求你;照我的吩咐做去。不用再说别的话语,密尔福德是我唯一的去处。(同下。)

第三场　威尔士。山野,有一岩窟

培拉律斯、吉德律斯及阿维拉古斯自山洞中上。

培拉律斯　真好的天气!像我们这样住在低矮的屋宇下的人,要是深居不出,那才是辜负了天公的厚意。弯下身子来,孩子们;这一个洞门教你们怎样崇拜上天,使你们在清晨的阳光之中,向神圣的造物者鞠躬致敬。帝王的宫门是高敞的,即使巨人们也可以高戴他们丑恶的头巾,从里面大踏步走出来，而无须向太阳敬礼。晨安，你美好的苍天！我们虽然住在岩窟之中，却不像那些高楼大厦中的人们那样对你冷淡无情。

吉德律斯　　晨安，苍天！

阿维拉古斯　　晨安，苍天！

培拉律斯　　现在要开始我们山间的狩猎。到那边山上去，你们的腿是年轻而有力的；我只好在这儿平地上跑跑。当你们在上面看见我只有乌鸦那么大小的时候，你们应该想到你们所处的地位，正可以显示出万物的渺小和自己的崇高；那时你们就可以回想到我曾经告诉你们的关于宫廷、君主和战争的权谋的那些故事，功业成就之时，也就是藏弓烹狗之日；想到了这一些，可以使我们从眼前所见的一切事物之中获得教益，我们往往可以这样自慰，硬壳的甲虫是比奋翼的猛鹰更为安全的。啊！我们现在的生活，不是比小心翼翼地恭候着他人的叱责、受了贿赂而无所事事、穿着不用钱买的绸缎的那种生活更高尚、更富有、更值得自傲吗？那些受人供养，非但不知报答，还要人家向他脱帽致敬的人，他们的生活是不能跟我们相比的。

吉德律斯　　您这些话是根据您的经验而说的。我们是羽毛未丰的小鸟，从来不曾离巢远飞，也不知道家乡之外，还有什么天地。要是平静安宁的生活是最理想的生活，也许这样的生活是最美满的；对于您这样一位饱尝人世辛酸的老人家，当然会格外觉得它的可爱；可是对于我们，它却是愚昧的暗室、卧榻上的旅行、不敢跨越一步的负债者的牢狱。

阿维拉古斯　　当我们像您一样年老的时候，我们有些什么话可以向人诉说呢？当我们听见狂暴的风雨打击着黑暗的严冬的时候,在我们阴寒的洞窟之内,我们应该用些什么谈话,来排遣这冷冰冰的时间呢?我们什么都没有见过。我们全然跟野兽一样,在觅食的时候,我们是像狐狸一般狡狯、像豺狼一般凶猛的;我们的勇敢只是用来追逐逃走的猎物。正像被囚的鸟儿一样,我们把笼子当作了唱歌的所在,高唱着我们的羁囚。

培拉律斯　你们说的是什么话!要是你们知道城市中的榨取掠夺,亲自领略过那种抽筋刮髓的手段;要是你们知道宫廷里的勾心斗角,去留都是同样的困难,爬得越高,跌得越重,即使幸免陨越,那如履薄冰的惴惧,也就够人受了;要是你们知道战争的困苦,为了名誉和光荣,追寻着致命的危险,一旦身死疆场,往往只留下几行诬谤的墓铭,记录他生前的功业;是的,立功遭谴,本来是不足为奇的事,最使人难堪的,你还必须恭恭敬敬地赔着小心,接受那有罪的判决。孩子们啊!世人可以在我身上读到这一段历史:我的肉体上留着罗马人刀剑的伤痕,我的声誉一度在最知名的人物之间忝居前列;我曾经邀辛白林的眷宠;当人们谈起战士的时候,我的名字总离不了他们的嘴边;那时我正像一株枝头满垂着果子的大树,可是在一夜之间,狂风突起或是盗贼光临,由你们怎么说都可以,摇落了我的成熟的果实,不,把我的叶子都一起摇了下来,留下我这枯干秃枝,忍受着风霜的凌虐。

吉德律斯　不可靠的恩宠!

培拉律斯　我屡次告诉你们,我并没有犯什么过失,可是我的完整的荣誉,敌不了那两个恶人的虚伪的誓言,他们向辛白林发誓说我和罗马人密谋联络。自从我那次被他们放逐以后,这二十年来,这座岩窟和这一带土地就成为我的世界,我在这儿度着正直而自由的生活,在我整个的前半生中,还不曾有过这样的机会,可以让我向上天掬献我的虔诚的感谢。可是到山岭上去吧!这不是猎人们的语言。谁最先把鹿捉到,谁就是餐席上的主人,其余的两人将要成为他的侍者;我们无须担心有人下毒,像那些豪门中的盛筵一样。我在山谷里和你们会面吧。(吉德律斯、阿维拉古斯同下)天性中的灵明是多么不容易掩没!这两个孩子一定不知道他们是国王的儿子;辛白林也永远梦想不到他们尚在人间。他们以为我是他们的父亲;虽然他们是在这俯腰曲背的卑微的洞窟之中被教养长大,他们的雄心却可以冲破王宫的屋顶,他们过人的天性,使他们在简单渺小的事物之中显示出他们高贵的品格。这一个波里多,辛白林的世子,不列颠王统的继承者,吉德律斯是他的父王为他所取的本名——神啊!当我坐在三脚凳上,向他讲述我的战绩的时候,他的心灵就飞到了我的故事的中间;他说,"我的敌人也是这样倒在地上,我也是这样把我的脚踏住他的脖子";就在那时候,他的高贵的血液升涨到他的颊上,他流着汗,他的幼稚的神经紧张到了极度,他装出种种的姿势,表演着我所讲的一切情节。他的弟弟凯德华尔,——阿维拉古斯是他的本名——也像他哥哥一样,常常把生命注入我的叙述之中,充分表现出他活跃的想像。听!猎物已经赶起来了。辛白林啊!上天和我的良心知道,你不应该把我无辜放逐;为了一时气愤,我才把这两个孩子偷了出来,那时候一个三岁,一个还只有两岁;因为你褫夺了我的土地,我才想要绝灭你的后嗣。尤莉菲尔,你是他们的乳母,他们把你当作他们的母亲，每天都要到你的墓前凭吊。我自己，培拉律斯，现在化名为摩根，是他们心目中的亲生严父。打猎已经完毕了。（下。）

第四场　密尔福德港附近

毕萨尼奥及伊摩琴上。

伊摩琴　当我们下马的时候，你对我说那地方没有几步路就可以走到；我的母亲生我那天渴想着看一看我的那种心理，还不及我现在盼望他的热切。毕萨尼奥！朋友！波塞摩斯在哪儿？你这样呆呆地睁大了眼睛，心里在转些什么念头？为什么你要深深地叹息？要是照你现在的形状描成一幅图画，人家也会从它上面看出一副茫然若失的心情。拿出勇敢一些的气概来吧，否则我将惶惑不安了。什么事？为什么你用那么冷酷的眼光，把这一封信交给我？假如它是盛夏的喜讯，你应该笑逐颜开；假如它是严冬的噩耗，那么继续保持你这副脸相吧。我的丈夫的笔迹！那为毒药所麻醉的意大利已经使他中了圈套，他现在是在不能自拔的窘境之中。说，朋友；我自己读下去也许是致命的消息，从你嘴里说出来或者可以减轻一些它的严重的性质。

毕萨尼奥　请您念下去吧；您将要知道我是最为命运所蔑视的一个倒楣的家伙。

伊摩琴　"毕萨尼奥乎，尔之女主人行同娼妓，证据凿凿，皆为余所疾首痛心，永志不忘者。此言并非无端之猜测，其确而可信，殆无异于余心之悲痛；耿耿此恨，必欲一雪而后快。毕萨尼奥乎，尔之忠诚倘未因受彼濡染而变色，则尔当手刃

57

此妇，为余尽报复之责。余已致函彼处，嘱其至密尔福德港相会，此实为尔下手之良机。设尔意存迟疑，不果余言，则彼之丑行，尔实与谋；一为失贞之妇，一为不忠之仆，余之愤怒将兼及尔身。"

毕萨尼奥　我何必拔出我的剑来呢？这封信已经把她的咽喉切断了。不，那是谣言，它的锋刃比刀剑更锐利，它的长舌比尼罗河中所有的毒蛇更毒，它的呼吸驾着疾风，向世界的每一个角落散播它的恶意的诽谤；宫廷之内、政府之中、少女和妇人的心头，以至于幽暗的坟墓，都是这恶毒的谣言伸展它的势力的所在。您怎么啦，公主？

伊摩琴　失贞！怎么叫做失贞？因为思念他而终宵不寐吗？一点钟又一点钟地流着泪度过吗？在倦极入睡的时候，因为做了关于他的噩梦而哭醒转来吗？这就是失贞，是不是？

毕萨尼奥　唉！好公主！

伊摩琴　我失贞！问问你的良心吧！阿埃基摩，你曾经说过他怎样怎样放荡，那时候我瞧你像一个恶人；现在想起来，你的面貌还算是好的。哪一个涂脂抹粉的意大利淫妇迷住了他；可怜的我是已经陈旧的了，正像一件不合时式的衣服，挂在墙上都嫌刺目，所以只好把它撕碎；让我也被你们撕得粉碎吧！啊！男人的盟誓是妇女的陷阱！因为你的变心，夫啊！一切美好的外表将被认为是掩饰奸恶的面具；它不是天然生就，而是为要欺骗妇女而套上去的。

毕萨尼奥　好公主，听我说。

伊摩琴　正人君子的话，在当时往往被认为虚伪；奸诈小人的眼泪，却容易博取人们的同情。波塞摩斯，你的堕落将要影响到一切俊美的男子，他们的风流秀雅，将要成为诈伪欺心的标记。来,朋友,做一个忠实的人,执行你主人的命令吧。当你看见他的时候,请你向他证明我的服从。瞧!我自己把剑拔出来了;拿着它,把它刺进我的爱情的纯洁的殿堂——我的心坎里去吧。不用害怕,它除了悲哀之外,是什么也没有的;你的主人不在那儿,他本来是它唯一的财富。照他的吩咐实行,举起你的剑来。你在正大的行动上也许是勇敢的,可是现在你却像一个懦夫。

毕萨尼奥　去,万恶的武器!我不能让你玷污我的手。

伊摩琴　不,我必须死;要是我不死在你的手里,你就不是你主人的仆人。我的软弱的手没有自杀的勇气,因为那是为神圣的教条所禁止的。来,这儿是我的心。它的前面还有些什么东西;且慢!且慢!我们要撤除一切的防御,像剑鞘一般服帖顺从。这是什么?忠实的里奥那托斯的金科玉律,全变成了异端邪说!去,去,我的信心的破坏者!我不要你们再做我的心灵的护卫了。可怜的愚人们是这样信任着虚伪的教师;虽然受欺者的心中感到深刻的剧痛,可是欺诈的人也逃不了更痛苦的良心的谴责。你,波塞摩斯,你使我反抗我的父王,把贵人们的求婚蔑弃不顾,今后你将会知道这不是寻常的行动,而是需要稀有的勇气的。我还要为你悲伤,当我想到你现在所贪恋的女人,一旦把你厌弃以后,我的记忆将要使你感到怎样的痛苦。请你赶快动手吧;羔羊在向屠夫恳求了;你的刀子呢?这不但是你主人的命令,也是我自己的愿望,你不该迟疑畏缩。

毕萨尼奥　啊,仁慈的公主!自从我奉命执行这一件工作以来,我还不曾有过片刻的安睡。

伊摩琴　那么快把事情办好,回去睡觉吧。

毕萨尼奥　我要等熬瞎了眼睛才去哩。

伊摩琴　那么为什么接受这一件使命？为什么为了一个虚伪的借口，走了这么多的路？为什么要到这儿来？我们两人的行动，我们马儿的跋涉，都为着什么？为什么浪费这么多的时间？为什么要引起宫廷里对于我的失踪的惊疑？——那边我是准备再也不回去的了。——为什么你已经走到你的指定的屠场，那被选中的鹿儿就在你的面前，你又改变了你的决意？

毕萨尼奥　我的目的只是要迁延时间，逃避这样一件罪恶的差使。我已经在一路上盘算出一个办法。好公主，耐心听我说吧。

伊摩琴　说吧，尽你说到舌敝唇焦。我已经听见说我是个娼妓，我的耳朵早被谎话所刺伤，任何的打击都不能使它感到更大的痛苦，也没有哪一根医生的探针可以探测我的伤口有多么深。可是你说吧。

毕萨尼奥　那么，公主，我想您是不会再回去的了。

伊摩琴　那当然啦，你不是带我到这儿来杀死我的吗？

毕萨尼奥　不，不是那么说。可是我的智慧要是跟我的良心一样可靠，那么我的计策也许不会失败。我的主人一定是受了人家欺骗；不知哪一个恶人，嗯，一个千刀万剐的恶人，用这种该死的手段中伤你们两人的感情。

伊摩琴　一定是哪一个罗马的娼妓。

毕萨尼奥　不，凭着我的生命起誓。我只要通知他您已经死了，按照他的盼咐，寄给他一些血证；您从宫廷里失踪的消息，可以使他对于这件事深信不疑。

伊摩琴　嗳哟，好人儿，你叫我干些什么事？住在什么地方？怎样生活下去？我的丈夫认为我已经死去了，我的生命中还有什么乐趣？

毕萨尼奥　要是您还愿意回到宫里去——

伊摩琴　没有宫廷，没有父亲；再也不要受那个粗鲁的、尊贵的、愚蠢的废物克洛顿的烦扰！那克洛顿，他的求爱对于我就像敌军围攻一样可怕。

毕萨尼奥　要是不回宫里去，那么您就不能住在英国。

伊摩琴　那么到什么地方去呢？难道一切的阳光都是照在英国的吗？除了英国之外，别的地方都是没有昼夜的吗？在世界的大卷册中，我们的英国似乎附属于它，却并不是它本身的一部分；她是广大的水池里一个天鹅的巢。请你想一想，英国以外也是有人居住的。

毕萨尼奥　我很高兴您想到别的地方。罗马的使臣路歇斯明天要到密尔福德港来了。要是您能够适应您目前的命运，改变一下您的装束——因为照您现在这样子，对于您是不大安全的——您就可以走上一条康庄大道，饱览人世间的形形色色；而且也许还可以接近波塞摩斯所住的地方，即使您看不见他的一举一动，至少也可以从人们的传说之中，每小时听到关于他的确实的消息。

伊摩琴　啊！要是有这样的机会，只要对于我的名节没有毁损，即使冒一些危险，我也愿意一试。

毕萨尼奥　好，那么听我说来。您必须忘记您是一个女人，把命令换了服从，把女人本色的怕事和小心，换了放肆的大胆；您必须把讥笑的话随时挂在口头；您必须应答敏捷，不怕得罪别人，还要像鼬鼠一般喜欢吵架；而且您必须忘掉您有一张世间最珍贵的面庞，让它去受遍吻一切的阳光的贪馋的抚摩，虽然太不忍心了，可是唉！这也是没有办法的事；最后，您必须忘掉那曾经使天后朱诺妒恨的一切繁细而工致的修饰。

伊摩琴　得啦，说简单一些。我明白你的用意，差不多已经变成一个男人啦。

毕萨尼奥　第一，您要把自己装扮得像一个男人。我因为预先想到这一层，早已把紧身衣、帽子、长袜和一切应用的物件一起准备好，它们都在我的衣包里面。您穿起了这样的服装，再模仿一些像您这样年龄的青年男子们的神气，就可以到尊贵的路歇斯面前介绍您自己，请求他把您收留，对他说，您能够侍候他的左右，对于您是一件莫大的幸事。要是他有一对鉴赏音乐的耳朵，听了您这样娓娓动人的说话，一定会非常高兴地拥抱您，因为他不但为人正直，而且秉性也是非常仁慈。您在外面的费用，一切都在我身上；我一定会随时供给您的。

伊摩琴　你是天神们赐给我的唯一的安慰。去吧；还有一些事情需要考虑，可是我们将要利用时间给与我们的机会。我已经下了决心，实行这样的尝试，并且准备用最大的勇气忍受一切。你去吧。

毕萨尼奥　好，公主，我们必须这样匆匆地分手了，因为我怕他们不见我的踪迹，会疑心到是我骗诱您从宫中出走的。我的尊贵的女主人，这儿有一个小匣子，是王后赐给我的，里面藏着灵奇的妙药；要是您在海上晕船，或是在陆地上感到胸腹作恶，只要服下一点点儿，就可以药到病除。现在您快去找一处有树木荫蔽的所在，把您的男装换起来吧。愿天神们领导您到最幸福的路上！

伊摩琴　阿门。我谢谢你。(各下。)

第五场　辛白林宫中一室

　　　辛白林、王后、克洛顿、路歇斯、群臣及侍从等上。
辛白林　再会吧,恕不远送了。
路歇斯　谢谢陛下。敝国皇帝已经有命令来,我不能不回去。我很抱憾我必须回国复命,说您是我的主上的敌人。
辛白林　阁下,我的臣民不愿忍受他的束缚;要是我不能表示出比他们更坚强的态度,那是有失一个国王的身份的。
路歇斯　是的,陛下。我还要向您请求派几个人在陆地上护送我到密尔福德港。娘娘,愿一切快乐降在您身上!
王　后　愿您也享受同样的快乐!
辛白林　各位贤卿,你们护送路歇斯大人安全到港,一切应有的礼节,不可疏忽。再会吧,高贵的路歇斯。
路歇斯　把您的手给我,阁下。
克洛顿　接受我这友谊的手吧;可是从今以后,我们是要化友为敌了。
路歇斯　阁下,结果还不知道胜败谁属哩。再会!
辛白林　各位贤卿,不要离开尊贵的路歇斯;等他渡过了塞汶河,你们再回来吧。祝福!(路歇斯及群臣下。)
王　后　他含怒而去;可是我们已向他说明了立场,那正是我们的光荣。
克洛顿　这样才好;勇敢的不列颠人谁都希望有这一天。
辛白林　路歇斯早已把这儿的一切情形通知他的皇帝了,所以我们应该赶快把战车和马队调集完备。他们已经驻扎在法兰西的军队马上就可以传令出发,向我们的国境开始攻击。

王　　后　　这不是随便可以混过去的事情;我们必须奋起全力,迅速准备我们御敌的工作。

辛白林　　幸亏我们早已预料到这一着,所以才能够有恃无恐。可是,我的好王后,我们的女儿呢?她并没有出来见罗马的使臣,也没有向我们问安。她简直把我们当作仇人一样看待,忘记了做女儿的责任了;我早就注意到她这一种态度。叫她出来见我;我们一向太把她纵容了。(一侍从下。)

王　　后　　陛下,自从波塞摩斯放逐以后,她就过着深居简出的生活;这种精神上的变态,陛下,我想还是应该让时间来治愈它的。请陛下千万不要把她责骂;她是一位受不起委屈的小姐,你说了她一句话,就像用刀剑刺进她的心里,简直就是叫她死。

　　　　　　——侍从重上。

辛白林　　她呢?我们应该怎么应付她这种藐视的态度?

侍　　从　　启禀陛下,公主的房间全都上了锁,我们大声呼喊,也没有人回答。

王　　后　　陛下,上一次我去探望她的时候,她请求我原谅她的闭门不出,她说因为身子有病,不能每天来向您请安,尽她晨昏定省的责任;她希望我在您的面前转达她的歉意,可是因为碰到国有要事,我也忘记向您提起了。

辛白林　　她的门上了锁!最近没有人见过她的面!天哪,但愿我所恐惧的并不是事实!(下。)

王　　后　　儿啊,你也跟着王上去吧。

克洛顿　　她那个亲信的老仆毕萨尼奥,这两天我也没有见过。

王　　后　　去探查一下。(克洛顿下)毕萨尼奥,你这替波塞摩斯出尽死力的家伙！他有我给他的毒药；但愿他的失踪的原因是服毒身亡，因为他相信那是非常珍贵的灵药。可是她，她到什么地方去了呢？也许她已经对人生感觉绝望，也许她驾着热情的翅膀，飞到她心爱的波塞摩斯那儿去了。她不是奔向死亡，就是走到不名誉的路上；无论走的是哪一条路，我都可以利用这个机会达到我的目的；只要她跌倒了，这一顶不列颠的王冠就可以稳稳地落在我的掌握之中。

    克洛顿重上。

王 后 怎么啦，我的孩子！

克洛顿 她准是逃走啦。进去安慰安慰王上吧；他在那儿暴跳如雷，谁也不敢走近他。

王 后 （旁白）再好没有；但愿这一夜的气愤促短了他明日的寿命！（下。）

克洛顿 我又爱她又恨她。因为她是美貌而高贵的，她娴熟一切宫廷中的礼貌，无论哪一个妇人少女都不及她的优美；每一个女人的长处她都有，她的一身兼备众善，超过了同时的侪辈。我是因此而爱她的。可是她瞧不起我，反而向卑微的波塞摩斯身上滥施她的爱宠，这证明了她的不识好坏，虽然她有其他种种难得的优点，也不免因此而逊色；为了这一个缘故，我决定恨她，不，我还要向她报复我的仇恨哩。因为当傻子们——

    毕萨尼奥上。

克洛顿 这是谁？什么！你想逃走吗，狗才？过来。啊，你这好忘八羔子！混蛋，你那女主人呢？快说，否则我立刻送你见魔鬼去。

毕萨尼奥 啊，我的好殿下！

65

克洛顿　你的女主人呢？凭着朱庇特起誓,你要是再不说,我也不再问你了。阴刁的奸贼,我一定要从你的心里探出这个秘密,否则我要挖破你的心找它出来。她是跟波塞摩斯在一起吗？从他满身的卑贱之中,找不出一丝可取的地方。

毕萨尼奥　唉,我的殿下！她怎么会跟他在一起呢？她几时不见的？他是在罗马哩。

克洛顿　她到哪儿去了？走近一点儿,别再吞吞吐吐了。明明白白告诉我,她的下落怎么样啦？

毕萨尼奥　啊,我的大贤大德的殿下！

克洛顿　大奸大恶的狗才！赶快对我说你的女主人在什么地方。一句话,再不要干嚷什么"贤德的殿下"了。说,否则我立刻叫你死。

毕萨尼奥　那么,殿下,我所知道的关于她的出走的经过,都在这封信上。(以信交克洛顿。)

克洛顿　让我看看。我要追上她去,不怕一直追到奥古斯特斯的御座之前。

毕萨尼奥　(旁白)要是不给他看这封信,我的性命难保。她已经去得很远了;他看了这信的结果,不过让他白白奔波了一趟,对于她是没有什么危险的。

克洛顿　哼！

毕萨尼奥　(旁白)我要写信去告诉我的主人,说她已经死了。伊摩琴啊！愿你一路平安,无恙归来！

克洛顿　狗才,这信是真的吗？

毕萨尼奥　殿下,我想是真的。

克洛顿　这是波塞摩斯的笔迹;我认识的。狗才,要是你愿意弃暗投明,不再做一个恶人,替我尽忠办事,我有什么重要的事情需要你帮忙的时候,无论叫你干些什么恶事,你都毫不迟疑地替我出力办好,我就会把你当作一个好人;你大爷有的是钱,你不会缺吃少穿的,升官晋级,只消我一句话。

毕萨尼奥　呃,我的好殿下。

克洛顿　你愿意替我做事吗?你既然能够一心一意地追随那个穷鬼波塞摩斯的破落的命运,为了感恩的缘故,我想你一定会成为我的忠勤的仆人。你愿意替我做事吗?

毕萨尼奥　殿下,我愿意。

克洛顿　把你的手给我;这儿是我的钱袋。你手边有没有什么你那旧主人留下来的衣服?

毕萨尼奥　有的,殿下,在我的寓所里,就是他向我的女主人告别的时候所穿的那一套。

克洛顿　你替我做的第一件事,就是把那套衣服拿来。这是你的第一件工作,去吧。

毕萨尼奥　我就去拿来,殿下。(下。)

克洛顿　在密尔福德港相会!——我忘记问他一句话,等会儿一定记好了——就在那里,波塞摩斯,你这狗贼,我要杀死你。我希望这些衣服快些拿来。她有一次向我说过,——我现在想起了这句话的刻毒,就想从心里把它呕吐出来——她说在她看起来,波塞摩斯的一件衣服,都要比我这天生高贵的人物,以及我随身所有的一切美德,更值得她的爱重。我要穿着这一身衣服去奸污她;先当着她的眼前把他杀了,让她看看我的勇敢,那时她就会痛悔从前不该那样瞧不起我。他躺在地上,我的辱骂的话向他的尸体发泄完了,我刚才说过的,为了使她懊恼起见,我还要穿着这一身受过她这样赞美的衣服,在她的身上满足我的欲望,然后我就打呀踢呀地把她赶回宫里来。她把我侮辱得不亦乐乎,我也要快快活活地报复她一下。

    毕萨尼奥持衣服重上。

克洛顿　那些就是他的衣服吗?

毕萨尼奥　是的,殿下。

克洛顿　她到密尔福德港去了多久了?

毕萨尼奥　她现在恐怕还没有到哩。

克洛顿　把这身衣服送到我的屋子里去,这是我吩咐你做的第二件事。第三件事是你必须对我的计划自愿保守秘密。只要尽忠竭力,总会有好处到你身上的。我现在要到密尔福德港复仇去;但愿我肩上生着翅膀,让我飞了过去!来,做一个忠心的仆人。(下。)

毕萨尼奥　你叫我抹杀我的良心,因为对你尽忠,我就要变成一个不忠的人;我的主人是一个正人君子,我怎么也不愿叛弃他。到密尔福德去吧,愿你扑了一场空,找不到你所要追寻的人。上天的祝福啊,尽量灌注到她的身上吧!但愿这傻子一路上阻碍重重,让他枉自奔波,劳而无功!(下。)

第六场　威尔士。培拉律斯山洞前

    伊摩琴男装上。

伊摩琴　我现在明白了做一个男人是很麻烦的;我已经筋疲力尽,连续两夜把大地当作我的眠床;倘不是我的决心支持着我,我早就病倒了。密尔福德啊,当毕萨尼奥在山顶上把你指给我看的时候,你仿佛就在我的眼底。天哪!难道一个不幸的人,连一块安身之地都不能得到吗?我想他所到之处,就是地面也会从他的脚下逃走的。两个乞丐告诉我,我不会迷失我的路径;难道这些可怜的苦人儿,他们自己受着痛苦,明知这是上天对他们的惩罚和磨难,还会向人撒谎吗?是的,富人们也难得讲半句真话,怎么能怪他们?被锦衣玉食汩没了本性,是比因穷困而撒谎更坏的;国王们的诈欺,是比乞丐的假话更可鄙的。我的亲爱的夫啊!你也是一个欺心之辈。现在我一想到你,我的饥饿也忘了,可是就在片刻之前,我已经饿得快要站不起来了。咦!这是什么?这儿还有一条路通到洞口;它大概是野人的巢窟。我还是不要叫喊,我不敢叫喊;可是饥饿在没有使人完全失去知觉以前是会提起人的勇气的。升平富足的盛世徒然养成一批懦夫,困苦永远是坚强之母。喂!有人吗?要是里面住着文明的人类,回答我吧;假如是野人的话,我也要向他们夺取或是告借一些食物。喂!没有回答吗?那么我就进去。最好还是拔出我的剑;万一我的敌人也像我一样见了剑就害怕,他会瞧都不敢瞧它的。老天啊,但愿我所遇到的是这样一个敌人!(进入洞中。)

  培拉律斯、吉德律斯及阿维拉古斯上。

培拉律斯　你,波里多,已经证明是我们中间最好的猎人;你是我们餐席上的主人,凯德华尔跟我将要充一下厨役和侍仆,这是我们预先约定的;劳力的汗只是为了它所期望的目的而干涸。来,我们空虚的肚子将会使平常的食物变成可口;疲倦的旅人能够在坚硬的山石上沉沉酣睡,终日偃卧的懒汉却嫌绒毛的枕头太硬。愿平安降临于此,可怜的没有人照管的屋子!

吉德律斯　我乏得一点力气也没有了。

阿维拉古斯　我虽然因疲劳而乏力,胃口倒是非常之好。

吉德律斯　洞里有的是冷肉;让我们一面嚼着充饥,一面烹煮我们今天打来的野味吧。

培拉律斯　(向洞中窥望)且慢;不要进去。倘不是他在吃着我们的东西,我一定会当他是个神仙。

吉德律斯　什么事,父亲?

培拉律斯　凭着朱庇特起誓,一个天使!要不然的话,也是一个人间绝世的美少年!瞧这样天神般的姿容,却还只是一个年轻的孩子!

　　　　　　伊摩琴重上。

伊摩琴　好朋友们,不要伤害我。我在走进这里来以前,曾经叫喊过;我本来是想问你们讨一些或是买一些食物的。真的,我没有偷了什么,即使地上散满金子,我也不愿拾取。这儿是我吃了你们的肉的钱;我本来想在吃过以后,把它留在食桌上,再替这里的主人作过感谢的祷告,然后才出来的。

吉德律斯　钱吗,孩子?

阿维拉古斯　让一切金银化为尘土吧!只有崇拜污秽的邪神的人才会把它看重。

伊摩琴　我看你们在发怒了。假如你们因为我干了这样的错事而杀死我,你们要知道,我不这么干也早就不能活命啦。

培拉律斯　你要到什么地方去?

伊摩琴　到密尔福德港。

培拉律斯　你叫什么名字?

伊摩琴　我叫斐苔尔,老伯。我有一个亲戚,他要到意大利去;他在密尔福德上船;我现在就要到他那儿去,因为走了许多路,肚子饿得没有办法,才犯下了这样的错误。

培拉律斯　美貌的少年,请你不要把我们当作山野的伧夫。也不要凭着我们所住的这一个粗陋的居处,错估了我们善良的心性。欢迎!天快黑了;你应该养养你的精神,然后动身赶路。请就在这里住下来,陪我们一块儿吃些东西吧。孩子们,你们也欢迎欢迎他。

吉德律斯　假如你是一个女人,兄弟,我一定向你努力追求,非让我做你的新郎不可。说老实话,我要出最高的代价把你买到。

阿维拉古斯　我要因为他是个男子而感到快慰;我愿意爱他像我的兄弟一样。正像欢迎一个久别重逢的亲人,我欢迎你!快活起来吧,因为你是我们的朋友之一。

伊摩琴　朋友之一,也是兄弟之一。(旁白)但愿他们果然是我父亲的儿子,那么我的身价多少可以减轻一些,波塞摩斯啊,你我之间的鸿沟,也不至于这样悬隔了。

培拉律斯　他有些什么痛苦,在那儿愁眉不展呢?

吉德律斯　但愿我能够替他解除!

阿维拉古斯　我也但愿能够替他解除,不管他有些什么痛苦,不管那需要多少的劳力,冒多大的危险。神啊!

培拉律斯　听着,孩子们。(耳语。)

伊摩琴　高人隐士,他们潜居在并不比这洞窟更大的斗室之内,洁身自好,与世无争,保持他们纯洁的德性,把世俗的过眼荣华置之不顾,这样的人果然可敬,但是还不及这两个少年质朴得可爱。恕我,神啊!既然里奥那托斯这样薄情无义,我愿变为一个男子和他们做伴。

培拉律斯　就这样吧。孩子们,我们去把猎物烹煮起来。美貌的少年,进来。肚子饿着的时候,谈话是很乏力的;等我们吃过晚餐,我们就要详细询问你的身世,要是你愿意告诉我们的话。

吉德律斯　请过来吧。

阿维拉古斯　鸱枭对于黑夜,云雀对于清晨,也不及我们对你的欢迎。

伊摩琴　谢谢,大哥。

阿维拉古斯　请过来吧。(同下。)

第七场　罗马。广场

二元老及众护民官上。

元老甲　皇上有旨:本国平民方今正在讨伐巴诺尼亚人和达尔迈西亚人的叛乱,目前驻屯法兰西的军团,实力薄弱,不够膺惩二心的不列颠人,所以传谕全国士绅,一体踊跃从征。他晋封路歇斯为执政长官;全权委任你们各位护民官负责立即征募兵员。恺撒万岁!

护民官甲　路歇斯是全军的主将吗?

元老乙　是的。

护民官甲　他现在还在法兰西吗?

元老甲　带领着我刚才所说的那几个军团,正在等候着你们征募的兵队前去补充。在你们的委任状上,写明了需要的兵额和他们开拔的限期。

护民官甲　我们一定履行我们的责任。(同下。)

第 四 幕

第一场　威尔士。培拉律斯山洞附近森林

克洛顿上。

克洛顿　要是毕萨尼奥指示我的方向没有错误,那么这儿离开他们约会的地点应该不远了。他的衣服我穿着多么合身!既然穿得上他的衣服,为什么配不上他的爱人呢?她不是跟他的裁缝一样,都是上帝造下的生物吗?据说,女人究竟能不能配上,全得看她一时的冲动——对不起,我说得过分露骨了。反正我必须使尽我的伎俩才是。我敢老实对自己说一句话——因为一个人在自己房间里照照镜子是算不得虚荣的——我的意思是说,我的全身的线条正像他一样秀美;同样的年轻,讲身体我比他结实,讲命运我不比他坏,讲眼前的地位他不及我,讲出身他没有我高贵;我们同样通晓一般的庶务,可是在单人决斗的时候,我比他更了不起;然而这个不识好歹的丫头偏偏丢下了我去爱他! 人类真是莫名其妙的东西! 波塞摩斯,你的头现在还长在你的肩膀上,一小时之内,它就要掉下来了;你的爱人要被我强奸,你的衣服要当着她的面前撕成碎片;等到这一切都干完以后,我

要把她踢回家去见她的父亲，她的父亲见我用这种粗暴的手段对待他的女儿，也许会有点儿生气，可是我的母亲是能够控制他的脾气的，到后来还是我得到一切的赞美。我的马儿已经拴好；出来，宝剑，去饮仇人的血吧！命运之神啊，愿你让他们落在我的手里！这儿正是他所描写的他们约会的地点；那家伙想来不敢骗我。（下。）

第二场　培拉律斯山洞之前

培拉律斯、吉德律斯、阿维拉古斯及伊摩琴自洞中上。

培拉律斯　（向伊摩琴）你身子不大舒服，还是留在洞里；我们打完了猎就来看你。

阿维拉古斯　（向伊摩琴）兄弟，安心住着吧；我们不是兄弟吗？

伊摩琴　人们本来应该像兄弟一般彼此亲爱；可是黏土也有贵贱的区分，虽然它们本身都是同样的泥块。我病得很难过。

吉德律斯　你们去打猎吧；我来陪他。

伊摩琴　我没有什么大病，就是有点儿不舒服；可是我还不像那些娇生惯养的公子哥儿一般，没有病就装出一副快要死了的神气。所以请你们让我一个人留着吧；不要放弃你们每日的工作；破坏习惯就是破坏一切。我虽然有病，你们陪着我也于事无补；对于一个耽好孤寂的人，伴侣并不是一种安慰。我的病不算厉害，因为我还能对它大发议论。请你们信任我，让我留在这儿吧；除了我自己以外，我是什么也不会偷窃，我只希望一个人偷偷地死去。

吉德律斯　我爱你；我已经说过了；我对你的爱的分量，正像我爱我的父亲一样。

培拉律斯　咦！怎么！怎么！

阿维拉古斯　要是说这样的话是罪恶,父亲,那么这不单是我哥哥一人的过失。我不知道我为什么爱这个少年；我曾经听见您说,爱的理由是没有理由的。假如柩车停在门口,有人问我应该让谁先死,我会说,"让我的父亲死,让这少年活着吧。"

培拉律斯　(旁白)啊,高贵的气质！优越的天赋！伟大的胚胎！懦怯的父亲只会生懦怯的儿子,卑贱的事物出于卑贱。有谷实也就有糠麸,有猥琐的小人,也就有倜傥的豪杰。我不是他们的父亲；可是这少年不知究竟是什么人,却会造成这样的奇迹,使他们爱他胜于爱我。现在是早上九点钟了。

阿维拉古斯　兄弟,再会！

伊摩琴　愿你们满载而归！

阿维拉古斯　愿你恢复健康！请吧,父亲。

伊摩琴　(旁白)这些都是很善良的人。神啊,我听到一些怎样的谎话！我们宫廷里的人说,在宫廷以外,一切都是野蛮的；经验啊,你证实传闻的虚伪了。庄严的大海产生蛟龙和鲸鲵,清浅的小河里只有一些供鼎俎的美味的鱼虾。我还是觉得不舒服,心里一阵阵地难过。毕萨尼奥,我现在要尝试一下你的灵药了。(吞药。)

吉德律斯　我不能鼓起他的精神来。他说他是良家之子,遭逢不幸,忠实待人,却受到人家的欺骗。

阿维拉古斯　他也是这样回答我；可是他说以后我也许可以多知道一些。

培拉律斯　到猎场上去,到猎场上去！(向伊摩琴)我们暂时离开你一会儿；进去安息安息吧。

75

阿维拉古斯　我们不会去得很久的。

培拉律斯　请你不要害病,因为你必须做我们的管家妇。

伊摩琴　不论有病无病,我永远感念你们的好意。(下。)

培拉律斯　这孩子虽然在困苦之中,看来他是有很好的祖先的。

阿维拉古斯　他唱得多么像个天使!

吉德律斯　可是他的烹饪的手段多么精巧!他把菜根切得整整齐齐;他调煮我们的羹汤,就像天后朱诺害病的时候曾经侍候过她的饮食一样。

阿维拉古斯　他用非常高雅的姿态,把一声叹息配合着一个微笑:那叹息似乎在表示自恨它不能成为这样一个微笑,那微笑却在讥讽那叹息,怪它从这样神圣的殿堂里飞了出来,去同那水手们所詈骂的风儿混杂在一起。

吉德律斯　我注意到悲哀和忍耐在他的心头长着根,彼此互相纠结。

阿维拉古斯　长大起来,忍耐!让那老朽的悲哀在你那繁盛的藤蔓之下解开它的枯萎的败根吧!

培拉律斯　已经是大白天了。来,我们走吧!——那儿是谁?

　　　　克洛顿上。

克洛顿　我找不到那亡命之徒;那狗才骗了我。我好疲乏!

培拉律斯　"那亡命之徒"!他说的是不是我们?我有点儿认识他;这是克洛顿,王后的儿子。我怕有什么埋伏。我好多年没有看见他了,可是我认识他这个人。人家把我们当作匪徒,我们还是避开一下吧。

吉德律斯　他只有一个人。您跟我的弟弟去看看有没有什么人走过来;你们去吧,让我独自对付他。(培拉律斯、阿维拉古斯同下。)

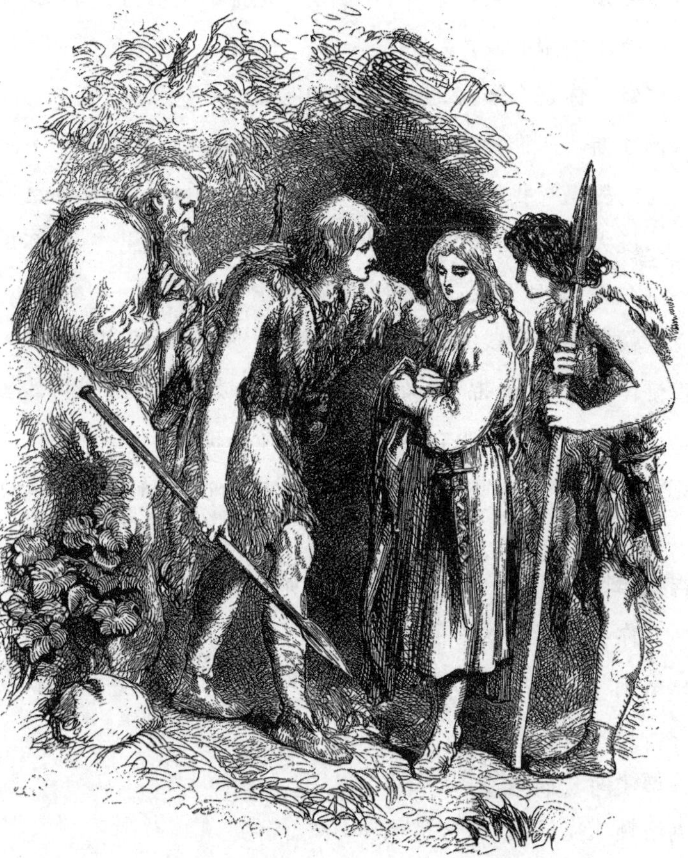

克洛顿　且慢！你们是些什么人,见了我就这样转身逃走？是啸聚山林的匪徒吗？我曾经听见说起过你们这种家伙。你是个什么奴才？

吉德律斯　人家骂我奴才,我要是不把他的嘴巴打歪,那我才是个不中用的奴才。

克洛顿　你是个强盗,破坏法律的匪徒。赶快投降,贼子！

吉德律斯　向谁投降？向你吗？你是什么人？我的臂膀不及你的粗吗？我的胆量不及你的壮吗？我承认我不像你这样爱说大话,因为我并不把我的刀子藏在我的嘴里。说,你是什么人,为什么要我向你投降？

克洛顿　你这下贱的贼奴,你不能从我的衣服上认识我吗？

吉德律斯　不,恶棍,我又不认识你的裁缝；他是你的祖父,替你做下了这身衣服,让你穿了像一个人的样子。

克洛顿　好一个利嘴的奴才,我的裁缝并没有替我做下这身衣服。

吉德律斯　好,那么谢谢那舍给你穿的施主吧。你是个傻瓜；打你也嫌污了我的手。

克洛顿　你这出口伤人的贼子,你只要一听我的名字,你就发起抖来了。

吉德律斯　你叫什么名字？

克洛顿　克洛顿,你这恶贼。

吉德律斯　你这恶透了的恶贼,原来你的名字就叫克洛顿,那可不能使我发抖；假如你叫蛤蟆、毒蛇、蜘蛛,那我倒也许还有几分害怕。

克洛顿　让我叫你听了格外害怕,嘿,我要叫你吓得发呆,告诉你吧,我就是当今王后的儿子。

吉德律斯　我很失望,你的样子不像你的出身那么高贵。

克洛顿　你不怕吗?

吉德律斯　我只怕那些我所尊敬的聪明人;对于傻瓜们我只有一笑置之,不知道他们有什么可怕。

克洛顿　过来领死。等我亲手杀死了你以后,我还要追上刚才逃走的那两个家伙,把你们的首级悬挂在国门之上。投降吧,粗野的山贼!(且斗且下。)

　　　培拉律斯及阿维拉古斯重上。

培拉律斯　不见有什么人。

阿维拉古斯　一个人也没有。您准是认错人啦。

培拉律斯　那我可不敢说;可是我已经好久没看见他了,岁月还没有模糊了他当年脸上的轮廓;那断续的音调,那冲口而出的言语,都正像是他。我相信这人一定就是克洛顿。

阿维拉古斯　我们是在这地方离开他们的。我希望哥哥给他一顿好好的教训;您说他是非常凶恶的。

培拉律斯　我说,他还没有像一个人,什么恐惧他都一点儿不知道;因为一个浑浑噩噩的家伙,往往胆大妄为,毫无忌惮。可是瞧,你的哥哥。

　　　吉德律斯提克洛顿首级重上。

吉德律斯　这克洛顿是个傻瓜,一只空空的钱袋。即使赫刺克勒斯也砸不出他的脑子来,因为他根本是没有脑子的。可是我要是不干这样的事,我的头也要给这傻瓜拿下来,正像我现在提着他的头一样了。

培拉律斯　你干了什么事啦?

吉德律斯　我明白我自己所干的事:我不过砍下了一个克洛顿的头颅,据他自己所说,他是王后的儿子;他骂我反贼、山林

79

里的匪徒,发誓要凭着他单人独臂的力量,把我们一网捕获,还要从我们的脖子上——感谢天神!——搬下我们的头颅,把它们悬挂在国门上示众。

培拉律斯　我们全完了。

吉德律斯　嗳哟,好爸爸,我们除了他所发誓要取去的我们的生命以外,还有什么可以失去的?法律并不保护我们;那么我们为什么向人示弱,让一个妄自尊大的家伙威吓我们,因为我们害怕法律,他就居然做起我们的法官和刽子手来?你们在路上看见有什么人来吗?

培拉律斯　我们一个人也没看见;可是我们有充分的理由相信他一定是带着随从来的。他的脾气固然是轻浮善变,往往从一件坏事摇身一转,就转到一件更大的坏事;可是除非全然发了疯,他决不会一个人到这儿来。虽然宫廷里也许听到这样的消息,说是有我们这样的人在这儿穴居行猎,都是一些化外的匪徒,也许渐渐有扩展势力的危险;他听见了这样的话,正像他平日的为人一样,就自告奋勇,发誓要把我们捉住;然而他未必就会独自前来,他自己固然没有这样的胆量,他们也不会这样答应他。所以我们要是害怕他的身体上有一条比他的头更危险的尾巴,也不是没有根据的。

阿维拉古斯　让一切依照着天神的旨意吧;可是我的哥哥干得不错。

培拉律斯　今天我没有心思打猎;斐苔尔那孩子的病,使我觉得仿佛道路格外漫长似的。

吉德律斯　他挥舞他的剑,对准我的咽喉刺了过来,我一伸手就把它夺下,用他自己的剑割下了他的头颅。我要把它丢在我们山崖后面的溪涧里,让溪水把它冲到海里,告诉鱼儿他是王后的儿子克洛顿。别的我什么都不管。(下。)

培拉律斯　我怕他们会来报复。波里多,你要是不干这件事多好!虽然你的勇敢对于你是十分相称的。

阿维拉古斯　但愿我干下这样的事,让他们向我一个人报复!波里多,我用兄弟的至情爱着你,可是我很妒嫉你夺去了我这样一个机会。我希望复仇的人马会来找到我们,让我们尽我们所有的力气,跟他们较量一下。

培拉律斯　好,事情已经这样干下了。我们今天不用再打猎,也不必去追寻无益的危险。你先回到山洞里去,和斐苔尔两人把食物烹煮起来;我在这儿等候卤莽的波里多回来,就同他来吃饭。

阿维拉古斯　可怜的有病的斐苔尔!我巴不得立刻就去看他;为了增加他的血色,我愿意放尽千百个像克洛顿这样家伙的血,还要称赞自己的心肠慈善哩。(下。)

培拉律斯　神圣的造化女神啊!你在这两个王子的身上多么神奇地表现了你自己!他们是像微风一般温柔,在紫罗兰花下轻轻拂过,不敢惊动那芬芳的花瓣;可是他们高贵的血液受到激怒以后,就会像最粗暴的狂风一般凶猛,他们的威力可以拔起岭上的松柏,使它向山谷弯腰。奇怪的是一种无形的本能居然会在他们身上构成不学而得的尊严,不教而具的正直,他们的文雅不是范法他人,他们的勇敢茁长在他们自己的心中,就像不曾下过耕耘的工夫,却得到了丰盛的收获一般!可是我总想不透克洛顿到这儿来对于我们究竟预兆着什么,也不知道他的一死将会引起怎样的后果。

　　　　吉德律斯重上。

吉德律斯　我的弟弟呢?我已经把克洛顿的骷髅丢下水里,叫

81

他向他的母亲传话去了；他的身体暂时留下，作为抵押，等他回来向我们复命。（内奏哀乐。）

培拉律斯　我的心爱的乐器！听！波里多，它在响着呢；可是凯德华尔现在为什么要把它弹奏起来？听！

吉德律斯　他在家里吗？

培拉律斯　他在家里。

吉德律斯　他是什么意思？自从我的最亲爱的母亲死了以后，它还不曾发过一声响。一切严肃的事物，是应该适用于严肃的情境之下的。怎么一回事？无事而狂欢，和为了打碎玩物而痛哭，这是猴子的喜乐和小儿的悲哀。凯德华尔疯了吗？

　　　　阿维拉古斯抱伊摩琴重上，伊摩琴状如已死。

培拉律斯　瞧！他来了，他手里抱着的，正是我们刚才责怪他无事兴哀的原因。

阿维拉古斯　我们千般怜惜万般珍爱的鸟儿已经死了。早知会看见这种惨事，我宁愿从二八的韶年跳到花甲的颓龄，从一个嬉笑跳跃的顽童变成一个扶杖蹒跚的老翁。

吉德律斯　啊，最芬芳、最娇美的百合花！我的弟弟替你簪在襟上的这一朵，远不及你自己长得那么一半秀丽。

培拉律斯　悲哀啊！谁能测度你的底层呢？谁知道哪一处海港是最适合于你的滞重的船只碇泊的所在？你有福的人儿！乔武知道你会长成一个怎样的男子；可是你现在死了，我只知道你是一个充满着忧郁的人间绝世的少年。你怎样发现他的？

阿维拉古斯　我发现他全身僵硬，就像你们现在所看见的一样。他的脸上荡漾着微笑，仿佛他没有受到死神的箭镞，只是有一个苍蝇在他的熟睡之中爬上他的唇边,痒得他笑了起来一般。他的右颊偎贴在一个坐垫上面。

吉德律斯　在什么地方?

阿维拉古斯　就在地上,他的两臂这样交叉在胸前。我还以为他睡了,把我的钉鞋脱了下来,恐怕我的粗笨的脚步声会吵醒了他。

吉德律斯　啊,他不过是睡着了。要是他真的死了,他将要把他的坟墓作为他的眠床;仙女们将要在他的墓前徘徊,蛆虫不会侵犯他的身体。

阿维拉古斯　当夏天尚未消逝、我还没有远去的时候,斐苔尔,我要用最美丽的鲜花装饰你的凄凉的坟墓;你不会缺少像你面庞一样惨白的樱草花,也不会缺少像你血管一样蔚蓝的风信子,不,你也不会缺少野蔷薇的花瓣——不是对它侮蔑,它的香气还不及你的呼吸芬芳呢;红胸的知更鸟将会衔着这些花朵送到你的墓前,羞死那些承继了巨大的遗产、忘记为他们的先人树立墓碑的不孝的子孙;是的,当百花凋谢的时候,我还要用茸茸的苍苔,掩覆你的寒冷的尸体。

吉德律斯　好了好了,不要一味讲这种女孩子气的话,耽误我们的正事了。让我们停止了嗟叹,赶快把他安葬,这也是我们应尽的一种义务。到墓地上去!

阿维拉古斯　说,我们应该把他葬在什么地方?

吉德律斯　就在我们母亲的一旁吧。

阿维拉古斯　很好。波里多,虽然我们的喉咙现在已经变了声,让我们用歌唱送他入土,就像当年我们的母亲下葬的时候一样吧;我们可以用同样的曲调和字句,只要把尤莉菲尔的名字换了斐苔尔就得啦。

吉德律斯　凯德华尔,我不能唱歌;让我一边流泪,一边和着你朗诵我们的挽歌;因为不合调的悲歌,是比说谎的教士和僧侣更可憎的。

阿维拉古斯　那么就让我们朗诵吧。

培拉律斯　看来重大的悲哀是会解除轻微的不幸的,因为你们把克洛顿全然忘记了。孩子们,他曾经是一个王后的儿子,虽然他来向我们挑衅,记着他已经付下他的代价;虽然贵贱一体,同归朽腐,可是为了礼貌的关系,我们应该对他的身分和地位表示相当的敬意。我们的敌人总算是一个王子,虽然你因为他是我们的敌人而把他杀死,可是让我们按照一个王子的身份把他埋葬了吧。

吉德律斯　那么就请您去把他的尸体搬来。贵人也好,贱人也好,死了以后,剩下的反正都是一副同样的臭皮囊。

阿维拉古斯　要是您愿意去的话,我们就趁着这时候朗诵我们的歌儿。哥哥,你先来。(培拉律斯下。)

吉德律斯　不,凯德华尔,我们必须把他的头安在东方;这是我父亲的意思,他有他的理由。

阿维拉古斯　不错。

吉德律斯　那么来,把他放下去。

阿维拉古斯　好,开始吧。

　　　　　　　歌

吉德律斯

　　　　不用再怕骄阳晒蒸,
　　　　　　不用再怕寒风凛冽;
　　　　世间工作你已完成,
　　　　　　领了工资回家安息。

才子娇娃同归泉壤,
正像扫烟囱人一样。

阿维拉古斯

不用再怕贵人嗔怒,
你已超脱暴君威力;
无须再为衣食忧虑,
芦苇橡树了无区别。
健儿身手,学士心灵,
帝王蝼蚁同化埃尘。

吉德律斯

不用再怕闪电光亮,

阿维拉古斯

不用再怕雷霆暴作;

吉德律斯

何须畏惧谗人诽谤,

阿维拉古斯

你已阅尽世间忧乐。

吉德律斯
阿维拉古斯

无限尘寰痴男怨女,
人天一别,埋愁黄土。

吉德律斯

没有巫师把你惊动!

阿维拉古斯

没有符咒扰你魂魄!

吉德律斯

野鬼游魂远离坟冢！

阿维拉古斯
狐兔不来侵你骸骨！

吉德律斯
阿维拉古斯
瞑目安眠，归于寂灭；
墓草长新，永留追忆！

培拉律斯曳克洛顿尸体重上。

吉德律斯　我们已经完毕我们的葬礼。来，把他放下去。

培拉律斯　这儿略有几朵花，可是在午夜的时候，将有更多的花儿开放。沾濡着晚间凉露的草花，是最适宜于撒在坟墓上的；在它们的泪颜之间，你们就像两朵凋零的花卉，暗示着它们同样的命运。来，我们走吧；让我们向他们长跪辞别。大地产生了他们，现在他们已经重新投入大地的怀抱；他们的快乐和痛苦都已成为过去了。（培拉律斯、吉德律斯、阿维拉古斯同下。）

伊摩琴　（醒）是的，先生，到密尔福德港是怎么走的？谢谢您啦。打那边的林子里过去吗？请问还有多少路？嗳哟！还有六哩吗？我已经走了整整一夜了。真的，我要躺下来睡一会儿。（见克洛顿尸）可是且慢！我可不要跟人家睡在一起！天上的男女神明啊！这些花就像是人世的欢乐，这个流血的汉子是忧愁烦恼的象征。我希望我在做梦；因为我仿佛自己是一个看守山洞的人，替一些诚实的人们烹煮食物。可是不会有这样的事，这不过是脑筋里虚构出来的无中生有的幻象；我们的眼睛有时也像我们的判断一般靠不住。真的，我还在害怕得发抖。要是上天还剩留着仅仅像麻雀眼睛一般大小的一点点儿的慈悲,敬畏的神明啊,求你们赐给我一部分吧!这梦仍然在这儿;虽然在我醒来的时候,它还围绕在我的周遭,盘踞在我的心头;并不是想像,却是有实感的。一个没有头的男子!波塞摩斯的衣服!我知道他的两腿的肥瘦,这是他的手,他的麦鸠利一般敏捷的脚,他的马斯一般威武的肌肉,赫剌克勒斯一般雄壮的筋骨,可是他的乔武一般神圣的脸呢?天上也有谋杀案了吗?怎么!他的头已被砍去了!毕萨尼奥,愿疯狂的赫卡柏向希腊人所发的一切咒诅,再加上我自己的咒诅,完全投射在你身上!是你和那个目无法纪的恶魔克洛顿同谋设计,在这儿伤害了我丈夫的生命。从此以后,让读书和写字都被认为是不可恕的罪恶吧!万恶的毕萨尼奥已经用他假造的书信,从这一艘全世界最雄伟的船舶上击倒它的主要的桅樯了!啊,波塞摩斯!唉!你的头呢?它到哪儿去了?嗳哟!它到哪儿去了?毕萨尼奥可以从你的心口把你刺死,让你保留着这颗头的。你怎么会下这样的毒手呢,毕萨尼奥?那是他和克洛顿,他们的恶意和贪心,造成了这样的惨剧。啊!这是很可能的,很可能的!他给我的药,他说是可以兴奋我的精神的,我不是一服下去就失了知觉吗?那完全证实了我的推测;这是毕萨尼奥和克洛顿两人干下的事。啊!让我用你的血涂在我惨白的颊上,使它添加一些颜色,万一有什么人看见我们,我们可以显得格外可怕。啊!我的夫!我的夫!(仆于尸体之上。)

路歇斯、一将领、其他军官及一预言者上。

将　领　驻在法兰西的军队已经遵照您的命令,渡海前来,到了密尔福德港,听候您的指挥;他们一切都已准备好了。

路歇斯　可是罗马有援兵到来没有？

将　　领　元老院已经发动了意大利全国的绅士，他们都是很勇敢的人，一定可以建立赫赫的功勋；他们的首领是勇敢的阿埃基摩，西也那的兄弟。

路歇斯　你知道他们什么时候可以到来？

将　　领　只要有顺风，他们随时可以到来。

路歇斯　这样敏捷的行动，加强了我们必胜的希望。传令各将领，把我们目前所有的队伍集合起来。现在，先生，告诉我你近来有没有什么关于这一次战事前途的梦兆？

预言者　我曾经斋戒祈祷，求神明垂告吉凶，昨晚果然蒙他们赐给我一个梦兆：我看见乔武的鸟儿，那只罗马的神鹰，从潮湿的南方飞向西方，消失在阳光之中；要是我的罪恶没有使我的推测成为错误，那么这分明预示着罗马大军的胜利。

路歇斯　梦兆是从来不会骗人的。且慢，呀！哪儿来的这一个没有头的身体？从这一堆残迹上看起来，它过去曾经是一座壮丽的屋宇。怎么！一个童儿！还是死了？还是睡着在这尸体的上面？多半是死了，因为和死人同眠，毕竟是一件不近人情的事。让我们瞧瞧这孩子的面孔。

将　　领　他还活着哩，主帅。

路歇斯　那么他必须向我们解释这尸体的来历。孩子，告诉我们你的身世，因为它好像在切望着人家的究诘。被你枕卧在他的血泊之中的这一个尸体是什么人？造化塑下了那么一个美好的形象，他却把它毁坏得这般难看。你和这不幸的死者有什么关系？他怎么会在这儿？究竟是什么人？你是一个何等之人？

伊摩琴　我是一个不足挂齿的人物；要是世上没有我这个人，那才更好。这是我的主人,一个非常勇敢而善良的英国人,被山贼们杀死在这儿。唉!再也不会有这样的主人了!我可以从东方漂泊到西方,高声叫喊,招寻一个愿意我为他服役的人;我可以更换许多主人,也许他们全都是很好的,我也为他们尽忠做事;可是这样一个主人却再也找不到了。

路歇斯　唉,好孩子!你的哀诉打动我的心,不下于你的流血的主人。告诉我他的名字,好朋友。

伊摩琴　理查·杜襄。(旁白)我捏造了一句无害的谎话,虽然为神明所听见,我希望他们会原谅我的。——您说什么,大帅?

路歇斯　你的名字呢?

伊摩琴　斐苔尔,大帅。

路歇斯　这是一个很好的名字。你已经证明你自己是一个忠心的孩子,愿意在我手下试一试你的机会吗?我不愿说你将要得到一个同样好的主人,可是我担保你一定可以享受同样的爱宠。即使罗马皇帝亲自写了保荐的信,叫一个执政送来给我,这样天大的面子,也不及你本身的价值更能促起我的注意。跟我去吧。

伊摩琴　我愿意跟随您,大帅。可是我还先要用这柄不中用的锄头,要是天神嘉许的话,替我的主人掘一个坑掩埋了,免得他受飞蝇的滋扰;当我把木叶和野草撒在他的坟上,反复默念了一二百遍祈祷以后,我要悲泣长叹,尽我这一点最后的主仆之情,然后我就死心塌地跟随您去,要是您愿意收容我的话。

路歇斯　嗯,好孩子,我将要不仅是你的主人,而且还要做你的父亲。朋友们,这孩子已经指出了我们男子汉的责任;让我们找一块雏菊开得最可爱的土地,用我们的戈矛替他掘一个坟墓;来,我们还要替他披上戎装。孩子,他是因为你的缘故而得到我们的优礼的,我们将要按照军人的仪式把他安葬。高兴起来;揩干你的眼睛:说不定一跤会使你跌入青云。(同下。)

第三场　辛白林宫中一室

辛白林、群臣、毕萨尼奥及侍从等上。

辛白林　再去替我问问她现在怎样了。(一侍从下)因为她的儿子的失踪,急成一病,疯疯癫癫的,恐怕性命不保。天哪!你在一时之间给了我多少难堪的痛楚!伊摩琴走了,我已经失去大部分的安慰;我的王后病在垂危,偏偏又碰在战祸临头的时候;她的儿子又是迟不迟早不早的,在这人家万分需要他的当儿突然不知去向;这一切打击着我,把我驱到了绝望的境地。可是你,家伙,你不会不知道她的出走,却装出这一副漠无所知的神气,我要用严刑逼着你招供出来。

毕萨尼奥　陛下,我的生命是属于您的,该杀该剐,都随陛下的便;可是说到公主,我实在不知道她在什么地方,为什么出走,也不知道她准备什么时候回来。求陛下明鉴,我是您的忠实的奴仆。

臣甲　陛下,公主失踪的那一天,他是在这儿的;我敢保证他的忠实,相信他一定会尽心竭力,履行他的臣仆的责任。至于克洛顿,我们已经派人各处加紧搜寻去了,不久一定会找到的。

辛白林　这真是多事之秋。(向毕萨尼奥)我暂时放过你,可是我对你的怀疑还不能就此消失。

臣　　甲　启禀陛下,从法兰西抽调的罗马军队,还有一批由他们元老院派遣的绅士军作为后援,已经在我国海岸上登陆了。

辛白林　但愿我的儿子和王后在我跟前,我可以跟他们商量商量!这些事情简直把我搅糊涂了。

臣　　甲　陛下,您已经准备好的实力,对付这样数目的敌人是绰绰有余的;即使来得再多一些,我们也可以抵挡得了;只要一声令下,这些渴望着一显身手的军队立刻就可以行动起来。

辛白林　我谢谢你的良言。让我们退下去筹谋应付时局的方策。我所担心的,倒不是意大利将会给我们一些怎样的烦恼,而是这儿国内不知道会发生一些怎样的变故。去吧!

(除毕萨尼奥外均下。)

毕萨尼奥　自从我写信告诉我的主人伊摩琴已经被我杀死以后,至今没有得到他的来信,这真有点儿奇怪;我的女主人答应时常跟我通讯,可是我也没有听到过她的消息;克洛顿的下落如何,更是一点也不知道;一切对于我都是一个疑团,上天的意旨永远是不可捉摸的。我的欺诈正是我的忠诚,为了尽忠的缘故,我才撒下漫天的大谎。当前的战争将会证明我爱我的国家,我要使王上明白我的赤心,否则宁愿死在敌人的剑下。种种的疑惑到头来总会发现真相;失舵的船只有时也会安然抵港。(下。)

第四场　威尔士。培拉律斯山洞前

培拉律斯、吉德律斯及阿维拉古斯同上。

吉德律斯　这些喧呼的声音就在我们的四周。

培拉律斯　让我们远远避开它。

阿维拉古斯　父亲,我们要是屏绝行动和进取的雄心,把生命这样幽锢起来,人生还有什么乐趣呢?

吉德律斯　对啊,我们让自己躲藏在山谷里,这一辈子还有什么希望?罗马人一定会从这条路上来的,他们倘不因为我们是英国人而杀死我们,就是把我们当作一群野蛮无耻的叛徒,暂时把我们收留下来,等到用不着我们的时候,再把我们杀死。

培拉律斯　孩子们,让我们到山上高一点儿的地方去,那里比较安全一些。国王的军队我们是不能参加的;克洛顿死得不久,他们看我们都是一些面貌生疏的人,又不曾编入队伍,也许会查问我们的住处,万一我们所干的事被他们追究出来,那我们免不了要在严刑拷打之下死于非命。

吉德律斯　父亲,在这样的时候担起这种心事来,您也太没有男子气了;听了您这样的话,我们是大不满意的。

阿维拉古斯　他们听见敌人军马的长嘶,望见敌人营舍的火光,他们的耳目都凝集在敌人的行动上;在这样军情万急的时候,他们还会浪费他们的时间注意我们,查问我们的来历吗?

培拉律斯　啊!军队里有好多人认识我;就说克洛顿吧,当初他还不过是个孩子,可是多年的暌隔,并没有使我忘记了他的面貌。而且这国王也不值得我的效力和你们的爱戴;因为我被他放逐了,你们才不能享受良好的教养,不得到这儿来度着艰苦的生活,永远剥夺了你们孩提时代的幸福,夏天被太阳晒成黑娃娃,冬天冷得躲在角落里发抖。

吉德律斯　与其这样活着,还是死了的好。求求您,父亲,让我

92

们到军队里去吧。谁也不认识我们兄弟两人；您自己早已被人忘了，您的模样也早已跟二十年前的您大不相同，人家决不会来向您寻根究底的。

阿维拉古斯　凭着这一轮光明的太阳发誓，我一定要去。这还成什么话，不曾看见一个人在我的面前死去！除了胆小的野兔、性急的山羊和柔弱的麋鹿以外，简直不曾见过一滴血！也不曾装上靴距，正式地骑过一回马儿！望着神圣的太阳，我就觉得心中惭愧，徒然沐浴它的温暖的光辉，却不能轰轰烈烈地干一番事业，老是在山野之间做一个碌碌无名之辈。

吉德律斯　苍天在上，我也要去！父亲，要是您允许我，愿意为我祝福的话，我一定自己格外小心；不然的话，让我死在罗马人的手里吧。

阿维拉古斯　我也是这样说，阿门。

培拉律斯　既然你们把自己的生命看得这样轻，我也没有理由爱惜我这衰朽的身躯。我跟你们去吧，孩子们！万一你们为了祖国而战死疆场，那也就是我埋骨的地方。你们带路吧。（旁白）时间仿佛是这样悠长；他们的热血在心头奔涌，要向人显示他们是天生的王子。（同下。）

第 五 幕

第一场 英国。罗马军营地

波塞摩斯持血帕上。

波塞摩斯　是的,血污的布片,我要把你保藏起来,因为是我的意思让你染上这种颜色。已婚的男子们啊,要是你们每一个人都采取这样的手段,那么多少人将要杀害了远比他们自己无罪的妻子,只因为她们一时小小的失足!啊,毕萨尼奥!良好的仆人并不全然服从主人的命令;那命令如其是荒谬狂悖的,他就没有履行的义务。神啊!要是你们早一些谴罚我的罪恶,我决不会活到现在,干下这样的行为;尊贵的伊摩琴也可以不至于惨死,让她有忏悔的机会;只有我这恶人才应该受你们雷霆的怒击。可是唉!有的人犯了小小的过失,你们就把他撵了去,这是你们的好意,使他以后不再堕落;有的人你们却放任他为非作恶,每一次的罪过比前一次更重,使他对自己的行为都怀着恐惧。可是伊摩琴是你们的,照你们的意旨执行,让我服从你们而得福吧。我跟着意大利的绅士们到这儿来,向我的妻子的国家作战;不列颠,我已经杀死你最好的女郎,再不愿伤害你了!仁慈的上天啊,垂听我的意见:我要脱下这些意大利的装束,穿上一身英国农民的衣服;我要掉转剑头,为我的祖国而战;伊摩琴啊!我要为你而死,虽然你已经使我的生命的每一次呼吸等于一次死亡;我要像这样隐藏我的真相,没有人怜悯,也没有人憎恨,拼着这一身去迎受一切的危险。让我使人们知道,在我这卑贱的服装之内,是藏着极大的勇敢的。神啊!求你们把里奥那托斯家先世的神威注入我的全身!为了羞辱世间的伪装,我要自创先例,让内心的真价胜过外表的寒伧。(下。)

第二场　两军营地间的战场

路歇斯、阿埃基摩及罗马军队自一门上;英国军队自另一门上,波塞摩斯穿敝服扮穷兵随上。两军整队穿过舞台,各下。号角声。阿埃基摩及波塞摩斯二人重上,接战;波塞摩斯击败阿埃基摩,褫其武装;波塞摩斯下。

阿埃基摩　重压在我胸头的罪恶剥夺了我的勇气;我曾经冤诬一位女郎,这国里的公主,好像这儿的空气也在向我复仇一般,使我软弱无力,否则我这久列行间的战士,怎么会失败在这村野伧奴的手里?像我这般骑士的头衔,官家的封典,不过是一些供人讥笑的虚名。不列颠啊,要是你那些绅士们胜过这一个村汉,正像他胜过我们的贵族一样,那么你们都是天神,我们简直不能算是人了。(下。)

战争继续;英军败走;辛白林被捕;培拉律斯、吉德律斯及阿维拉古斯上,救辛白林。

培拉律斯　站住,站住!我们占着优势的地位。港口已经把守好了；除了我们自己懦怯的恐惧以外，谁也不能打败我们。

吉德律斯
阿维拉古斯　站住，站住，努力作战！

　　　　波塞摩斯重上，助英军作战，协同培拉律斯等将辛白林救出，同下。路歇斯、阿埃基摩及伊摩琴重上。

路歇斯　去，孩子，赶快离开军队，保全你自己的生命吧；战争是盲目的，在这样混乱的状态中，自己人也会自相残杀的。

阿埃基摩　这是他们新到的援军。

路歇斯　今天的战局会有这样变化，真是意想不到。我们倘不赶快增援，只有走为上着。(同下。)

第三场　战场另一部分

　　　　波塞摩斯及一英国贵族上。

贵　族　你是从力行抵抗的那一边来的吗？

波塞摩斯　是的；您是从逃走的那一边来的吧？

贵　族　是的。

波塞摩斯　这也怪不得您，先生；倘不是上天帮助我们打仗，一切全完了。王上自己失去了两翼的卫护，军队四分五散，只看见不列颠人的背部，大家向一条羊肠小径里奔逃。勇气百倍的敌人忙不及地逢人便杀，只恨少生了两只手，杀不完这许多，累得他们气喘吁吁，把舌头都吐了出来；有的给他们当场砍死，有的略受微伤，有的吓得倒在地上爬不起来；弄得这一条狭窄的路上填满了背后受伤的死人和苟延蚁命的丢脸的懦夫。

贵　族　这条小路在什么地方？

波塞摩斯　　就在战场的附近,两旁掘着壕沟,筑着泥墙;那时候有一个老军人,我敢担保他是一个忠勇的战士,就趁势堵住路口;从他斑白的须髯上,可以看出他身经百战,现在果然显出他老当益壮的身手,为他的国家立下这样的功绩;就是他和两个年轻小伙子,——瞧这两个小伙子的样子似乎只好跑跑乡间的平地,全然不像会干这种杀人的勾当,他们的脸是适宜于戴上面罩的,其实那些为了珍惜自己的美貌或是遮掩羞惭而蒙面的脸,还不及他们的姣好——就是他们三个人站在路口,向那些逃走的人高声呼喊,"我们英国的鹿是因为逃遁而被人杀死的,我们英国的男子却不是这样。向后退的人,他们的灵魂向黑暗里投奔。站住!否则我们就是罗马人,你们像畜生一般奔逃,无非为了避免一死,可是你们不死在罗马人手里,我们也不会饶过你们;要是你们想活命,只有咬紧牙关,转过身去。站住!站住!"在军心涣散的时候,这三个人振臂一呼,简直抵得过三千壮士;他们喊着"站住!站住!"靠着地形的优势,尤其是他们那感发人心的忠勇,可以使一根纺线竿变成一柄长枪,那些死灰似的脸色立刻容光焕发起来;一半因为自觉羞愧,一半因为他们的精神已经重新振作,那些跟在人家后面跑而变成懦夫的人——对于初上战场的兵士,这是一种常有的情形——立刻转过脸去,像雄狮般向着猎人的枪刺狞笑。于是敌人开始停止他们的追逐,他们向后退却,溃奔败走,立刻造成混乱的局面;本来像猛鹰一般从天上飞下,现在却变成一群奔逃的小鸡,来的时候是跨着大步的胜利者,去的时候却是抱头鼠窜的奴才。现在我们的这些懦夫,像一群被狂风怒浪吹打得零落不全的船只,立刻成为生气勃勃的英雄；他们发现敌人的心口可以从它的后门进去，天啊！他们冲杀得多么凶猛！死的死，重伤的重伤，还有的已经被前面的人砍倒，又被后面的人戳了几下；本来是一个人追赶十个，现在这十个人每一个杀死二十个；那些宁愿不抵抗而死的人们，都变成了战场上吃人的大虫。

贵　　族　真是意想不到的事情，一条狭路，一个老人，两个孩子。
波塞摩斯　不用惊奇；您自己一事不干，听见别人所干的事，就觉得奇怪。您愿意吟两行诗句，聊博一笑吗？我倒有了：

　　　　两个孩子，一个老人，一条狭路，
　　　　　英国人的救星，罗马人的灾祸。

贵　　族　您别生气呀。
波塞摩斯　唉，何必生气？谁要是见了敌人溜走，我愿意和他交个朋友；因为他会向敌人逃避，他也会逃避我的友谊。——您使我做起诗句来了。
贵　　族　再见；您在生气了。（下。）
波塞摩斯　还想逃走吗？这是一个贵人！啊，高贵的卑怯！自己在战场上，却问我有什么消息！今天有多少人愿意放弃他们的尊荣，保全他们的皮囊！他们拔脚飞奔，结果还是不免一死！我这为悲哀缠绕的人，虽然听见死亡的呻吟，却找不到他的踪迹，虽然看见死亡的巨掌，却碰不到我的身上；死神，这丑恶的妖魔，偏爱躲藏在美酒红被、芳唇蜜语之中，我们这些在战场上为他拔刀弄剑的人，不过是他的一小部分爪牙。好，我一定要找到他。现在我已经为英国尽过力，我要重新回复我初来时的面目，不再做一个英国人；我也不愿再上战阵，无论哪一个下贱的小卒碰见了我，我就让他把我捉去。罗马军队在这儿杀死了不少的人，英国人一定要报复这一次仇恨。只有死才可以赎回我的自由,只有死才是我唯一的追求;我要为伊摩琴终结我的残生,再不让它多挨一刻苦痛的时辰。

  二英国将领及兵士等上。

将领甲　赞美伟大的朱庇特!路歇斯已经被捕了。人家都猜想那老头儿和他的两个儿子是天神下降。

将领乙　还有一个人,他的装束十分可笑,也跟他们一起把敌人打退。

将领甲　据说是这样;可是这几个人一个也找不到。站住!那儿是谁?

波塞摩斯　一个罗马人,要是有人帮我一臂之力,我也不会一个人陷在这儿了。

将领乙　抓住他;一条狗!不要让一个罗马的败卒回去告诉他们什么乌鸦在啄他们的朋友。他还自己夸口,好像他是个什么了不得的人物。带他见王上去。

  辛白林率侍从上;培拉律斯、吉德律斯、阿维拉古斯、毕萨尼奥及罗马俘虏等同上。二将领献上波塞摩斯,辛白林命狱卒将波塞摩斯收禁;众下。

第四场　英国。牢狱

  波塞摩斯及二狱卒上。

狱卒甲　现在可不会有人把你偷走,你的身体已经给锁起来啦。要是这儿有草,你尽管吃吧。

狱卒乙　嗯,那可还要看他有没有胃口。(二狱卒下。)

波塞摩斯　欢迎,拘囚的生活!因为我想你是到自由去的路。

可是我还比一个害痛风病的人好一些,因为他宁愿永远生活在痛苦呻吟之中,不愿让死亡这一个手到病除的良药治愈他的疾病;只有死才是打开这些铁锁的钥匙。我的良心上负着比我的足胫和手腕上更重的镣铐;仁慈的神明啊,赐给我忏悔的利剑,让我劈开这黑暗的牢门,得到永久的自由吧!我已经衷心悔恨,这还不够吗?儿女们是这样使他们尘世的父亲回嗔作喜;天上的神明是更充满了慈悲的。我必须忏悔吗?还有什么比拖镣戴铐更好的方式,出于自愿而不是被迫的?为了拔除我的罪孽,我愿意呈献我整个的生命。我知道你们比万恶的世人仁慈得多,他们从破产的负债人手里拿去三分之一、六分之一,或是十分之一的财产,让这些债户留着有余不尽的残资,供他们继续地剥削;那却不是我的愿望。把我的生命拿去,抵偿伊摩琴的宝贵的生命吧;虽然它们的价值并不相等,可是那总是一条生命,为你们所亲手铸下的。在人与人之间,他们并不戥量着每一枚货币,即使略有轻重,也瞧着上面的花纹而收受下来;你们应该把我收受,因为我是你们的。伟大的神明啊,要是你们愿意做这一次清算,就请拿去我的生命,勾销这些无情的债务。啊,伊摩琴!我要在沉默中向你抒陈我的心曲。(睡。)

  奏哀乐。西塞律斯·里奥那托斯,即波塞摩斯之父,鬼魂出现,为一战士装束之老翁;一手携一老妇,即其妻,亦即波塞摩斯之母的鬼魂;二鬼魂登场时有音乐前导。音乐再奏,里奥那托斯二子,即波塞摩斯之兄,亦相继出现,彼等各因战死而身有伤痕。波塞摩斯睡于狱床之上,众鬼魂绕其四周。

西塞律斯　你驱雷役电的天主,

　　　　　　　　不要迁怒凡人；
　　　　　　　　你该责怪马斯、朱诺
　　　　　　　　　淫乱你的天庭。
　　　　　　　　我那没见面的孩子
　　　　　　　　　干过什么坏事？
　　　　　　　　当他尚在母腹待产，
　　　　　　　　　我已长辞人世；
　　　　　　　　你是孤儿们的慈父，
　　　　　　　　　理应矜怜孤苦，
　　　　　　　　茫茫人世遍地荆棘，
　　　　　　　　　你该尽力加护。

波塞摩斯之母　　我临盆时未蒙神佑，
　　　　　　　　　一阵剧痛丧身；
　　　　　　　　波塞摩斯呱呱堕地，
　　　　　　　　　可怜举目无亲！

西塞律斯　　　　造化铸下他的模型，
　　　　　　　　　不失列祖英风，
　　　　　　　　他值得世人的赞美，
　　　　　　　　　果然头角峥嵘。

波塞摩斯之长兄　当他长成一表男儿，
　　　　　　　　　他的意气才情
　　　　　　　　在不列颠全国之中
　　　　　　　　　谁能和他竞争？

|　|除了他有谁能赢取
伊摩琴的芳心？|
|---|---|
|波塞摩斯之母|为什么他才缔良姻，
　　就被君王放逐，
远离了祖宗的田园
　　和情人的衣角？|
|西塞律斯|为什么让阿埃基摩，
　　意大利的伧奴，
用无稽的猜疑嫉妒
　　把他心胸玷污；
落得那万恶的奸人
　　一旁讥笑揶揄？|
|波塞摩斯之次兄|因此我们离开坟墓，
　　我们父子四个，
为了捍卫我们祖国，
　　曾经赴汤蹈火，
牺牲了我们的生命，
　　保持荣名不堕。|
|波塞摩斯之长兄|波塞摩斯为了王家
　　也曾卓著勋劳：
朱庇特，你众神之王，
　　为何久抑贤豪，|

	不给他应得的褒赏,
	让他郁郁无聊？

西塞律斯	打开你水晶的窗户,
	请你俯瞰尘寰；
	莫再用无情的毒害
	尽把壮士摧残。

波塞摩斯之母	可怜我们无辜佳儿,
	赐他幸福平安。

西塞律斯	从你琼宫瑶殿之中
	伸出你的援手；
	否则我们要向众神
	控诉你的悖谬。

波塞摩斯之二兄	不要有失众望,神啊！
	伸出你的援手。

　　　　　　　朱庇特在雷电中骑鹰下降,掷出霹雳一响；众鬼魂跪伏。

朱庇特	你们这一群下界的幽灵,
	不要尽向我们天庭烦絮！
	你们怎么胆敢怨怼天尊,
	他雷霆的火箭谁能抵御？
	去吧,乐园中憧憧的黑影,
	在那不谢的花丛里安息；
	人世的事不用你们顾问,

103

>　　一切自有我们神明负责。
>
>　哪一个人蒙到我的恩眷，
>
>　　我一定先使他备历辛艰。
>
>　你们的爱子他灾星将满，
>
>　　无限幸运展开在他眼前。
>
>　我的星光照耀他的诞生，
>
>　　他在我神殿上举行婚礼。
>
>　他将要做伊摩琴的良人；
>
>　　不经困苦,怎得这番甜味？
>
>　把这简牒安放他的胸头，
>
>　　他一生的休咎都在其中。
>
>　去吧,别再这样喧扰不休，
>
>　　免得激起我的怒火熊熊。
>
>　鹰儿,驾着我飞返琉璃宫。（上天。）

西塞律斯　他在雷声中下降；他的神圣的呼吸里充满着硫磺的气味；那神鹰弯下头来，似乎要怒踢我们的样子。他升天时发出来的气味比乐园里的花儿还要芬芳；他的尊贵的鹰儿缮理那永生的羽翼，用它的脚爪剔拭它的尖喙，正像它的神明喜悦的时候一般。

众鬼魂　感谢,朱庇特！

西塞律斯　那玉石的阶道已经被云儿遮住了；他已经走进他光明的宫殿里。去吧！让我们恭承天惠,恪遵他庄严的训诲。

（众鬼魂隐灭。）

波塞摩斯　（醒）睡眠,你已经做了一次老祖父,替我生下一个父亲；你又造下了一个母亲和两个兄长。可是啊,无情的讥刺！他们全去了,正像来的时候一样飘忽；我也就这样醒来。那些倚靠着贵人恩宠的可怜虫,也像我一样做着梦;一醒之后,万事皆空。可是唉!话又说回来了。有的人并没有做求名求利的好梦,他们无所事事,却也照样受尽恩荣;我也是这样,不知怎么会莫名其妙地做起这种幸福的美梦来。什么神仙到过这里?一册书吗?啊,珍奇的宝册!愿你不要像我们爱好虚华的世人一般,把一件富丽的外服遮掩内衣的敝陋;愿你的内容也像你的外表一般美好,不像我们那些朝士们只有一副空空的架子。"雄狮之幼儿于当面不相识、无意寻求间得之,且为一片温柔之空气所笼罩之时,自庄严之古柏上砍下之枝条、久死而复生、重返故株、发荣滋长之时,亦即波塞摩斯脱离厄难、不列颠国运昌隆、克享太平至治之日。"仍然是一个梦,否则一定是什么疯子随口吐出,不假思索的狂言;倘不是梦里的鬼话,就是无根的谎语;倘不是毫无意识的乱谈,它的意义也是不可究诘的。可是不管它是什么东西,我的一生的行事却也没头没脑地和它相差不远,只为了同病相怜的缘故,我也要把它保藏起来。

二狱卒重上。

狱卒甲 来,先生,你准备好去死没有?

波塞摩斯 早就准备好了;假如是一块肉的话,烤也烤焦了。

狱卒甲 一句话,要请你去上吊,先生;要是你已经准备好了,那么你这块肉已经烹得很好了。

波塞摩斯 哦,要是我能够在观众眼睛里成为一道好菜,那么总算死得并不冤枉。

狱卒甲 这对于你是一回严重的清算,先生;可是这样也好,从此以后,你不用再还人家的债,也不用再怕酒店向你催讨欠账,人们在追寻欢乐的当儿,往往免不了这一种临别时的悲哀。你进来的时候饿得有气没力,出去的时候喝得醉步跄踉;你后悔不该付太大的代价,又恼恨人家给你太重的代价;你的钱囊和脑袋同样空洞,脑袋里因为装满空虚,反而显得沉重,钱囊里没有了货色,又嫌太轻了:这一种矛盾,你现在可以从此免去。啊!一根只值一文钱的绳子,却有救苦救难的无边法力:无论你欠下成千债款,它都可以在一霎眼间替你结束;它才是你真正的债主和债户;过去、现在、未来的一切总账,都可以由它一手清还。你的颈子,先生,是笔,是账簿,也是算盘;不消片刻,你就可以收付两讫了。

波塞摩斯　我死了比你活着还要快乐得多。

狱卒甲　不错,先生,睡熟的人不觉得牙痛;可是一个人要是必须睡你那种觉,还要让一个刽子手照护他上床,我想他一定还是愿意和他的行刑者交换一下位置的;因为你瞧,先生,你自己也不知道你要到什么地方去哩。

波塞摩斯　我知道,朋友。

狱卒甲　那么你死了以后,眼睛还是睁得大大的;我可只听见人家说,身子一挺,两眼发黑。也许有什么自命为识路的人带领你;也许你自信不会走错路,但是我断定你对于这条路是完全生疏的;也许你想冒一下险,探寻前途的究竟。可是,你旅行的结果如何,我想你是再也不会回来告诉人家的了。

波塞摩斯　我告诉你,朋友,除了那些生了眼睛有心闭上的人们以外,走我这一条路是不愁在暗中摸索的。

狱卒甲　可笑一个人长了眼睛,最大的用处却是去赶这条黑暗的路程!我相信绞刑是叫人闭眼的一个方法。

　　　　　——使者上。

使　者　打开他的镣铐;把你的囚犯带去见王上。

波塞摩斯　你带来了好消息；他们要叫我去恢复我的自由了。

狱卒甲　真有那样的事，我就上吊给你看。

波塞摩斯　那你倒可以比当一个看牢门的人自由一些：只有套活人的枷锁，没有关死鬼的牢门。(除狱卒甲外均下。)

狱卒甲　除非一个人愿意娶一座绞架做妻子，生一些小绞架下来，我没有见过像他这样一个不怕死的怪东西。可是凭良心说，有些家伙是贪生怕死的，尽管他是个罗马人；他们这批人中间，也有好多是虽然自己不愿意，因为没有法子，只好硬着头皮去死；要是我做了他们，我也一定会这样。我希望我们大家都存着一条好心肠；啊！那么什么看牢门的人、什么绞架，都可以用不着啦。我说这样的话，固然有碍我自己目前的利益，可是一个人只要存着善心，总不会没有好处的。(下。)

第五场　辛白林营帐

辛白林、培拉律斯、吉德律斯、阿维拉古斯、毕萨尼奥、群臣、将校及侍从等上。

辛白林　站在我的旁边，你们这些天神差下来保全我的王位的英雄们。可惜我们找不到那个作战得如此奋勇的穷苦的兵士，他的褴褛的衣衫羞死那些鲜明的盔甲；他挺着裸露的胸膛，走上拥着坚盾的骑士的前面，去迎受敌人的剑锋。谁要是能够找到他，我一定不惜重赏。

培拉律斯　我从来没有见过这样卑微的人会表现出这样忠勇的义愤，这样一个叫化似的家伙，会干出这种惊人的壮事。

辛白林　没有探听到他的消息吗？

毕萨尼奥　死人活人中间,都已经仔细寻找过,可是一点没有他的踪迹。

辛白林　我很懊恨不能报答他的大功,只好把额外的恩典,(向培拉律斯、吉德律斯、阿维拉古斯)加在你们身上了;你们是英国的心肝和头脑,她是靠着你们的力量而生存的。现在我应该询问你们是什么地方来的,回复我吧。

培拉律斯　陛下,我们是堪勃利亚人,出身士族;除此以外,要是再说什么自夸的话就要失之于虚伪和狂妄;除非我再加上一句,我们都是忠诚正直的。

辛白林　跪下来。起来,我的战场上的骑士们;我封你们为我的御前护卫,还要用适合于你们地位的尊荣厚赏你们。

　　　　考尼律斯及宫女等上。

辛白林　这些人的脸上好像出了什么事情似的。为什么你们用这样惨淡的神情迎接我们的胜利?你们瞧上去像是罗马人,不是英国宫廷里的。

考尼律斯　万福,伟大的君王!不怕扫了您的兴致,我必须报告王后已经死了。

辛白林　这样的消息是应该出之于一个医生的嘴里吗?可是我想医药虽然可以延长生命,毕竟医生也是不免一死的。她是怎样死的?

考尼律斯　她死的情形十分可怕,简直发疯一般,正像她生前的样子;她活着用残酷的手段对待世人,死去的时候,对她自己也十分残酷。要是陛下不嫌烦渎,我愿意报告她临终时自己供认的那些话;要是我说错了,她的这些侍女们可以纠正我,她们当她弥留的时候,都是满脸淌着眼泪站在一旁的。

辛白林　你说吧。

考尼律斯　第一，她供认她从没有爱过您，她爱的是您的富贵尊荣，不是您；她嫁给您的王冠，是您的王座的妻子，可是她厌恶您本人。

辛白林　这是只有她一个人知道的；倘不是她临死时所说的话，即使她说了我也不会相信。说下去。

考尼律斯　她在表面上装着十分疼爱您的女儿，其实她自己承认，她是她眼睛里的一个蝎子；倘不是逃走得早，公主早已被她用毒药毒死了。

辛白林　啊，最娇美的恶魔！谁能观察一个女人的心呢？还有别的话吗？

考尼律斯　有，陛下，还有更骇人的话哩。她供认她已经为您预备好一种致命的药石，服了下去，立刻就会侵蚀人的生命，慢慢地把血液一起吸干，叫人一寸一寸地死去；在那一段时间里，她要日夜陪伴您，侍候您，向您流泪，和您亲吻，做出种种千恩万爱的样子，叫您受她的感动；然后趁着适当的机会，当她已经使您中了她的圈套的时候，她就设法骗诱您答应让她的儿子继承您的王冠。可是因为他的奇怪的失踪，她这一种目的不能达到，所以她就发起疯来，忘记一切的羞耻；当着上天和众人之前，公开吐露了她的心事，懊恨她处心积虑的奸谋不能成为事实，就在这样绝望的心绪中死了。

辛白林　宫女们，你们都是随身服侍她的，这些话你们都听见吗？

宫女甲　回陛下的话，我们都听见的。

辛白林　我的眼睛并没有错误，因为她是美貌的；我的耳朵也没有错，因为她的谄媚的话是婉转动听的；我更不责怪我的

109

心，它以为她的灵魂和外表同样可爱，对她怀疑也是一种罪过。可是，啊，我的女儿！你也许会说，这是我的痴愚，并且用你的感觉证明你的判断的正确。愿上天弥缝一切！

  路歇斯、阿埃基摩、预言者及其他罗马俘虏各由卫士押解上；波塞摩斯及伊摩琴亦在众俘之后。

辛白林　卡厄斯，你现在不是来向我们要求纳贡，那是已经被不列颠人用武力抹消的了，虽然他们因此丧失了不少的勇士。那些死者的亲属已经提出要求，为了安慰英灵起见，必须把你们这一批俘虏杀死；这我已经答应了他们。所以，想一想你们所处的地位吧。

路歇斯　陛下，胜败本来是兵家常事；你们的得胜不过是一个偶然的机遇。假如这次是我们得到胜利，当热血冷静下来以后，我们决不会用刀剑威胁我们的俘虏的。可是既然这是天神的意旨，我们除了一死以外，没有其他赎身的方法，那么就让我们死吧；一个罗马人是能够用一颗罗马人的心忍受一切的，这就够了；奥古斯特斯有生之日，将会记着这一件事情；对于我自己个人，已经言尽于此。只有这一件事，我要向您请求：我的童儿，一个生长在英国的孩子，让他赎回他的生命吧。从来不曾有哪一个主人得到过这样一个殷勤亲切、忠心勤恳的童儿；他是那样的遇事谨慎，那样的诚实、伶俐而曲体人情。让他本身的好处，连同着我的请求，邀获陛下的矜怜吧；他不曾伤害过一个英国人，虽然他所侍候的是一个罗马人。赦免他，陛下，让其余的人一起身膏斧钺吧。

辛白林　我一定在什么地方见过他；他的面貌瞧上去怪熟的。孩子，我只瞧了你一眼，你已经得到我的恩宠；你现在是我的人了。我不知道为什么我要说,"活着吧,孩子。"不用感谢你的主人;活着吧。无论你向辛白林要求什么恩典,只要适合于我的慷慨和你的地位的,我都愿意答应你;即使你向我要求一个最尊贵的俘虏,我也决不吝惜。

伊摩琴　敬谢陛下。

路歇斯　我并不叫你要求我的生命,好孩子;可是我知道你会做这样的要求。

伊摩琴　不,不。唉!我还有别的事情要做哩。我看见一件东西,对于我就像死一般痛苦;您的生命,好主人,只好让它听其自然了。

路歇斯　这孩子侮蔑我,他离弃了我,还要把我讥笑;那些信任着少女们和孩子们的忠心的人,他们的快乐是转瞬就会消失的。为什么他这样呆呆地站着?

辛白林　你想要求些什么,孩子?我越瞧你,越觉得爱你;仔细想一想你应该提出些什么要求吧。你瞧着的那个人,你认识他吗?说,你要我赦免他吗?他是你的亲族,还是你的朋友?

伊摩琴　他是一个罗马人。他不是我的亲族,正像我不是陛下的亲族一样;可是因为我生下来就是陛下的臣仆,所以比较起来还是陛下跟我的关系亲密一些。

辛白林　那么你为什么这样瞧着他?

伊摩琴　陛下要是愿意听我说话,我希望不要让旁人听见。

辛白林　哦,很好,我一定留心听着你。你叫什么名字?

伊摩琴　斐苔尔,陛下。

辛白林　你是我的好孩子,我的童儿;我要做你的主人。跟我来;放胆说吧。(辛白林、伊摩琴在一旁谈话。)

培拉律斯　这孩子死而复活吗？

阿维拉古斯　两颗砂粒也不会这般相像。这正是那个可爱的美貌少年,死去了的斐苔尔。你以为怎样？

吉德律斯　正是他死而复活了。

培拉律斯　轻声！轻声！再瞧下去；他一眼也不看我们；不要莽撞；人们的面貌也许彼此相同；果然是他的话,我想他一定会对我们说话的。

吉德律斯　可是我们明明见他死了。

培拉律斯　不要说话；让我们瞧下去。

毕萨尼奥　(旁白)那是我的女主人。既然她还在人世,不管事情变好变坏,我都可以放心了。(辛白林、伊摩琴上前。)

辛白林　来,你站在我的旁边,高声提出你的要求。(向阿埃基摩)朋友,站出来,老老实实答复这孩子的问话；否则凭着我的地位和荣誉,我们将要用严刑逼你招供真情。来,对他说。

伊摩琴　我的要求是,请这位绅士告诉我,他这戒指是谁给他的。

波塞摩斯　(旁白)那跟他有什么关系？

辛白林　你手指上的那个钻石戒指是怎么得来的？

阿埃基摩　你还是不要逼我说出来的好,因为一说出来,会叫你十分难受的。

辛白林　怎么！我？

阿埃基摩　我很高兴今天有这样的机会,被迫吐露那因为隐藏在我的心头使我痛苦异常的秘密。这戒指是我用诡计骗来的,它本来是被你放逐的里奥那托斯的宝物；也许你会像我一样悔恨,因为在天壤之间,不曾有过一位比他更高贵的绅士。你愿意听下去吗,陛下?

辛白林　我要听一切和这有关的事情。

阿埃基摩　那位绝世的佳人,你的女儿——为了她,我的心头淋着血,我的奸恶的灵魂一想起就不禁战栗——恕我;我要晕倒了。

辛白林　我的女儿!她怎么样?提起你的精神来;我宁愿让你活到老死,也不愿在我没有听完以前让你死去。挣扎起来,汉子,说。

阿埃基摩　那一天——不幸的钟敲出了那个时辰!——在罗马——可咒诅的屋子潜伏着祸根!——一个欢会的席上——啊,要是我们那时的食物,或者至少被我送进嘴里去的,都有毒药投在里面,那可多好!——善良的波塞摩斯——我应当怎么说呢?像他这样的好人,是不该和恶人同群的;在最难得的好人中间,他也是最好的一个——郁郁寡欢地坐着,听我们赞美我们意大利的恋人:她们的美艳使最善于口辩者的夸大的谀辞成为贫乏;她们的丰采使维纳斯的神座黯然失色,苗条的弥涅瓦①相形见绌;她们的性情是一切使男子们倾心的优点的总汇;此外还有那引人上钩的伎俩,迷人的娇姿丽色。

辛白林　我好像站在火上一般。不要尽说废话。

阿埃基摩　除非你愿意早一点伤你的心,否则你反而会嫌我说得太快的。这位波塞摩斯,正像一位热恋着一个高贵的女郎的贵人一样,也接着发表他的意见;并不诽毁我们所赞美的女子,在那一点上他保持着谦恭的沉默,他只是开始描写

---

① 弥涅瓦(Minerva),希腊罗马神话中的女战神,也是司才艺的女神。

他的情人的容貌；他的整个的心灵都贯注在他的口舌之上，画出了一幅绝妙的肖像，显得刚才被我们夸美的，只是一些灶下的贱婢，换言之，他越讲越有神，竟使我们变成了一群钝口拙舌的笨人。

辛白林　算了，算了，快讲正文吧。

阿埃基摩　你的女儿的贞操是一切问题的发端。他称道她的贞洁，仿佛狄安娜也曾做过热情的梦，只有她才是冷若冰霜的。该死的我听他这样说，就向他的赞美表示怀疑；那时候他把这戒指戴在他的手指上，我就用金钱去和他的戒指打赌，说要是我能够把她骗诱失身，这戒指就归我所有。他，忠心的骑士，全然信任她的贞洁，正像我后来所发现的一样，很慷慨地把这戒指做了赌注；即使它是福玻斯车轮上的一颗红玉，甚或是他的整个车子上最尊贵的宝物，他也会毫不吝惜地把它掷下。抱着这样的目的，我立刻就向英国出发。你也许还记得我曾经到过你的宫廷，在那里多蒙你的守身如玉的令媛指教我多情和淫邪的重大区别。我的希望虽然毁灭了，可是我的爱慕的私心，却不曾因此而遏抑下去；我开始转动我的意大利的脑筋，在你们呆笨的不列颠国土上实施我的恶毒的阴谋，对于我那却是一个无上的妙计。简单一句话，我的计策大获成功；我带了许多虚伪的证据回去，它们是足够使高贵的里奥那托斯发疯的；我用这样那样的礼物，使他对她的贞节失去信念；我用详细的叙述，说明她房间里有些什么张挂，什么图画；还有她的这一只手镯——啊，巧妙的手段！我好容易把它偷到手里！——不但如此，我还探到了她身体上的一些秘密的特征，使他不能不相信她的贞操已经被我破坏。因此——我现在仿佛看见他——

波塞摩斯　（上前）嗯，你看得不错，意大利的恶魔！唉！我这最轻信的愚人，罪该万死的凶手、窃贼，过去现在未来一切恶徒中的罪魁祸首！啊！给我一条绳、一把刀或是一包毒药，让它惩罚我的罪恶。国王啊，吩咐他们带上一些巧妙的刑具来吧；是我使世上一切可憎的事情变成平淡无奇，因为我是比它们更可憎的。我是波塞摩斯，我害死了你的女儿；——像一个恶人一般，我又说了谎；我差遣一个助恶的爪牙，一个亵渎神圣的窃贼，毁坏了她这座美德的殿堂；是的，她原是美德的化身。唾我的脸，用石子丢我，把污泥摔在我身上，嗾全街上的狗向我吠叫吧；让每一个恶人都用波塞摩斯·里奥那托斯做他的名字；愿从今以后再不会出现这样重大的恶事。啊，伊摩琴！我的女王，我的生命，我的妻子！啊，伊摩琴！伊摩琴！伊摩琴！

伊摩琴　安静一些，我的主！听我说，听我说！

波塞摩斯　这样的时候，你还要跟我开玩笑吗？你这轻薄的童儿，让我教训教训你。（击伊摩琴；伊摩琴倒地。）

毕萨尼奥　啊，各位，救命！这是我的女主人，也就是您的妻子！啊！波塞摩斯，我的大爷，您并没有害死她，现在她却真的死在您的手里了。救命！救命！我的尊贵的公主！

辛白林　世界在旋转吗？

波塞摩斯　我怎么会这样站立不稳起来？

毕萨尼奥　醒来，我的公主！

辛白林　要是真有这样的事，那么神明的意思，是要叫我在致命的快乐中死去。

毕萨尼奥　我的公主怎样啦？

115

伊摩琴　啊！不要让我看见你的脸！你给我毒药；危险的家伙，走开！不要插足在君王贵人们的中间。

辛白林　伊摩琴的声音！

毕萨尼奥　公主，要是我知道我给您的那个匣子里盛着的并不是灵效的妙药，愿天雷轰死我；那是王后给我的。

辛白林　又有新的事情了吗？

伊摩琴　它使我中了毒。

考尼律斯　神啊！我忘了王后亲口供认的还有一句话，那却可以证明她的诚实；她说，"我把配下的那服药剂给了毕萨尼奥，骗他说是提神妙药；要是他已经把它转送给他的女主人，那么她多半已经像一只耗子般的被我毒死了。"

辛白林　那是什么药，考尼律斯？

考尼律斯　陛下，王后屡次要求我替她调制毒药，她的借口总是说不过拿去毒杀一些猫狗之类下贱的畜生，从这种实验中得到知识上的满足。我因恐她另有其他危险的用意，所以就替她调下一种药剂，服下以后，可以暂时中止生活的机能，可是在短时间内，全身器官就会恢复它们的活动。您有没有服过它？

伊摩琴　大概我是服过的，因为我曾经死了过去。

培拉律斯　我的孩子们，我们原来弄错了。

吉德律斯　这果然是斐苔尔。

伊摩琴　为什么您要推开您的已婚的妻子？想象您现在是在一座悬崖之上，再把我推开吧。（拥抱波塞摩斯。）

波塞摩斯　像果子一般挂在这儿，我的灵魂，直到这一棵树木死去！

辛白林　怎么，我的骨肉，我的孩子！嘿，你要我在这一幕戏剧里串演一个呆汉吗？你不愿意对我说话吗？

伊摩琴　（跪）您的祝福，父亲。

培拉律斯　（向吉德律斯、阿维拉古斯）虽然你们曾经爱过这个少年，我也不怪你们；你们爱他是有缘故的。

辛白林　愿我流下的眼泪成为浇灌你的圣水！伊摩琴，你母亲死了。

伊摩琴　我也很惋惜，父王。

辛白林　啊，她算不得什么；都是因为她，我们才会有今天这一番奇怪的遇合。可是她的儿子不见了，我们既不知道他怎么出走，又不知道他到什么地方去了。

毕萨尼奥　陛下，现在我的恐惧已经消失，我可以说老实话了。公主出走以后，克洛顿殿下就来找我；他拔剑在手，嘴边冒着白沫，发誓说要是我不把她的去向说出来，就要把我当场杀死。那时我衣袋里刚巧有一封我的主人所写的假信，约公主到密尔福德附近的山间相会。他看了以后，强迫我把我主人的衣服拿来给他穿了，抱着淫邪的念头，发誓说要去破坏公主的贞操，就这样怒气冲冲地向那里动身出发。究竟后来他下落如何，我就不知道了。

吉德律斯　让我结束这一段故事：是我把他杀了。

辛白林　嗳哟，天神们不允许这样的事！你为国家立下大功，我不希望你从我的嘴里得到一句无情的判决。勇敢的少年，否认你刚才所说的话吧。

吉德律斯　我说也说了，做也做了。

辛白林　他是一个王子哩。

吉德律斯　一个粗野无礼的王子。他对我所加的侮辱，完全有失一个王子的身份；他用那样不堪入耳的言语激恼我，即使海潮向我这样咆哮,我也要把它踢回去的。我砍下他的头;我很高兴今天他不在这儿抢夺我说话的机会。

辛白林　我很为你抱憾;你已经亲口承认你的罪名,必须受我们法律的制裁。你必须死。

伊摩琴　我以为那个没有头的人是我的丈夫。

辛白林　把这罪犯缚起来,带他下去。

培拉律斯　且慢,陛下,这个人的身分是比被他杀死的那个人更高贵的,他有和你同样高贵的血统;几十个克洛顿身上的伤痕,也比不上他为你立下的功绩。(向卫士)放开他的手臂,那不是生来受束缚的两臂。

阿维拉古斯　他说得太过分了。

辛白林　你胆敢当着我的面这样咆哮无礼,你也必须死。

培拉律斯　我们三个人愿意一同受死;可是我要证明我们中间有两个人是像我刚才所说那样高贵的。我的孩儿们,我必须说出一段对于我自己很危险的话儿,虽然也许对于你们会大有好处。

阿维拉古斯　您的危险也就是我们的危险。

吉德律斯　我们的好处也就是您的好处。

培拉律斯　那么恕我,我就老实说了。伟大的国王,你曾经有过一个名叫培拉律斯的臣子。

辛白林　为什么提起他?他是一个亡命的叛徒。

培拉律斯　他就是现在站在你面前的这一个老头儿;诚然他是一个亡命的人,我却不知道他怎么会是一个叛徒。

辛白林　把他带下去;整个的世界不能使他免于一死。

培拉律斯　不要太性急了;你应该先偿还我你的儿子们的教养费,等我受了以后,你再没收不迟。

辛白林　我的儿子们的教养费!

培拉律斯　我的话说得太莽撞无礼了。我现在双膝跪下;在我起立以前,我要把我的儿子们从微贱之中拔擢起来,然后让我这老父亲引颈就戮吧。尊严的陛下,这两位称我为父亲的高贵的少年,他们自以为是我的儿子,其实并不是我的;陛下,他们是您自己的亲生骨肉。

辛白林　怎么!我自己的亲生骨肉!

培拉律斯　正像您是您父王的儿子一般不容置疑。我,年老的摩根,就是从前被您放逐的培拉律斯。我的过失、我的放逐、我的一切叛逆的行为,都出于您一时的喜怒;我所干的唯一的坏事,就是我所忍受的种种困苦。这两位善良的王子——他们的确是金枝玉叶的王室后裔——是我在这二十年中教养长大的;我把自己所有的毕生学问和本领全都传授了他们。他们的乳母尤莉菲尔当我被放逐的时候,把这两个孩子偷了出来,我也因此而和她结为夫妇;是我唆使她干下这件盗案,因为痛心于尽忠而获谴,才激成我这种叛逆的行为。越是想到他们的失踪对于您将是一件怎样痛心的损失,越是诱发我偷盗他们的动机。可是,仁慈的陛下,现在您的儿子们又回来了;我必须失去世界上两个最可爱的伴侣。愿覆盖大地的穹苍的祝福像甘露一般洒在他们头上!因为他们是可以和众星并列而无愧的。

辛白林　你一边说话,一边在流泪。你们三个人所立下的功劳,比起你所讲的这一段故事来更难令人置信。我已经失去我的孩子;要是这两个果然就是他们,我不知道怎样可以希望再有一对比他们更好的儿子。

培拉律斯　请高兴起来吧。这一个少年,我称他为波里多的,就是您的最尊贵的王子吉德律斯；这一个我的凯德华尔，就是您的小王子阿维拉古斯，那时候，陛下，他是裹在一件他的母后亲手缝制的非常精致的斗篷里的，要是需要证据的话，我可以把它拿来恭呈御览。

辛白林　吉德律斯的颈上有一颗星形的红痣；那是一个不平凡的记号。

培拉律斯　这正是他，他的颈上依然保留着那天然的标识。聪明的造物者赋予他这一个特征，那用意就是要使它成为眼前的证据。

辛白林　啊！我竟是一个一胎生下三个儿女来的母亲吗？从来不曾有哪一个母亲在生产的时候感到这样的欢喜。愿你们有福！像脱离了轨道的星球一般，你们现在已经复归本位了。啊，伊摩琴！你却因此而失去一个王国。

伊摩琴　不，父王；我已经因此而得到两个世界。啊，我的好哥哥们！我们就是这样骨肉重圆了！啊，从此以后，你们必须承认我的话是说得最正确的：你们叫我兄弟，其实我却是你们的妹妹；我叫你们哥哥，果然你们是我的哥哥。

辛白林　你们已经遇见过吗？

阿维拉古斯　是，陛下。

吉德律斯　我们一见面就彼此相爱，从无间歇，直到我们误认她已经死了。

考尼律斯　因为她吞下了王后的药。

辛白林　啊，神奇的天性！什么时候我可以把这一切听完呢？你们现在所讲的这些粗条大干，应该还有许多详细的枝节，充满着可惊可愕的材料。在什么地方？你们是怎么生活的？从什么时候你服侍起我们这位罗马的俘虏来？怎么和你的哥哥们分别的？怎么和他们初次相遇？你为什么从宫廷里逃走,逃到什么地方去？这一切,还有你们三人投身作战的动机,以及我自己也想不起来的许许多多的问题,和一次次偶然的机遇中的一切附带的事件,我都要问你们一个明白,可是时间和地点都不允许我们做这样冗长的询问。瞧,波塞摩斯一眼不霎地望着伊摩琴;她的眼光却像温情的闪电一般,一会儿向着他,一会儿向着她的哥哥们,一会儿向着我,一会儿向着她的主人,到处投掷她的快乐;每一个人都彼此交换着惊喜。让我们离开这地方,到神殿里去献祭吧。(向培拉律斯)你是我的兄弟;我们从此是一家人了。

伊摩琴　您也是我的父亲;幸亏您的救援,我才能够看见这幸福的一天。

辛白林　除了那些阶下的囚人以外,谁都是欢天喜地的;让他们也快乐快乐吧,因为他们必须分沾我们的喜悦。

伊摩琴　我的好主人,我还可以为您效力哩。

路歇斯　愿您幸福!

辛白林　那个奋勇作战的孤独的兵士要是也在这里,一定可以使我们格外生色;他是值得一个君王的感谢的。

波塞摩斯　陛下,我就是和这三位在一起的那个衣服褴褛的兵士;为了达到我当时所抱的一种目的,所以我穿着那样的装束。说吧,阿埃基摩,你可以证明我就是他;我曾经把你打倒在地上,差一点儿结果了你的性命。

阿埃基摩　(跪)我现在又被您打倒了;可是那时候是您的武力把我克服,现在是我自己负疚的良心使我屈膝。请您取去我这一条欠您已久的生命,可是先把您的戒指拿去,还有这一只手镯,它是一位最忠心的公主所有的。

波塞摩斯　不要向我下跪。我在你身上所有的权力,就是赦免你;宽恕你是我对你唯一的报复。活着吧,愿你再不要用同样的手段对待别人。

辛白林　光明正大的判决!我要从我的子婿学得我的慷慨;让所有的囚犯一起得到赦免。

阿维拉古斯　妹夫,您帮助我们出了力,好像真的要做我们的兄弟一般;我们很高兴,您果然是我们的自家人。

波塞摩斯　我是你们的仆人,两位王子。我的罗马的主帅,请叫您那位预言者出来。当我睡着的时候,仿佛看见朱庇特大神骑鹰下降,还有我自己亲族的阴魂,都在我梦中出现;醒来以后,发现我的胸前有这么一张笺纸,上面写着的字句,奥秘难明,不知道是什么意思;让他来显一显他的本领,把它解释解释吧。

路歇斯　费拉蒙纳斯!

预言者　有,大帅。

路歇斯　念念这些字句,说明它的意义。

预言者　"雄狮之幼儿于当面不相识、无意寻求间得之,且为一片温柔之空气所笼罩之时,自庄严之古柏上砍下之枝条、久死而复生、重返故株、发荣滋长之时,亦即波塞摩斯脱离厄难、不列颠国运昌隆、克享太平至治之日。"你,里奥那托斯,就是雄狮的幼儿;因为你是名将的少子。(向辛白林)一片温柔的空气就是你的贤德的女儿,这位最忠贞的妻子,因为她是像微风一般温和而柔静的;她已经应着神明的诏示,(向波塞摩斯)在你当面不相识、无意寻求得之的时候,把你拥抱在她的温情柔意之中了。

辛白林　这倒有几分相像。

预言者　庄严的古柏代表着你，尊贵的辛白林，你的砍下的枝条指着你的两个儿子；他们被培拉律斯偷走，许多年来，谁都以为他们早已死去，现在却又复活过来，和庄严的柏树重新接合，他们的后裔将要使不列颠享着和平与繁荣。

辛白林　好，我现在就要开始我的和平局面。卡厄斯·路歇斯，我们虽然是胜利者，却愿意向恺撒和罗马帝国屈服；我们答应继续献纳我们的礼金，它的中止都是出于我们奸恶的王后的主意，上天憎恨她的罪恶，已经把最重的惩罚降在她们母子二人的身上了。

预言者　神明的意旨在冥冥中主持着这一次和平。当这次战血未干的兵祸尚未开始以前我向路歇斯预示的梦兆，现在已经完全证实了；罗马的神鹰振翼高翔，从南方飞向西方，盘旋下降，消失在阳光之中；这预兆着我们尊贵的神鹰，威严的恺撒，将要和照耀西方的辉煌的辛白林言归于好。

辛白林　让我们赞美神明；让献祭的香烟从我们神圣的祭坛上袅袅上升，使神明歆享我们的至诚。让我们向全国臣民宣布和平的消息。让我们列队前进，罗马和英国的国旗交叉招展，表示两国的友好。让我们这样游行全市，在伟大的朱庇特的神殿里签订我们的和约，用欢宴庆祝它的订立。向那里进发。难得这一次战争结束得这样美满，血污的手还没有洗清，早已奠定了这样光荣的和平。（同下。）

李尔王

朱生豪 译
方　　平 校

KING LEAR.

Act V. Sc. 3.

剧 中 人 物

李尔　不列颠国王
法兰西国王
勃艮第公爵
康华尔公爵
奥本尼公爵
肯特伯爵
葛罗斯特伯爵
爱德伽　葛罗斯特之子
爱德蒙　葛罗斯特之庶子
克伦　朝士
奥斯华德　高纳里尔的管家
老人　葛罗斯特的佃户
医生
弄人
爱德蒙属下一军官
考狄利娅一侍臣
传令官
康华尔的众仆

高纳里尔 ╲
里　　根 ╱ 李尔之女
考狄利娅 ╱

扈从李尔之骑士、军官、使者、兵士及侍从等

地　点

不列颠

第 一 幕

第一场　李尔王宫中大厅

肯特、葛罗斯特及爱德蒙上。

肯　　特　我想王上对于奥本尼公爵，比对于康华尔公爵更有好感。

葛罗斯特　我们一向都觉得是这样；可是这次划分国土的时候，却看不出来他对这两位公爵有什么偏心；因为他分配得那么平均，无论他们怎样斤斤较量，都不能说对方比自己占了便宜。

肯　　特　大人，这位是您的令郎吗？

葛罗斯特　他是在我手里长大的；我常常不好意思承认他，可是现在惯了，也就不以为意啦。

肯　　特　我不懂您的意思。

葛罗斯特　伯爵，这个小子的母亲可心里明白，因此，不瞒您说，她还没有嫁人就大了肚子生下儿子来。您想这应该不应该？

肯　　特　能够生下这样一个好儿子来，即使一时错误，也是可以原谅的。

葛罗斯特　我还有一个合法的儿子,年纪比他大一岁,然而我还是喜欢他。这畜生虽然不等我的召唤,就自己莽莽撞撞来到这世上,可是他的母亲是个迷人的东西,我们在制造他的时候,曾经有过一场销魂的游戏,这孽种我不能不承认他。爱德蒙,你认识这位贵人吗?

爱德蒙　不认识,父亲。

葛罗斯特　肯特伯爵;从此以后,你该记着他是我的尊贵的朋友。

爱德蒙　大人,我愿意为您效劳。

肯　特　我一定喜欢你,希望我们以后能够常常见面。

爱德蒙　大人,我一定尽力报答您的垂爱。

葛罗斯特　他已经在国外九年,不久还是要出去的。王上来了。

喇叭奏花腔。李尔、康华尔、奥本尼、高纳里尔、里根、考狄利娅及侍从等上。

李　尔　葛罗斯特,你去招待招待法兰西国王和勃艮第公爵。

葛罗斯特　是,陛下。(葛罗斯特、爱德蒙同下。)

李　尔　现在我要向你们说明我的心事。把那地图给我。告诉你们吧,我已经把我的国土划成三部;我因为自己年纪老了,决心摆脱一切世务的牵萦,把责任交卸给年轻力壮之人,让自己松一松肩,好安安心心地等死。康华尔贤婿,还有同样是我心爱的奥本尼贤婿,为了预防他日的争执,我想还是趁现在把我的几个女儿的嫁奁当众分配清楚。法兰西和勃艮第两位君主正在竞争我的小女儿的爱情,他们为了求婚而住在我们宫廷里,也已经有好多时候了,现在他们就可以得到答复。孩子们,在我还没有把我的政权、领土和国事的重任全部放弃以前,告诉我,你们中间哪一个人最爱我?我要看看谁最有孝心,最有贤德,我就给她最大的恩惠。高纳里尔,我的大女儿,你先说。

高纳里尔　父亲,我对您的爱,不是言语所能表达的;我爱您胜过自己的眼睛、整个的空间和广大的自由;超越一切可以估价的贵重稀有的事物;不亚于赋有淑德、健康、美貌和荣誉的生命;不曾有一个儿女这样爱过他的父亲,也不曾有一个父亲这样被他的儿女所爱;这一种爱可以使唇舌无能为力,辩才失去效用;我爱您是不可以数量计算的。

考狄利娅　(旁白)考狄利娅应该怎么好呢?默默地爱着吧。

李　尔　在这些疆界以内,从这一条界线起,直到这一条界线为止,所有一切浓密的森林、膏腴的平原、富庶的河流、广大的牧场,都要奉你为它们的女主人;这一块土地永远为你和奥本尼的子孙所保有。我的二女儿,最亲爱的里根,康华尔的夫人,你怎么说?

里　根　我跟姊姊具有同样的品质,您凭着她就可以判断我。在我的真心之中,我觉得她刚才所说的话,正是我爱您的实际的情形,可是她还不能充分说明我的心理:我厌弃一切凡是敏锐的知觉所能感受到的快乐,只有爱您才是我的无上的幸福。

考狄利娅　(旁白)那么,考狄利娅,你只好自安于贫穷了!可是我并不贫穷,因为我深信我的爱心比我的口才更富有。

李　尔　这一块从我们这美好的王国中划分出来的三分之一的沃壤,是你和你的子孙永远世袭的产业,和高纳里尔所得到的一份同样广大、同样富庶,也同样佳美。现在,我的宝贝,虽然是最后的一个,却并非最不在我的心头;法兰西的葡萄和勃艮第的乳酪都在竞争你的青春之爱;你有些什么话,可以换到一份比你的两个姊姊更富庶的土地?说吧。

考狄利娅　父亲,我没有话说。

李　　尔　没有?

考狄利娅　没有。

李　　尔　没有只能换到没有;重新说过。

考狄利娅　我是个笨拙的人,不会把我的心涌上我的嘴里;我爱您只是按照我的名分,一分不多,一分不少。

李　　尔　怎么,考狄利娅!把你的话修正修正,否则你要毁坏你自己的命运了。

考狄利娅　父亲,您生下我来,把我教养成人,爱惜我、厚待我;我受到您这样的恩德,只有恪尽我的责任,服从您、爱您、敬重您。我的姊姊们要是用她们整个的心来爱您,那么她们为什么要嫁人呢?要是我有一天出嫁了,那接受我的忠诚的誓约的丈夫,将要得到我的一半的爱、我的一半的关心和责任;假如我只爱我的父亲,我一定不会像我的两个姊姊一样再去嫁人的。

李　　尔　你这些话果然是从心里说出来的吗?

考狄利娅　是的,父亲。

李　　尔　年纪这样小,却这样没有良心吗?

考狄利娅　父亲,我年纪虽小,我的心却是忠实的。

李　　尔　好,那么让你的忠实做你的嫁奁吧。凭着太阳神圣的光辉,凭着黑夜的神秘,凭着主宰人类生死的星球的运行,我发誓从现在起,永远和你断绝一切父女之情和血缘亲属的关系,把你当做一个路人看待。啖食自己儿女的生番,比起你,我的旧日的女儿来,也不会更令我憎恨。

肯　　特　陛下——

李　　尔　　闭嘴,肯特!不要来批怒龙的逆鳞。她是我最爱的一个,我本来想要在她的殷勤看护之下,终养我的天年。去,不要让我看见你的脸!让坟墓做我安息的眠床吧,我从此割断对她的天伦的慈爱了!叫法兰西王来!都是死人吗?叫勃艮第来!康华尔,奥本尼,你们已经分到我的两个女儿的嫁奁,现在把我第三个女儿的那一份也拿去分了吧;让骄傲——她自己所称为坦白的——替她找一个丈夫。我把我的威力、特权和一切君主的尊荣一起给了你们。我自己只保留一百名骑士,在你们两人的地方按月轮流居住,由你们负责供养。除了国王的名义和尊号以外,所有行政的大权、国库的收入和大小事务的处理,完全交在你们手里;为了证实我的话,两位贤婿,我赐给你们这一顶宝冠,归你们两人共同保有。

肯　　特　　尊严的李尔,我一向敬重您像敬重我的君王,爱您像爱我的父亲,跟随您像跟随我的主人,在我的祈祷之中,我总把您当作我的伟大的恩主——

李　　尔　　弓已经弯好拉满,你留心躲开箭锋吧。

肯　　特　　让它落下来吧,即使箭镞会刺进我的心里。李尔发了疯,肯特也只好不顾礼貌了。你究竟要怎样,老头儿?你以为有权有位的人向谄媚者低头,尽忠守职的臣僚就不敢说话了吗?君主不顾自己的尊严,干下了愚蠢的事情,在朝的端人正士只好直言极谏。保留你的权力,仔细考虑一下你的举措,收回这种卤莽灭裂的成命。你的小女儿并不是最不孝顺你;有人不会口若悬河,说得天花乱坠,可并不就是无情无义。我的判断要是有错,你尽管取我的命。

李　　尔　　肯特,你要是想活命,赶快闭住你的嘴。

肯　　特　我的生命本来是预备向你的仇敌抛掷的；为了你的安全，我也不怕把它失去。

李　　尔　走开，不要让我看见你！

肯　　特　瞧明白一些，李尔；还是让我像箭垛上的红心一般永远站在你的眼前吧。

李　　尔　凭着阿波罗起誓——

肯　　特　凭着阿波罗，老王，你向神明发誓也是没用的。

李　　尔　啊，可恶的奴才！（以手按剑。）

奥本尼
康华尔　陛下请息怒。

肯　　特　好，杀了你的医生，把你的恶病养得一天比一天厉害吧。赶快撤销你的分土授国的原议；否则只要我的喉舌尚在，我就要大声疾呼，告诉你你做了错事啦。

李　　尔　听着，逆贼！你给我按照做臣子的道理，好生听着！你想要煽动我毁弃我的不容更改的誓言，凭着你的不法的跋扈，对我的命令和权力妄加阻挠，这一种目无君上的态度，使我忍无可忍；为了维持王命的尊严，不能不给你应得的处分。我现在宽容你五天的时间，让你预备些应用的衣服食物，免得受饥寒的痛苦；在第六天上，你那可憎的身体必须离开我的国境；要是在此后十天之内，我们的领土上再发现了你的踪迹，那时候就要把你当场处死。去！凭着朱庇特发誓，这一个判决是无可改移的。

肯　　特　再会，国王；你既不知悔改，
　　　　　囚笼里也没有自由存在。（向考狄利娅）
　　　　　姑娘，自有神明为你照应：
　　　　　你心地纯洁，说话真诚！（向里根、高纳里尔）

> 愿你们的夸口变成实事,
>
> 假树上会结下真的果子。
>
> 各位王子,肯特从此远去;
>
> 到新的国土走他的旧路。(下。)
>
> 喇叭奏花腔。葛罗斯特偕法兰西王、勃艮第及侍从等重上。

葛罗斯特　陛下,法兰西国王和勃艮第公爵来了。

李　　尔　勃艮第公爵,您跟这位国王都是来向我的女儿求婚的,现在我先问您:您希望她至少要有多少陪嫁的奁资,否则宁愿放弃对她的追求?

勃艮第　陛下,照着您所已经答应的数目,我就很满足了;想来您也不会再吝惜的。

李　　尔　尊贵的勃艮第,当她为我所宠爱的时候,我是把她看得非常珍重的,可是现在她的价格已经跌落了,公爵,您瞧她站在那儿,一个小小的东西,要是除了我的憎恨以外,我什么都不给她,而您仍然觉得她有使您喜欢的地方,或者您觉得她整个儿都能使您满意,那么她就在那儿,您把她带去好了。

勃艮第　我不知道怎样回答。

李　　尔　像她这样一个一无可取的女孩子,没有亲友的照顾,新近遭到我的憎恨,咒诅是她的嫁奁,我已经立誓和她断绝关系了,您还是愿意娶她呢,还是愿意把她放弃?

勃艮第　恕我,陛下;在这种条件之下,决定取舍是一件很为难的事。

李　　尔　那么放弃她吧,公爵;凭着赋与我生命的神明起誓,我已经告诉您她的全部价值了。(向法兰西王)至于您,伟大的国王,为了重视你、我的友谊,我断不愿把一个我所憎恶的人匹配给您；所以请您还是丢开了这一个为天地所不容的贱人，另外去找寻佳偶吧。

法兰西王　这太奇怪了，她刚才还是您的眼中的珍宝、您的赞美的题目、您的老年的安慰、您的最好、最心爱的人儿，怎么一转瞬间，就会干下这么一件罪大恶极的行为，丧失了您的深恩厚爱！她的罪恶倘不是超乎寻常，您的爱心决不会变得这样厉害；可是除非那是一桩奇迹，我无论如何不相信她会干那样的事。

考狄利娅　陛下，我只是因为缺少娓娓动人的口才，不会讲一些违心的言语，凡是我心里想到的事情，我总不愿在没有把它实行以前就放在嘴里宣扬；要是您因此而恼我，我必须请求您让世人知道，我所以失去您的欢心的原因，并不是什么丑恶的污点、淫邪的行动，或是不名誉的举止；只是因为我缺少像人家那样的一双献媚求恩的眼睛，一条我所认为可耻的善于逢迎的舌头，虽然没有了这些使我不能再受您的宠爱，可是惟其如此，却使我格外尊重我自己的人格。

李　尔　像你这样不能在我面前曲意承欢，还不如当初没有生下你来的好。

法兰西王　只是为了这一个原因吗？为了生性不肯有话便说，不肯把心里想做到的出之于口？勃艮第公爵，您对于这位公主意下如何？爱情里面要是掺杂了和它本身无关的算计，那就不是真的爱情。您愿不愿意娶她？她自己就是一注无价的嫁奁。

勃艮第　尊严的李尔，只要把您原来已经允许过的那一份嫁奁给我，我现在就可以使考狄利娅成为勃艮第公爵的夫人。

李　尔　我什么都不给；我已经发过誓，再也不能挽回了。

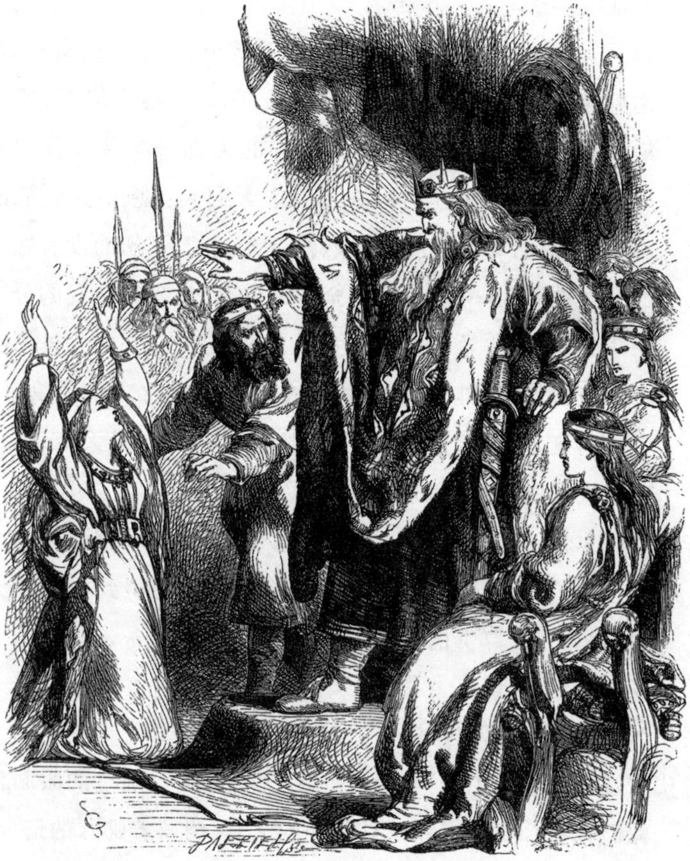

勃艮第　那么抱歉得很,您已经失去一个父亲,现在必须再失去一个丈夫了。

考狄利娅　愿勃艮第平安!他所爱的既然只是财产,我也不愿做他的妻子。

法兰西王　最美丽的考狄利娅!你因为贫穷,所以是最富有的;你因为被遗弃,所以是最可宝贵的;你因为遭人轻视,所以最蒙我的怜爱。我现在把你和你的美德一起攫在我的手里;人弃我取是法理上所许可的。天啊天!想不到他们的冷酷的蔑视,却会激起我热烈的敬爱。陛下,您的没有嫁奁的女儿被抛在一边,正好成全我的良缘;她现在是我的分享荣华的王后,法兰西全国的女主人了;沼泽之邦的勃艮第所有的公爵,都不能从我手里买去这一个无价之宝的女郎。考狄利娅,向他们告别吧,虽然他们是这样冷酷无情;你抛弃了故国,将要得到一个更好的家乡。

李　尔　你带了她去吧,法兰西王;她是你的,我没有这样的女儿,也再不要看见她的脸,去吧,你们不要想得到我的恩宠和祝福。来,尊贵的勃艮第公爵。(喇叭奏花腔。李尔、勃艮第、康华尔、奥本尼、葛罗斯特及侍从等同下。)

法兰西王　向你的两位姊姊告别吧。

考狄利娅　父亲眼中的两颗宝玉,考狄利娅用泪洗过的眼睛向你们告别。我知道你们是怎样的人;因为碍着姊妹的情分,我不愿直言指斥你们的错处。好好对待父亲;你们自己说是孝敬他的,我把他托付给你们了。可是,唉!要是我没有失去他的欢心,我一定不让他依赖你们的照顾。再会了,两位姊姊。

里　根　我们用不着你教训。

高纳里尔　你还是去小心侍候你的丈夫吧,命运的慈悲把你交在他的手里;你自己忤逆不孝,今天空手跟了汉子去也是活该。

考狄利娅　总有一天,深藏的奸诈会渐渐显出它的原形;罪恶虽然可以掩饰一时,免不了最后出乖露丑。愿你们幸福!

法兰西王　来,我美丽的考狄利娅。(法兰西王、考狄利娅同下。)

高纳里尔　妹妹,我有许多对我们两人有切身关系的话必须跟你谈谈。我想我们的父亲今晚就要离开此地。

里　根　那是十分确定的事,他要住到你们那儿去;下个月他就要跟我们住在一起了。

高纳里尔　你瞧他现在年纪老了,他的脾气多么变化不定;我们已经屡次注意到他的行为的乖僻了。他一向都是最爱我们妹妹的,现在他凭着一时的气恼就把她撵走,这就可以见得他是多么糊涂。

里　根　这是他老年的昏悖;可是他向来就是这样喜怒无常的。

高纳里尔　他年轻的时候性子就很暴躁,现在他任性惯了,再加上老年人刚愎自用的怪脾气,看来我们只好准备受他的气了。

里　根　他把肯特也放逐了;谁知道他心里一不高兴起来,不会用同样的手段对付我们?

高纳里尔　法兰西王辞行回国,跟他还有一番礼仪上的应酬。让我们同心合力,决定一个方策;要是我们的父亲顺着他这种脾气滥施威权起来,这一次的让国对于我们未必有什么好处。

里　根　我们还要仔细考虑一下。

高纳里尔　我们必须趁早想个办法。(同下。)

第二场　葛罗斯特伯爵城堡中的厅堂

　　　　　爱德蒙持信上。

爱德蒙　大自然,你是我的女神,我愿意在你的法律之前俯首听命。为什么我要受世俗的排挤,让世人的歧视剥夺我的应享的权利,只因为我比一个哥哥迟生了一年或是十四个月?为什么他们要叫我私生子?为什么我比人家卑贱?我的壮健的体格、我的慷慨的精神、我的端正的容貌,哪一点比不上正经女人生下的儿子?为什么他们要给我加上庶出、贱种、私生子的恶名?贱种,贱种;贱种?难道在热烈兴奋的奸情里,得天地精华、父母元气而生下的孩子,倒不及拥着一个毫无欢趣的老婆,在半睡半醒之间制造出来的那一批蠢货?好,合法的爱德伽,我一定要得到你的土地;我们的父亲喜欢他的私生子爱德蒙,正像他喜欢他的合法的嫡子一样。好听的名词,"合法"!好,我的合法的哥哥,要是这封信发生效力,我的计策能够成功,瞧着吧,庶出的爱德蒙将要把合法的嫡子压在他的下面——那时候我可要扬眉吐气啦。神啊,帮助帮助私生子吧!

　　　　　葛罗斯特上。

葛罗斯特　肯特就这样放逐了!法兰西王盛怒而去;王上昨晚又走了!他的权力全部交出,依靠他的女儿过活!这些事情都在匆促中决定,不曾经过丝毫的考虑!爱德蒙,怎么!有什么消息?

爱德蒙　禀父亲,没有什么消息。(藏信。)

葛罗斯特　你为什么急急忙忙地把那封信藏起来?

爱德蒙　我不知道有什么消息,父亲。

葛罗斯特　你读的是什么信?

爱德蒙　没有什么,父亲。

葛罗斯特　没有什么?那么你为什么慌慌张张地把它塞进你的衣袋里去?既然没有什么,何必藏起来?来,给我看;要是那上面没有什么话,我也可以不用戴眼镜。

爱德蒙　父亲,请您原谅我;这是我哥哥写给我的一封信,我还没有把它读完,照我所已经读到的一部分看起来,我想还是不要让您看见的好。

葛罗斯特　把信给我。

爱德蒙　不给您看您要恼我,给您看了您又要动怒。哥哥真不应该写出这种话来。

葛罗斯特　给我看,给我看。

爱德蒙　我希望哥哥写这封信是有他的理由的,他不过要试试我的德性。

葛罗斯特　(读信)"这一种尊敬老年人的政策,使我们在年轻时候不能享受生命的欢乐;我们的财产不能由我们自己处分,等到年纪老了,这些财产对我们也失去了用处。我开始觉得老年人的专制,实在是一种荒谬愚蠢的束缚;他们没有权力压迫我们,是我们自己容忍他们的压迫。来跟我讨论讨论这一个问题吧。要是我们的父亲在我把他惊醒之前,一直好好睡着,你就可以永远享受他的一半的收入,并且将要为你的哥哥所喜爱。爱德伽。"——哼!阴谋!"要是我们的父亲在我把他惊醒之前,一直好好睡着,你就可以永远享受他的一半的收入。"我的儿子爱德伽!他会有这样的心思?他能写得出这样一封信吗?这封信是什么时候到你手里的？谁把它送给你的？

爱德蒙　它不是什么人送给我的,父亲;这正是他狡猾的地方;我看见它塞在我的房间的窗眼里。

葛罗斯特　你认识这笔迹是你哥哥的吗？

爱德蒙　父亲,要是这信里所写的都是很好的话,我敢发誓这是他的笔迹;可是那上面写的既然是这种话,我但愿不是他写的。

葛罗斯特　这是他的笔迹。

爱德蒙　笔迹确是他的,父亲;可是我希望这种话不是出于他的真心。

葛罗斯特　他以前有没有用这一类话试探过你？

爱德蒙　没有,父亲;可是我常常听见他说,儿子成年以后,父亲要是已经衰老,他应该受儿子的监护,把他的财产交给他的儿子掌管。

葛罗斯特　啊,混蛋！混蛋！正是他在这信里所表示的意思！可恶的混蛋！不孝的、没有心肝的畜生！禽兽不如的东西！去,把他找来;我要依法惩办他。可恶的混蛋！他在哪儿？

爱德蒙　我不大知道,父亲。照我的意思,您在没有得到可靠的证据,证明哥哥确有这种意思以前,最好暂时耐一耐您的怒气;因为要是您立刻就对他采取激烈的手段,万一事情出于误会,那不但大大妨害了您的尊严,而且他对于您的孝心,也要从此动摇了！我敢拿我的生命为他作保,他写这封信的用意,不过是试探试探我对您的孝心,并没有其他危险的目的。

葛罗斯特　你以为是这样的吗？

爱德蒙　您要是认为可以的话,让我把您安置在一个隐僻的地方,从那个地方您可以听到我们两人谈论这件事情,用您自己的耳朵得到一个真凭实据;事不宜迟,今天晚上就可以一试。

葛罗斯特　他不会是这样一个大逆不道的禽兽——

爱德蒙　他断不会是这样的人。

葛罗斯特　天地良心!我做父亲的从来没有亏待过他,他却这样对待我。爱德蒙,找他出来;探探他究竟居心何在;你尽管照你自己的意思随机应付。我愿意放弃我的地位和财产,把这一件事情调查明白。

爱德蒙　父亲,我立刻就去找他,用最适当的方法探明这回事情,然后再来告诉您知道。

葛罗斯特　最近这一些日蚀月蚀果然不是好兆;虽然人们凭着天赋的智慧,可以对它们作种种合理的解释,可是接踵而来的天灾人祸,却不能否认是上天对人们所施的惩罚。亲爱的人互相疏远,朋友变为陌路,兄弟化成仇雠;城市里有暴动,国家发生内乱,宫廷之内潜藏着逆谋;父不父,子不子,纲常伦纪完全破灭。我这畜生也是上应天数;有他这样逆亲犯上的儿子,也就有像我们王上一样不慈不爱的父亲。我们最好的日子已经过去;现在只有一些阴谋、欺诈、叛逆、纷乱,追随在我们的背后,把我们赶下坟墓里去。爱德蒙,去把这畜生侦查个明白;那对你不会有什么妨害的;你只要自己留心一点就是了。——忠心的肯特又放逐了!他的罪名是正直!怪事,怪事!(下。)

爱德蒙　人们最爱用这一种糊涂思想来欺骗自己;往往当我们因为自己行为不慎而遭逢不幸的时候,我们就会把我们的灾祸归怨于日月星辰,好像我们做恶人也是命运注定,做傻瓜也是出于上天的旨意,做无赖、做盗贼、做叛徒,都是受到天体运行的影响,酗酒、造谣、奸淫,都有一颗什么星在那儿主持操纵,我们无论干什么罪恶的行为,全都是因为有一种超自然的力量在冥冥之中驱策着我们。明明自己跟人家通奸,却把他的好色的天性归咎到一颗星的身上,真是绝妙的推诿!我的父亲跟我的母亲在巨龙星的尾巴底下交媾,我又是在大熊星底下出世,所以我就是个粗暴而好色的家伙。嘿!即使当我的父亲苟合成奸的时候,有一颗最贞洁的处女星在天空睒眼睛,我也决不会换个样子的。爱德伽——

　　爱德伽上。

爱德蒙　一说起他,他就来了,正像旧式喜剧里的大团圆一样;我现在必须装出一副忧愁煞人的样子,像疯子一般长吁短叹。唉!这些日蚀月蚀果然预兆着人世的纷争!法——索——拉——咪。

爱德伽　啊,爱德蒙兄弟!你在沉思些什么?

爱德蒙　哥哥,我正在想起前天读到的一篇预言,说是在这些日蚀月蚀之后,将要发生些什么事情。

爱德伽　你让这些东西烦扰你的精神吗?

爱德蒙　告诉你吧,他所预言的事情,果然不幸被他说中了;什么父子的乖离、死亡、饥荒、友谊的毁灭、国家的分裂、对于国王和贵族的恫吓和咒诅、无谓的猜疑、朋友的放逐、军队的瓦解、婚姻的破坏,还有许许多多我所不知道的事情。

爱德伽　你什么时候相信起星象之学来?

爱德蒙　来,来;你最近一次看见父亲在什么时候?

爱德伽　昨天晚上。

爱德蒙　你跟他说过话没有?

爱德伽　嗯,我们谈了两个钟头。

爱德蒙　你们分别的时候,没有闹什么意见吗?你在他的辞色之间,不觉得他对你有点恼怒吗?

爱德伽　一点没有。

爱德蒙　想想看你在什么地方得罪了他;听我的劝告,暂时避开一下,等他的怒气平息下来再说,现在他正在大发雷霆,恨不得一口咬下你的肉来呢。

爱德伽　一定有哪一个坏东西在搬弄是非。

爱德蒙　我也怕有什么人在暗中离间。请你千万忍耐忍耐,不要碰在他的火性上;现在你还是跟我到我的地方去,我可以想法让你躲起来听听他老人家怎么说。请你去吧;这是我的钥匙。你要是在外面走动的话,最好身边带些武器。

爱德伽　带些武器,弟弟!

爱德蒙　哥哥,我这样劝告你都是为了你的好处;带些武器在身边吧;要是没有人在暗算你,就算我不是个好人。我已经把我所看到、听到的事情都告诉你了;可还只是轻描淡写,实际的情形,却比我的话更要严重可怕得多哩。请你赶快去吧。

爱德伽　我不久就可以听到你的消息吗?

爱德蒙　我在这一件事情上总是竭力帮你的忙就是了。(爱德伽下)一个轻信的父亲,一个忠厚的哥哥,他自己从不会算计别人,所以也不疑心别人算计他;对付他们这样老实的傻瓜,我的奸计是绰绰有余的。该怎么下手,我已经想好了。既然凭我的身份,产业到不了我的手,那就只好用我的智谋;不管什么手段只要使得上,对我说来,就是正当。(下。)

145

第三场　奥本尼公爵府中一室

高纳里尔及其管家奥斯华德上。

高纳里尔　我的父亲因为我的侍卫骂了他的弄人,所以动手打他吗?

奥斯华德　是,夫人。

高纳里尔　他一天到晚欺侮我;每一点钟他都要借端寻事,把我们这儿吵得鸡犬不宁。我不能再忍受下去了。他的骑士们一天一天横行不法起来,他自己又在每一件小事上都要责骂我们。等他打猎回来的时候,我不高兴见他说话;你就对他说我病了。你也不必像从前那样殷勤侍候他;他要是见怪,都在我身上。

奥斯华德　他来了,夫人;我听见他的声音。(内号角声。)

高纳里尔　你跟你手下的人尽管对他装出一副不理不睬的态度;我要看看他有些什么话说。要是他恼了,那么让他到我妹妹那儿去吧,我知道我的妹妹的心思,她也跟我一样不能受人压制的。这老废物已经放弃了他的权力,还想管这个管那个!凭着我的生命发誓,年老的傻瓜正像小孩子一样,一味的姑息会纵容坏了他的脾气,不对他凶一点是不行的,记住我的话。

奥斯华德　是,夫人。

高纳里尔　让他的骑士们也受到你们的冷眼;无论发生什么事情,你们都不用管;你去这样通知你手下的人吧。我要造成一些借口,和他当面说个明白。我还要立刻写信给我的妹妹,叫她采取一致的行动。吩咐他们备饭。(各下。)

第四场　奥本尼公爵府中厅堂

　　　　肯特化装上。

肯　特　我已经完全隐去我的本来面目,要是我能够把我的语音也完全改变过来,那么我的一片苦心,也许可以达到目的。被放逐的肯特啊,要是你顶着一身罪名,还依然能尽你的忠心,那么总有一天,对你所爱戴的主人会大有用处的。

　　　　内号角声。李尔、众骑士及侍从等上。

李　尔　我一刻也不能等待,快去叫他们拿出饭来。(一侍从下)啊!你是什么?

肯　特　我是一个人,大爷。

李　尔　你是干什么的?你来见我有什么事?

肯　特　您瞧我像干什么的,我就是干什么的;谁要是信任我,我愿意尽忠服侍他;谁要是居心正直,我愿意爱他;谁要是聪明而不爱多说话,我愿意跟他来往;我害怕法官;逼不得已的时候,我也会跟人家打架;我不吃鱼①。

李　尔　你究竟是什么人?

肯　特　一个心肠非常正直的汉子,而且像国王一样穷。

李　尔　要是你这做臣民的,也像那个做国王的一样穷,那么你也可以算得真穷了。你要什么?

肯　特　我要讨一个差使。

李　尔　你想替谁做事?

------

① 意即不是天主教徒。天主教徒逢星期五按例吃鱼。

肯　特　替您。

李　尔　你认识我吗?

肯　特　不,大爷;可是在您的神气之间,有一种什么力量,使我愿意叫您做我的主人。

李　尔　是什么力量?

肯　特　一种天生的威严。

李　尔　你会做些什么事?

肯　特　我会保守秘密,我会骑马,我会跑路,我会把一个复杂的故事讲得索然无味,我会老老实实传一个简单的口信;凡是普通人能够做的事情,我都可以做,我的最大的好处是勤劳。

李　尔　你年纪多大了?

肯　特　大爷,说我年轻,我也不算年轻,我不会为了一个女人会唱几句歌而害相思;说我年老,我也不算年老,我不会糊里糊涂地溺爱一个女人;我已经活过四十八个年头了。

李　尔　跟着我吧;你可以替我做事。要是我在吃过晚饭以后,还是这样欢喜你,那么我还不会就把你撵走。喂!饭呢?拿饭来!我的孩子呢?我的傻瓜呢?你去叫我的傻瓜来。(一侍从下。)

　　　奥斯华德上。

李　尔　喂,喂,我的女儿呢?

奥斯华德　对不起——(下。)

李　尔　这家伙怎么说?叫那蠢东西回来。(一骑士下)喂,我的傻瓜呢?全都睡着了吗?怎么!那狗头呢?

　　　骑士重上。

骑　士　陛下,他说公主有病。

李　　尔　我叫他回来,那奴才为什么不回来?

骑　　士　陛下,他非常放肆,回答我说他不高兴回来。

李　　尔　他不高兴回来!

骑　　士　陛下,我也不知道为了什么缘故,可是照我看起来,他们对待您的礼貌,已经不像往日那样殷勤了;不但一般下人从仆,就是公爵和公主也对您冷淡得多了。

李　　尔　嘿!你这样说吗?

骑　　士　陛下,要是我说错了话,请您原谅我;可是当我觉得您受人欺侮的时候,责任所在,我不能闭口不言。

李　　尔　你不过向我提起一件我自己已经感觉到的事;我近来也觉得他们对我的态度有点儿冷淡,可是我总以为那是我自己多心,不愿断定是他们有意怠慢。我还要仔细观察观察他们的举止。可是我的傻瓜呢?我这两天没有看见他。

骑　　士　陛下,自从小公主到法国去了以后,这傻瓜老是郁郁不乐。

李　　尔　别再提那句话了;我也注意到他这种情形。——你去对我的女儿说,我要跟她说话。(一侍从下)你去叫我的傻瓜来。(另一侍从下。)

　　　　　　奥斯华德重上。

李　　尔　啊!你,大爷,你过来,大爷。你不知道我是什么人吗,大爷?

奥斯华德　我们夫人的父亲。

李　　尔　"我们夫人的父亲"!我们大爷的奴才!好大胆的狗!你这奴才!你这狗东西!

奥斯华德　对不起,我不是狗。

李　　尔　你敢跟我当面顶嘴瞪眼吗,你这混蛋?(打奥斯华德。)

149

奥斯华德　您不能打我。

肯　　特　我也不能踢你吗,你这踢皮球的下贱东西①?（自后踢奥斯华德倒地。）

李　　尔　谢谢你,好家伙;你帮了我,我喜欢你。

肯　　特　来,朋友,站起来,给我滚吧!我要教训教训你,让你知道尊卑上下的分别。去!去!你还想用你蠢笨的身体在地上打滚,丈量土地吗?滚!你难道不懂得厉害吗?去。（将奥斯华德推出。）

李　　尔　我的好小子,谢谢你;这是你替我做事的定钱。（以钱给肯特。）

　　　　　弄人上。

弄　　人　让我也把他雇下来;这儿是我的鸡头帽。（脱帽授肯特。）

李　　尔　啊,我的乖乖!你好?

弄　　人　喂,你还是戴了我的鸡头帽吧。

肯　　特　傻瓜,为什么?

弄　　人　为什么?因为你帮了一个失势的人。要是你不会看准风向把你的笑脸迎上去,你就会吞下一口冷气的。来,把我的鸡头帽拿去。嘿,这家伙撵走了两个女儿,他的第三个女儿倒很受他的好处,虽然也不是出于他的本意;要是你跟了他,你必须戴上我的鸡头帽。啊,老伯伯!但愿我有两顶鸡头帽,再有两个女儿!

李　　尔　为什么,我的孩子?

弄　　人　要是我把我的家私一起给了她们,我自己还可以存下

---

① 踢皮球在当时只是下层市民的娱乐。

150

两顶鸡头帽。我这儿有一顶;再去向你的女儿们讨一顶戴戴吧。

李　　尔　嘿,你留心着鞭子。

弄　　人　真理是一条贱狗,它只好躲在狗洞里;当猎狗太太站在火边撒尿的时候,它必须一顿鞭子被人赶出去。

李　　尔　简直是揭我的疮疤!

弄　　人　(向肯特)喂,让我教你一段话。

李　　尔　你说吧。

弄　　人　听着,老伯伯;——

　　　　　多积财,少摆阔;

　　　　　耳多听,话少说;

　　　　　少放款,多借债;

　　　　　走路不如骑马快;

　　　　　三言之中信一语,

　　　　　多掷骰子少下注;

　　　　　莫饮酒,莫嫖妓;

　　　　　待在家中把门闭;

　　　　　会打算的占便宜,

　　　　　不会打算叹口气。

肯　　特　傻瓜,这些话一点意思也没有。

弄　　人　那么正像拿不到讼费的律师一样,我的话都白说了。老伯伯,你不能从没有意思的中间,探求出一点意思来吗?

李　　尔　啊,不,孩子;垃圾里是淘不出金子来的。

弄　　人　(向肯特)请你告诉他,他有那么多的土地,也就成为一堆垃圾了;他不肯相信一个傻瓜嘴里的话。

李　　尔　好尖酸的傻瓜!

弄　人　我的孩子,你知道傻瓜是有酸有甜的吗?

李　尔　不,孩子;告诉我。

弄　人　听了他人话,

　　　　　　土地全丧失;

　　　　我傻你更傻,

　　　　　　两傻相并立:

　　　　一个傻瓜甜,

　　　　　　一个傻瓜酸;

　　　　一个穿花衣,

　　　　　　一个戴王冠。

李　尔　你叫我傻瓜吗,孩子?

弄　人　你把你所有的尊号都送了别人;只有这一个名字是你娘胎里带来的。

肯　特　陛下,他倒不全然是个傻瓜哩。

弄　人　不,那些老爷大人们都不肯答应我的;要是我取得了傻瓜的专利权,他们一定要来夺我一份去,就是太太小姐们也不会放过我的;他们不肯让我一个人做傻瓜。老伯伯,给我一个蛋,我给你两顶冠。

李　尔　两顶什么冠?

弄　人　我把蛋从中间切开,吃完了蛋黄、蛋白,就用蛋壳给你做两顶冠。你想你自己好端端有了一顶王冠,却把它从中间剖成两半,把两半全都送给人家,这不是背了驴子过泥潭吗?你这光秃秃的头顶连里面也是光秃秃的没有一点脑子,所以才会把一顶金冠送了人。我说了我要说的话,谁说这种话是傻话,让他挨一顿鞭子。——

　　　　　这年头傻瓜供过于求,

　　　　　聪明人个个变了糊涂,
　　　　顶着个没有思想的头,
　　　　　只会跟着人依样葫芦。

李　尔　你几时学会了这许多歌儿?

弄　人　老伯伯,自从你把你的女儿当作了你的母亲以后,我就常常唱起歌儿来了;因为当你把棒儿给了她们,拉下你自己的裤子的时候,——

　　　　　她们高兴得眼泪盈眶,
　　　　　我只好唱歌自遣哀愁,
　　　　　可怜你堂堂一国之王,
　　　　　却跟傻瓜们作伴嬉游。

老伯伯,你去请一位先生来,教教你的傻瓜怎样说谎吧;我很想学学说谎。

李　尔　要是你说了谎,小子,我就用鞭子抽你。

弄　人　我不知道你跟你的女儿们究竟是什么亲戚:她们因为我说了真话,要用鞭子抽我,你因为我说谎,又要用鞭子抽我;有时候我话也不说,你们也要用鞭子抽我。我宁可做一个无论什么东西,也不要做个傻瓜;可是我宁可做个傻瓜,也不愿意做你,老伯伯;你把你的聪明从两边削掉了,削得中间不剩一点东西。瞧,那削下的一块来了。

　　　　高纳里尔上。

李　尔　啊,女儿!为什么你的脸上罩满了怒气?我看你近来老是皱着眉头。

弄　人　从前你用不着看她的脸,随她皱不皱眉头都不与你相干,那时候你也算得了一个好汉子;可是现在你却变成一个孤零零的圆圈圈儿了。你还比不上我;我是个傻瓜,你简直不是个东西。(向高纳里尔)好,好,我闭嘴就是啦;虽然你没有说话,我从你的脸色知道你的意思。

闭嘴,闭嘴;

你不知道积谷防饥,

活该啃不到面包皮。

他是一个剥空了的豌豆荚。(指李尔。)

高纳里尔　父亲,您这一个肆无忌惮的傻瓜不用说了,还有您那些蛮横的卫士,也都在时时刻刻寻事骂人,种种不法的暴行,实在叫人忍无可忍。父亲,我本来还以为要是让您知道了这种情形,您一定会戒饬他们的行动;可是照您最近所说的话和所做的事看来,我不能不疑心您有意纵容他们,他们才会这样有恃无恐。要是果然出于您的授意,为了维持法纪的尊严,我们也不能默尔而息,不采取断然的处置,虽然也许在您的脸上不大好看;本来,这是说不过去的,可是眼前这样的步骤,在事实上却是必要的。

弄　人　你看,老伯伯——

那篱雀养大了杜鹃鸟,

自己的头也给它吃掉。

蜡烛熄了,我们眼前只有一片黑暗。

李　尔　你是我的女儿吗?

高纳里尔　算了吧,老人家,您不是一个不懂道理的人,我希望您想明白一些;近来您动不动就动气,实在太有失一个做长辈的体统啦。

弄　人　马儿颠倒过来给车子拖着走,就是一头蠢驴不也看得清楚吗?"呼,玖格!我爱你。"

李　尔　这儿有谁认识我吗?这不是李尔。是李尔在走路吗?

在说话吗？他的眼睛呢？他的知觉迷乱了吗？他的神志麻木了吗？嘿！他醒着吗？没有的事。谁能够告诉我我是什么人？

弄　人　李尔的影子。

李　尔　我要弄明白我是谁；因为我的君权、知识和理智都在哄我，要我相信我是个有女儿的人。

弄　人　那些女儿们是会叫你做一个孝顺的父亲的。

李　尔　太太，请教您的芳名？

高纳里尔　父亲，您何必这样假痴假呆，近来您就爱开这么一类的玩笑。您是一个有年纪的老人家，应该懂事一些。请您明白我的意思；您在这儿养了一百个骑士，全是些胡闹放荡、胆大妄为的家伙，我们好好的宫廷给他们骚扰得像一个喧嚣的客店；他们成天吃、喝、玩女人，简直把这儿当作了酒馆妓院，哪里还是一座庄严的御邸。这一种可耻的现象，必须立刻设法纠正；所以请您依了我的要求，酌量减少您的扈从的人数，只留下一些适合于您的年龄、知道您的地位、也明白他们自己身份的人跟随您；要是您不答应，那么我没有法子，只好勉强执行了。

李　尔　地狱里的魔鬼！备起我的马来；召集我的侍从。没有良心的贱人！我不要麻烦你；我还有一个女儿哩。

高纳里尔　你打我的用人，你那一班捣乱的流氓也不想想自己是什么东西，胆敢把他们上面的人像奴仆一样呼来叱去。

　　　奥本尼上。

李　尔　唉！现在懊悔也来不及了。（向奥本尼）啊！你也来了吗？这是不是你的意思？你说。——替我备马。丑恶的海怪也比不上忘恩的儿女那样可怕。

奥本尼　陛下,请您不要生气。

李　尔　(向高纳里尔)枭獍不如的东西!你说谎!我的卫士都是最有品行的人,他们懂得一切的礼仪,他们的一举一动,都不愧骑士之名。啊!考狄利娅不过犯了一点小小的错误,怎么在我的眼睛里却会变得这样丑恶!它像一座酷虐的刑具,扭曲了我的天性,抽干了我心里的慈爱,把苦味的怨恨灌了进去。啊,李尔!李尔!李尔!对准这一扇装进你的愚蠢、放出你的智慧的门,着力痛打吧!(自击其头)去,去,我的人。

奥本尼　陛下,我没有得罪您,我也不知道您为什么生气。

李　尔　也许不是你的错,公爵。——听着,造化的女神,听我的吁诉!要是你想使这畜生生男育女,请你改变你的意旨吧!取消她的生殖的能力,干涸她的产育的器官,让她的下贱的肉体里永远生不出一个子女来抬高她的身价!要是她必须生产,请你让她生下一个忤逆狂悖的孩子,使她终身受苦!让她年轻的额角上很早就刻了皱纹;眼泪流下她的面颊,磨成一道道的沟渠;她的鞠育的辛劳,只换到一声冷笑和一个白眼;让她也感觉到一个负心的孩子,比毒蛇的牙齿还要多么使人痛入骨髓!去,去!(下。)

奥本尼　凭着我们敬奉的神明,告诉我这是怎么一回事?

高纳里尔　你不用知道为了什么原因;他老糊涂了,让他去发他的火吧。

　　　　　李尔重上。

李　尔　什么!我在这儿不过住了半个月,就把我的卫士一下子裁撤了五十名吗?

奥本尼　什么事,陛下?

李　尔　等一等告诉你。（向高纳里尔）吸血的魔鬼！我真惭愧，你有这本事叫我在你的面前失去了大丈夫的气概，让我的热泪为了一个下贱的婢子而滚滚流出。愿毒风吹着你，恶雾罩着你！愿一个父亲的咒诅刺透你的五官百窍，留下永远不能平复的疮痍！痴愚的老眼，要是你再为此而流泪，我要把你挖出来，丢在你所流的泪水里，和泥土拌在一起！哼！竟有这等事吗？好，我还有一个女儿，我相信她是孝顺我的；她听见你这样对待我，一定会用指爪抓破你的豺狼一样的脸。你以为我一辈子也不能恢复我的原来的威风了吗？好，你瞧着吧。（李尔、肯特及侍从等下。）

高纳里尔　你听见没有？

奥本尼　高纳里尔，虽然我十分爱你，可是我不能这样偏心——

高纳里尔　你不用管我。喂，奥斯华德！（向弄人）你这七分奸刁三分傻的东西，跟你的主人去吧。

弄　人　李尔老伯伯，李尔老伯伯！等一等，带傻瓜一块儿去。

　　　　捉狐狸，杀狐狸，

　　　　谁家女儿是狐狸？

　　　　可惜我这顶帽子，

　　　　换不到一条绳子；

　　　　追上去，你这傻子。（下。）

高纳里尔　不知道是什么人替他出的好主意。一百个骑士！让他随身带着一百个全副武装的卫士，真是万全之计；只要他做了一个梦，听了一句谣言，转了一个念头，或者心里有什么不高兴不舒服，就可以任着性子，用他们的力量危害我们的生命。喂，奥斯华德！

奥本尼　也许你太过虑了。

157

高纳里尔 过虑总比大意好些。与其时时刻刻提心吊胆,害怕人家的暗算,宁可爽爽快快除去一切可能的威胁。我知道他的心理。他所说的话,我已经写信去告诉我的妹妹了;她要是不听我的劝告,仍旧容留他带着他的一百个骑士——

奥斯华德重上。

高纳里尔 啊,奥斯华德!什么!我叫你写给我妹妹的信,你写好了没有?

奥斯华德 写好了,夫人。

高纳里尔 带几个人跟着你,赶快上马出发;把我所担心的情形明白告诉她,再加上一些你所想到的理由,让它格外动听一些。去吧,早点回来。(奥斯华德下)不,不,我的爷,你做人太仁善厚道了,虽然我不怪你,可是恕我说一句话,只有人批评你糊涂,却没有什么人称赞你一声好。

奥本尼 我不知道你的眼光能够看到多远;可是过分操切也会误事的。

高纳里尔 咦,那么——

奥本尼 好,好,但看结果如何。(同下。)

第五场 奥本尼公爵府外院

李尔、肯特及弄人上。

李 尔 你带着这封信,先到葛罗斯特去。我的女儿看了我的信,倘然有什么话问你,你就照你所知道的回答她,此外可不要多说什么。要是你在路上偷懒耽搁时间,也许我会比你先到的。

肯 特 陛下,我在没有把您的信送到以前,决不打一次盹。

（下。）

弄　人　要是一个人的脑筋生在脚跟上,它会不会长起脓包来呢?

李　尔　嗯,不会的,孩子。

弄　人　那么你放心吧;反正你的脑筋不用穿了拖鞋走路。

李　尔　哈哈哈!

弄　人　你到了你那另外一个女儿的地方,就可以知道她会待你多么好;因为虽然她跟这一个就像野苹果跟家苹果一样相像,可是我可以告诉你我所知道的事情。

李　尔　你可以告诉我什么,孩子?

弄　人　你一尝到她的滋味,就会知道她跟这一个完全相同,正像两只野苹果一般没有分别。你能够告诉我为什么一个人的鼻子生在脸中间吗?

李　尔　不能。

弄　人　因为中间放了鼻子,两旁就可以安放眼睛;鼻子嗅不出来的,眼睛可以看个仔细。

李　尔　我对不起她——

弄　人　你知道牡蛎怎样造它的壳吗?

李　尔　不知道。

弄　人　我也不知道;可是我知道蜗牛为什么背着一个屋子。

李　尔　为什么?

弄　人　因为可以把它的头放在里面;它不会把它的屋子送给它的女儿,害得它的角也没有地方安顿。

李　尔　我也顾不得什么天性之情了。我这做父亲的有什么地方亏待了她! 我的马儿已经预备好了吗?

弄　人　你的驴子们正在那儿给你预备呢。北斗七星为什么只

159

有七颗星,其中有一个绝妙的理由。

李　尔　因为它们没有第八颗吗?

弄　人　正是,一点不错;你可以做一个很好的傻瓜。

李　尔　用武力夺回来!忘恩负义的畜生!

弄　人　假如你是我的傻瓜,老伯伯,我就要打你,因为你不到时候就老了。

李　尔　那是什么意思?

弄　人　你应该懂得些世故再老呀。

李　尔　啊!不要让我发疯!天哪,抑制住我的怒气,不要让我发疯!我不想发疯!

　　　　侍臣上。

李　尔　怎么!马预备好了吗?

侍　臣　预备好了,陛下。

李　尔　来,孩子。

弄　人　哪一个姑娘笑我走这一遭,
　　　　她的贞操眼看就要保不牢。(同下。)

第 二 幕

第一场　葛罗斯特伯爵城堡庭院

爱德蒙及克伦自相对方向上。

爱德蒙　您好,克伦?

克　伦　您好,公子。我刚才见过令尊,通知他康华尔公爵跟他的夫人里根公主今天晚上要到这儿来拜访他。

爱德蒙　他们怎么要到这儿来?

克　伦　我也不知道。您有没有听见外边的消息?我的意思是说,人们交头接耳,在暗中互相传说的那些消息。

爱德蒙　我没有听见;请教是些什么消息?

克　伦　您没有听见说起康华尔公爵也许会跟奥本尼公爵开战吗?

爱德蒙　一点没有听见。

克　伦　那么您也许慢慢会听到的。再会,公子。(下。)

爱德蒙　公爵今天晚上到这儿来!那也好!再好没有了!我正好利用这个机会。我的父亲已经叫人四处把守,要捉我的哥哥;我还有一件不大好办的事情,必须赶快动手做起来。这事情要做得敏捷迅速,但愿命运帮助我!——哥哥,跟你说一句话；下来，哥哥！

    爱德伽上。

爱德蒙　父亲在那儿守着你。啊，哥哥！离开这个地方吧；有人已经告诉他你躲在什么所在；趁着现在天黑，你快逃吧。你有没有说过什么反对康华尔公爵的话？他也就要到这儿来了，在这样的夜里，急急忙忙的。里根也跟着他来；你有没有站在他这一边，说过奥本尼公爵什么话吗？想一想看。

爱德伽　我真的一句话也没有说过。

爱德蒙　我听见父亲来了；原谅我；我必须假装对你动武的样子；拔出剑来，就像你在防御你自己一般；好好地应付一下吧。（高声）放下你的剑；见我的父亲去！喂，拿火来！这儿！——逃吧，哥哥。（高声）火把！火把！——再会。（爱德伽下）身上沾几点血，可以使他相信我真的作过一番凶猛的争斗。（以剑刺伤手臂）我曾经看见有些醉汉为了开玩笑的缘故，往往不顾死活地割破他自己的皮肉。（高声）父亲！父亲！住手！住手！没有人来帮我吗？

    葛罗斯特率众仆持火炬上。

葛罗斯特　爱德蒙，那畜生呢？

爱德蒙　他站在这儿黑暗之中，拔出他的锋利的剑，嘴里念念有辞，见神见鬼地请月亮帮他的忙。

葛罗斯特　可是他在什么地方？

爱德蒙　瞧，父亲，我流着血呢。

葛罗斯特　爱德蒙，那畜生呢？

爱德蒙　往这边逃去了，父亲。他看见他没有法子——

葛罗斯特　喂，你们追上去！（若干仆人下）"没有法子"什么？

爱德蒙　没有法子劝我跟他同谋把您杀死；我对他说，疾恶如仇的神明看见弑父的逆子,是要用天雷把他殛死的;我告诉他儿子对于父亲的关系是多么深切而不可摧毁;总而言之一句话,他看见我这样憎恶他的荒谬的图谋,他就恼羞成怒,拔出他的早就预备好的剑,气势汹汹地向我毫无防卫的身上挺了过来,把我的手臂刺破了;那时候我也发起怒来,自恃理直气壮,跟他奋力对抗,他倒胆怯起来,也许因为听见我喊叫的声音,就飞也似的逃走了。

葛罗斯特　让他逃得远远的吧;除非逃到国外去,我们总有捉到他的一天;看他给我们捉住了还活得成活不成。公爵殿下,我的高贵的恩主,今晚要到这儿来啦,我要请他发出一道命令,谁要是能够把这杀人的懦夫捉住,交给我们绑在木桩上烧死,我们将要重重酬谢他;谁要是把他藏匿起来,一经发觉,就要把他处死。

爱德蒙　当他不听我的劝告,决意实行他的企图的时候,我就严辞恫吓他,对他说我要宣布他的秘密;可是他却回答我说,"你这个没份儿继承遗产的私生子!你以为要是我们两人立在敌对的地位,人家会相信你的道德品质,因而相信你所说的话吗?哼!我可以绝口否认——我自然要否认,即使你拿出我亲手写下的笔迹,我还可以反咬你一口,说这全是你的阴谋恶计;人们不是傻瓜,他们当然会相信你因为觊觎我死后的利益,所以才会起这样的毒心,想要害我的命。"

葛罗斯特　好狠心的畜生!他赖得掉他的信吗?他不是我生出来的。(内喇叭奏花腔)听!公爵的喇叭。我不知道他来有什么事。我要把所有的城门关起来,看这畜生逃到哪儿去;公爵必须答应我这一个要求;而且我还要把他的小像各处传送,让全国的人都可以注意他。我的孝顺的孩子,你不学你哥哥的坏样,我一定想法子使你能够承继我的土地。

  康华尔、里根及侍从等上。

康华尔　您好,我的尊贵的朋友!我还不过刚到这儿,就已经听见了奇怪的消息。

里　根　要是真有那样的事,那罪人真是万死不足蔽辜了。是怎么一回事,伯爵?

葛罗斯特　啊!夫人,我这颗老心已经碎了,已经碎了!

里　根　什么!我父亲的义子要谋害您的性命吗?就是我父亲替他取名字的,您的爱德伽吗?

葛罗斯特　啊!夫人,夫人,发生了这种事情,真是说来叫人丢脸。

里　根　他不是常常跟我父亲身边的那些横行不法的骑士们在一起吗?

葛罗斯特　我不知道,夫人。太可恶了!太可恶了!

爱德蒙　是的,夫人,他正是常跟这些人在一起的。

里　根　无怪他会变得这样坏;一定是他们撺掇他谋害了老头子,好把他的财产拿出来给大家挥霍。今天傍晚的时候,我接到我姊姊的一封信,她告诉我他们种种不法的情形,并且警告我要是他们想要住到我的家里来,我千万不要招待他们。

康华尔　相信我,里根,我也决不会去招待他们。爱德蒙,我听说你对你的父亲很尽孝道。

爱德蒙　那是做儿子的本分,殿下。

葛罗斯特　他揭发了他哥哥的阴谋;您看他身上的这一处伤就是因为他奋不顾身,想要捉住那畜生而受到的。

康华尔　那凶徒逃走了,有没有人追上去?

葛罗斯特　有的,殿下。

康华尔　要是他给我们捉住了,我们一定不让他再为非作恶;你只要决定一个办法,在我的权力范围以内,我都可以替你办到。爱德蒙,你这一回所表现的深明大义的孝心,使我们十分赞美;像你这样不负付托的人,正是我们所需要的,我们将要大大地重用你。

爱德蒙　殿下,我愿意为您尽忠效命。

葛罗斯特　殿下这样看得起他,使我感激万分。

康华尔　你还不知道我们现在所以要来看你的原因——

里　根　尊贵的葛罗斯特,我们这样在黑暗的夜色之中,一路摸索前来,实在是因为有一些相当重要的事情,必须请教请教您的高见。我们的父亲和姊姊都有信来,说他们两人之间发生了一些冲突;我想最好不要在我们自己的家里答复他们;两方面的使者都在这儿等候我打发。我们的善良的老朋友,您不要气恼,替我们赶快出个主意吧。

葛罗斯特　夫人但有所命,我总是愿意贡献我的一得之愚的。殿下和夫人光临蓬荜,欢迎得很!(同下。)

第二场　葛罗斯特城堡之前

　　　　　　肯特及奥斯华德各上。

奥斯华德　早安,朋友;你是这屋子里的人吗?

肯　特　嗯。

奥斯华德　什么地方可以让我们拴马?

肯　特　烂泥地里。

奥斯华德　对不起,大家是好朋友,告诉我吧。

肯　　特　谁是你的好朋友？

奥斯华德　好,那么我也不理你。

肯　　特　要是我把你一口咬住,看你理不理我。

奥斯华德　你为什么对我这样？我又不认识你。

肯　　特　家伙,我认识你。

奥斯华德　你认识我是谁？

肯　　特　一个无赖；一个恶棍；一个吃剩饭的家伙；一个下贱的、骄傲的、浅薄的、叫化子一样的、只有三身衣服、全部家私算起来不过一百镑的、卑鄙龌龊的、穿毛绒袜子的奴才；一个没有胆量的、靠着官府势力压人的奴才；一个婊子生的、顾影自怜的、奴颜婢膝的、涂脂抹粉的混账东西；全部家私都在一只箱子里的下流胚,一个天生的忘八胚子；又是奴才,又是叫化子,又是懦夫,又是忘八,又是一条杂种老母狗的儿子；要是你不承认你这些头衔,我要把你打得放声大哭。

奥斯华德　咦,奇怪,你是个什么东西,你也不认识我,我也不认识你,怎么开口骂人？

肯　　特　你还说不认识我,你这厚脸皮的奴才！两天以前,我不是把你踢倒在地上,还在王上的面前打过你吗？拔出剑来,你这混蛋；虽然是夜里,月亮照着呢；我要在月光底下把你剁得稀烂。(拔剑)拔出剑来,你这婊子生的、臭打扮的下流东西,拔出剑来！

奥斯华德　去！我不跟你胡闹。

肯　　特　拔出剑来,你这恶棍！谁叫你做人家的傀儡,替一个女儿寄信攻击她的父王,还自鸣得意呢？拔出剑来,你这混蛋,否则我要砍下你的胫骨。拔出剑来,恶棍；来来来！

奥斯华德　喂！救命哪！要杀人啦！救命哪！

肯　　特　来,你这奴才;站住,混蛋,别跑;你这漂亮的奴才,你不会还手吗?(打奥斯华德。)

奥斯华德　救命啊!要杀人啦!要杀人啦!

　　　　　爱德蒙拔剑上。

爱德蒙　怎么!什么事?(分开二人。)

肯　　特　好小子,你也要寻事吗?来,我们试一下吧;来,小哥儿。

　　　　　康华尔、里根、葛罗斯特及众仆上。

葛罗斯特　动刀动剑的,什么事呀?

康华尔　大家不要闹;谁再动手,就叫他死。怎么一回事?

里　　根　一个是我姊姊的使者,一个是国王的使者。

康华尔　你们为什么争吵?说。

奥斯华德　殿下,我给他缠得气都喘不过来啦。

肯　　特　怪不得你,你把全身勇气都提起来了。你这懦怯的恶棍,造化不承认他曾经造下你这个人;你是一个裁缝手里做出来的。

康华尔　你是一个奇怪的家伙;一个裁缝会做出一个人来吗?

肯　　特　嗯,一个裁缝;石匠或者油漆匠都不会把他做得这样坏,即使他们学会这行手艺才不过两个钟头。

康华尔　说,你们怎么会吵起来的?

奥斯华德　这个老不讲理的家伙,殿下,倘不是我看在他的花白胡子分上,早就要他的命了——

肯　　特　你这婊子养的、不中用的废物!殿下,要是您允许我的话,我要把这不成东西的流氓踏成一堆替人家涂刷茅厕的泥浆。看在我的花白胡子分上?你这摇尾乞怜的狗!

康华尔　住口!畜生,你规矩也不懂吗?

167

肯　　特　是,殿下;可是我实在气愤不过,也就顾不得了。

康华尔　你为什么气愤?

肯　　特　我气愤的是像这样一个奸诈的奴才,居然也让他佩起剑来。都是这种笑脸的小人,像老鼠一样咬破了神圣的伦常纲纪;他们的主上起了一个恶念,他们便竭力逢迎,不是火上浇油,就是雪上添霜;他们最擅长的是随风转舵,他们的主人说一声是,他们也跟着说是,说一声不,他们也跟着说不,就像狗一样什么都不知道,只知道跟着主人跑。恶疮烂掉了你的抽搐的面孔!你笑我所说的话,你以为我是个傻瓜吗?呆鹅,要是我在旷野里碰见了你,看我不把你打得嘎嘎乱叫,一路赶回你的老家去!

康华尔　什么!你疯了吗,老头儿?

葛罗斯特　说,你们究竟是怎么吵起来的?

肯　　特　我跟这混蛋是势不两立的。

康华尔　你为什么叫他混蛋?他做错了什么事?

肯　　特　我不喜欢他的面孔。

康华尔　也许你也不喜欢我的面孔、他的面孔,还有她的面孔。

肯　　特　殿下,我是说惯老实话的:我曾经见过一些面孔,比现在站在我面前的这些面孔好得多啦。

康华尔　这个人正是那种因为有人称赞了他的言辞率直,就此装出一副粗鲁的、目中无人的样子,一味矫揉造作,仿佛他生来就是这样一个家伙。他不会谄媚,他有一颗正直坦白的心,他必须说老实话;要是人家愿意接受他的意见,很好;不然的话,他是个老实人。我知道这种家伙,他们用坦白的外表,包藏着极大的奸谋祸心,比二十个胁肩谄笑、小心翼翼的愚蠢的谄媚者更要不怀好意。

肯　　特　殿下,您的伟大的明鉴,就像福玻斯神光煜煜的额上的烨耀的火轮,请您照临我的善意的忠诚,恳切的虔心——

康华尔　这是什么意思?

肯　　特　因为您不喜欢我的话,所以我改变了一个样子。我知道我不是一个谄媚之徒;我也不愿做一个故意用率直的言语诱惑人家听信的奸诈小人;即使您请求我做这样的人,我也不怕得罪您,决不从命。

康华尔　(向奥斯华德)你在什么地方冒犯了他?

奥斯华德　我从来没有冒犯过他。最近王上因为对我有了点误会,把我殴打;他便助主为虐,闪在我的背后把我踢倒地上,侮辱谩骂,无所不至,装出一副非常勇敢的神气;他的王上看见他这样,把他称赞了两句,我又极力克制自己,他便得意忘形,以为我不是他的对手,所以一看见我,又拔剑跟我闹起来了。

肯　　特　和这些流氓和懦夫相比,埃阿斯只能当他们的傻子①。

康华尔　拿足枷来!你这口出狂言的倔强的老贼,我们要教训你一下。

肯　　特　殿下,我已经太老,不能受您的教训了;您不能用足枷枷我。我是王上的人,奉他的命令前来;您要是把他的使者枷起来,那未免对我的主上太失敬、太放肆无礼了。

康华尔　拿足枷来!凭着我的生命和荣誉起誓,他必须锁在足枷里直到中午为止。

里　　根　到中午为止!到晚上,殿下;把他整整枷上一夜再说。

肯　　特　啊,夫人,假如我是您父亲的狗,您也不该这样对待我。

---

① 意即好出大言的埃阿斯也比不上他们善于吹牛。

里　　根　因为你是他的奴才,所以我要这样对待你。

康华尔　这正是我们的姊姊说起的那个家伙。来,拿足枷来。

（从仆取出足枷。）

葛罗斯特　殿下,请您不要这样。他的过失诚然很大,王上知道了一定会责罚他的;您所决定的这一种羞辱的刑罚,只能惩戒那些犯偷窃之类普通小罪的下贱的囚徒;他是王上差来的人,要是您给他这样的处分,王上一定要认为您轻蔑了他的来使而心中不快。

康华尔　那我可以负责。

里　　根　我的姊姊要是知道她的使者因为奉行她的命令而被人这样侮辱殴打,她的心里还要不高兴哩。把他的腿放进去。（从仆将肯特套入足枷）来,殿下,我们走吧。（除葛罗斯特、肯特外均下。）

葛罗斯特　朋友,我很为你抱憾;这是公爵的意思,全世界都知道他的脾气非常固执,不肯接受人家的劝阻。我还要替你向他求情。

肯　　特　请您不必多此一举,大人。我走了许多路,还没有睡过觉;一部分的时间将在瞌睡中过去,醒着的时候我可以吹吹口哨。好人上足枷,因此就走好运也说不定呢。再会!

葛罗斯特　这是公爵的不是;王上一定会见怪的。（下。）

肯　　特　好王上,你正像俗语说的,抛下天堂的幸福,来受赤日的煎熬了。来吧,你这照耀下土的炬火,让我借着你的温柔的光辉,可以读一读这封信。只有倒楣的人才会遇见奇迹;我知道这是考狄利娅寄来的,我的改头换面的行踪,已经侥幸给她知道了;她一定会找到一个机会,纠正这种反常的情形。疲倦得很;闭上了吧,沉重的眼睛,免得看见你自己的耻辱。晚安，命运，求你转过你的轮子来，再向我们微笑吧。（睡。）

第三场　荒野的一部

　　　　爱德伽上。

爱德伽　听说他们已经发出告示捉我；幸亏我躲在一株空心的树干里，没有给他们找到。没有一处城门可以出入无阻；没有一个地方不是警卫森严，准备把我捉住！我总得设法逃过人家的耳目，保全自己的生命；我想还不如改扮做一个最卑贱穷苦、最为世人所轻视、和禽兽相去无几的家伙；我要用污泥涂在脸上，一块毡布裹住我的腰，把满头的头发打了许多乱结，赤身裸体，抵抗着风雨的侵凌。这地方本来有许多疯丐，他们高声叫喊，用针哪、木锥哪、钉子哪、迷迭香的树枝哪，刺在他们麻木而僵硬的手臂上；用这种可怕的形状，到那些穷苦的农场、乡村、羊棚和磨坊里去，有时候发出一些疯狂的咒诅，有时候向人哀求祈祷，乞讨一些布施。我现在学着他们的样子，一定不会引起人家的疑心。可怜的疯叫化！可怜的汤姆！倒有几分像；我现在不再是爱德伽了。（下。）

第四场　葛罗斯特城堡前

　　　　肯特系足枷中。李尔、弄人及侍臣上。

李　尔　真奇怪，他们不在家里，又不打发我的使者回去。

侍　臣　我听说他们在前一个晚上还不曾有走动的意思。

肯　　特　祝福您,尊贵的主人!

李　　尔　嘿!你把这样的羞辱作为消遣吗?

肯　　特　不,陛下。

弄　　人　哈哈!他吊着一副多么难受的袜带!缚马缚在头上,缚狗缚熊缚在脖子上,缚猴子缚在腰上,缚人缚在腿上;一个人的腿儿太会活动了,就要叫他穿木袜子。

李　　尔　谁认错了人,把你锁在这儿?

肯　　特　是那一对男女——您的女婿和女儿。

李　　尔　不。

肯　　特　是的。

李　　尔　我说不。

肯　　特　我说是的。

李　　尔　不,不,他们不会干这样的事。

肯　　特　他们干也干了。

李　　尔　凭着朱庇特起誓,没有这样的事。

肯　　特　凭着朱诺起誓,有这样的事。

李　　尔　他们不敢做这样的事;他们不能,也不会做这样的事;要是他们有意作出这种重大的暴行来,那简直比杀人更不可恕了。赶快告诉我,你究竟犯了什么罪,他们才会用这种刑罚来对待一个国王的使者。

肯　　特　陛下,我带了您的信到了他们家里,当我跪在地上把信交上去,还没有立起身来的时候,又有一个使者汗流满面,气喘吁吁,急急忙忙地奔了进来,代他的女主人高纳里尔向他们请安,随后把一封书信递上去,打断了我的公事;他们看见她也有信来,就来不及理睬我,先读她的信;读罢了信,他们立刻召集仆从,上马出发,叫我跟到这儿来,等候他们的答复;对待我十分冷淡。一到这儿,我又碰见了那个使者,他也就是最近对您非常无礼的那个家伙,我知道他们对我这样冷淡,都是因为他来了的缘故,一时激于气愤,不加考虑地向他动起武来;他看见我这样,就高声发出懦怯的叫喊,惊动了全宅子的人。您的女婿女儿认为我犯了这样的罪,应该把我羞辱一下,所以就把我枷起来了。

弄　　人　冬天还没有过去,要是野雁尽往那个方向飞。

老父衣百结,

儿女不相识;

老父满囊金,

儿女尽孝心。

命运如娼妓,

贫贱遭遗弃。

虽然这样说,你的女儿们还要孝敬你数不清的烦恼哩。

李　　尔　啊!我这一肚子的气都涌上我的心头来了!你这一股无名的气恼,快给我平下去吧!我这女儿呢?

肯　　特　在里边,陛下;跟伯爵在一起。

李　　尔　不要跟我;在这儿等着。(下。)

侍　　臣　除了你刚才所说的以外,你没有犯其他的过失吗?

肯　　特　没有。王上怎么不多带几个人来?

弄　　人　你会发出这么一个问题,活该给人用足枷枷起来。

肯　　特　为什么,傻瓜?

弄　　人　你应该拜蚂蚁做老师,让它教训你冬天是不能工作的。谁都长着眼睛,除非瞎子,每个人都看得清自己该朝哪一边走;就算眼睛瞎了,二十个鼻子里也没有一个鼻子嗅不出来他身上发霉的味道。一个大车轮滚下山坡的时候,你千万不要抓住它,免得跟它一起滚下去,跌断了你的头颈;可是你要是看见它上山去,那么让它拖着你一起上去吧。倘然有什么聪明人给你更好的教训,请你把这番话还我;一个傻瓜的教训,只配让一个混蛋去遵从。

  他为了自己的利益,
    向你屈节卑躬,
  天色一变就要告别,
    留下你在雨中。
  聪明的人全都飞散,
    只剩傻瓜一个;
  傻瓜逃走变成混蛋,
    那混蛋不是我。

肯　特　傻瓜,你从什么地方学会这支歌儿?
弄　人　不是在足枷里,傻瓜。

    李尔偕葛罗斯特重上。

李　尔　拒绝跟我说话!他们有病!他们疲倦了,他们昨天晚上走路辛苦!都是些鬼话,明明是要背叛我的意思。给我再去向他们要一个好一点的答复来。
葛罗斯特　陛下,您知道公爵的火性,他决定了怎样就是怎样,再也没有更改的。
李　尔　报应哪!疫疠!死亡!祸乱!火性!什么火性?嘿,葛罗斯特,葛罗斯特,我要跟康华尔公爵和他的妻子说话。
葛罗斯特　呃,陛下,我已经对他们说过了。
李　尔　对他们说过了!你懂得我的意思吗?
葛罗斯特　是,陛下。
李　尔　国王要跟康华尔说话;亲爱的父亲要跟他的女儿说话,

叫她出来见我:你有没有这样告诉他们?我这口气,我这一腔血!哼,火性!火性子的公爵!对那性如烈火的公爵说——不,且慢,也许他真的不大舒服;一个人为了疾病往往疏忽了他原来健康时的责任,是应当加以原谅的;我们身体上有了病痛,精神上总是连带觉得烦躁郁闷,那时候就不由我们自己做主了。我且忍耐一下,不要太卤莽了,对一个有病的人作过分求全的责备。该死!(视肯特)为什么把他枷在这儿?这一种举动使我相信公爵和她对我回避,完全是一种预定的计谋。把我的仆人放出来还我。去,对公爵和他的妻子说,我现在立刻就要跟他们说话;叫他们赶快出来见我,否则我要在他们的寝室门前擂起鼓来,搅得他们不能安睡。

葛罗斯特　我但愿你们大家和和好好的。(下。)

李　　尔　啊!我的心!我的怒气直冲的心!把怒气退下去吧!

弄　　人　你向它吆喝吧,老伯伯,就像厨娘把活鳗鱼放进面糊里的时候那样;她拿起手里的棍子,在它们的头上敲了几下,喊道:"下去,坏东西,下去!"也就像她的兄弟,为了爱他的马儿,替它在草料上涂了牛油。

　　　　　　康华尔、里根、葛罗斯特及众仆上。

李　　尔　你们两位早安!

康华尔　祝福陛下!(众人释肯特。)

里　　根　我很高兴看见陛下。

李　　尔　里根,我想你一定高兴看见我的;我知道我为什么要这样想;要是你不高兴看见我,我就要跟你已故的母亲离婚,把她的坟墓当作一座淫妇的丘陇。(向肯特)啊!你放出来了吗?等会儿再谈吧。亲爱的里根,你的姊姊太不孝啦。

175

啊,里根!她的无情的凶恶像饿鹰的利喙一样猛啄我的心。(以手按于心口)我简直不能告诉你;你不会相信她忍心害理到什么地步——啊,里根!

里　根　父亲,请您不要恼怒。我想她不会对您有失敬礼,恐怕还是您不能谅解她的苦心哩。

李　尔　啊,这是什么意思?

里　根　我想我的姊姊决不会有什么地方不尽孝道;要是,父亲,她约束了您那班随从的放荡的行为,那当然有充分的理由和正大的目的,绝对不能怪她的。

李　尔　我的咒诅降在她的头上!

里　根　啊,父亲!您年纪老了,已经快到了生命的尽头;应该让一个比您自己更明白您的地位的人管教管教您;所以我劝您还是回到姊姊的地方去,对她赔一个不是。

李　尔　请求她的饶恕吗?你看这样像不像个样子:"好女儿,我承认我年纪老,不中用啦,让我跪在地上,(跪下)请求您赏给我几件衣服穿,赏给我一张床睡,赏给我一些东西吃吧。"

里　根　父亲,别这样子;这算个什么,简直是胡闹!回到我姊姊那儿去吧。

李　尔　(起立)再也不回去了,里根。她裁撤了我一半的侍从;不给我好脸看;用她的毒蛇一样的舌头打击我的心。但愿上天蓄积的愤怒一起降在她的无情无义的头上!但愿恶风吹打她的腹中的胎儿,让它生下地来就是个瘸子!

康华尔　嘿!这是什么话!

李　尔　迅疾的闪电啊,把你的眩目的火焰,射进她的傲慢的眼睛里去吧!在烈日的熏灼下蒸发起来的沼地的瘴气啊,损

　　　　坏她的美貌,毁灭她的骄傲吧!

里　　根　天上的神明啊!您要是对我发起怒来,也会这样咒我的。

李　　尔　不,里根,你永远不会受我的咒诅;你的温柔的天性决不会使你干出冷酷残忍的行为来。她的眼睛里有一股凶光,可是你的眼睛却是温存而和蔼的。你决不会吝惜我的享受,裁撤我的侍从,用不逊之言向我顶嘴,削减我的费用,甚至于把我关在门外不让我进来;你是懂得天伦的义务、儿女的责任、孝敬的礼貌和受恩的感激;你总还没有忘记我曾经赐给你一半的国土。

里　　根　父亲,不要把话说远了。

李　　尔　谁把我的人枷起来?(内喇叭奏花腔。)

康华尔　那是什么喇叭声音?

里　　根　我知道,是我的姊姊来了;她信上说就要到这儿来的。

　　　　奥斯华德上。

里　　根　夫人来了吗?

李　　尔　这是一个靠着主妇暂时的恩宠、狐假虎威、倚势凌人的奴才。滚开,贱奴,不要让我看见你!

康华尔　陛下,这是什么意思?

李　　尔　谁把我的仆人枷起来?里根,我希望你并不知道这件事。谁来啦?

　　　　高纳里尔上。

李　　尔　天啊,要是你爱老人,要是凭着你统治人间的仁爱,你认为子女应该孝顺他们的父母,要是你自己也是老人,那么不要漠然无动于衷,降下你的愤怒来,帮我伸雪我的怨恨吧!(向高纳里尔)你看见我这一把胡须,不觉得惭愧吗?啊里根,你愿意跟她握手吗?

高纳里尔　为什么她不能跟我握手呢!我干了什么错事?难道凭着一张糊涂昏悖的嘴里的胡言乱语,就可以成立我的罪案吗?

李　尔　啊,我的胸膛!你还没有胀破吗?我的人怎么给你们枷了起来?

康华尔　陛下,是我把他枷在那儿的;照他狂妄的行为,这样的惩戒还太轻呢。

李　尔　你!是你干的事吗?

里　根　父亲,您该明白您是一个衰弱的老人,一切只好将就点儿。要是您现在仍旧回去跟姊姊住在一起,裁撤了您的一半的侍从,那么等住满了一个月,再到我这儿来吧。我现在不在自己家里,要供养您也有许多不便。

李　尔　回到她那儿去?裁撤五十名侍从!不,我宁愿什么屋子也不要住,过着风餐露宿的生活,和无情的大自然抗争,和豺狼鸱鸮做伴侣,忍受一切饥寒的痛苦!回去跟她住在一起?嘿,我宁愿到那娶了我的没有嫁奁的小女儿去的热情的法兰西国王的座前匍匐膝行,像一个臣仆一样向他讨一份微薄的恩俸,苟延残喘下去。回去跟她住在一起!你还是劝我在这可恶的仆人手下当奴才、当牛马吧。(指奥斯华德。)

高纳里尔　随你的便。

李　尔　女儿,请你不要使我发疯;我也不愿再来打扰你了,我的孩子。再会吧;我们从此不再相见。可是你是我的肉、我的血、我的女儿;或者还不如说是我身体上的一个恶瘤,我不能不承认你是我的;你是我的腐败的血液里的一个疖子、一个瘀块、一个肿毒的疗疮。可是我不愿责骂你;让羞辱自己降临你的身上吧,我没有呼召它;我不要求天雷把你殛死,我也不把你的忤逆向垂察善恶的天神控诉,你回去仔细想一想,趁早痛改前非,还来得及。我可以忍耐;我可以带着我的一百个骑士,跟里根住在一起。

里　　根　那绝对不行;现在还轮不到我,我也没有预备好招待您的礼数。父亲,听我姊姊的话吧;人家冷眼看着您这种愤怒的神气,他们心里都要说您因为老了,所以——可是姊姊是知道她自己该怎样做的。

李　　尔　这是你的好意的劝告吗?

里　　根　是的,父亲,这是我的真诚的意见。什么!五十个卫士?这不是很好吗?再多一些有什么用处?就是这么许多人,数目也不少了,别说供养他们不起,而且让他们成群结党,也是一件危险的事。一间屋子里养了这许多人,受着两个主人支配,怎么不会发生争闹?简直不成话。

高纳里尔　父亲,您为什么不让我们的仆人侍候您呢?

里　　根　对了,父亲,那不是很好吗?要是他们怠慢了您,我们也可以训斥他们。您下回到我这儿来的时候,请您只带二十五个人来,因为现在我已经看到了一个危险;超过这个数目,我是恕不招待的。

李　　尔　我把一切都给了你们——

里　　根　您幸好及时给了我们。

李　　尔　叫你们做我的代理人、保管者,我的惟一的条件,只是让我保留这么多的侍从。什么!我只能带二十五个人,到你这儿来吗?里根,你是不是这样说?

里　　根　父亲,我可以再说一遍,我只允许您带这几个人来。

李　尔　恶人的脸相虽然狰狞可怖,要是与比他更恶的人相比,就会显得和蔼可亲;不是绝顶的凶恶,总还有几分可取。(向高纳里尔)我愿意跟你去;你的五十个人还比她的二十五个人多上一倍,你的孝心也比她大一倍。

高纳里尔　父亲,我们家里难道没有两倍这么多的仆人可以侍候您?依我说,不但用不着二十五个人,就是十个五个也是多余的。

里　根　依我看来,一个也不需要。

李　尔　啊!不要跟我说什么需要不需要;最卑贱的乞丐,也有他的不值钱的身外之物;人生除了天然的需要以外,要是没有其他的享受,那和畜类的生活有什么分别。你是一位夫人;你穿着这样华丽的衣服,如果你的目的只是为了保持温暖,那就根本不合你的需要,因为这种盛装艳饰并不能使你温暖。可是,讲到真的需要,那么天啊,给我忍耐吧,我需要忍耐!神啊,你们看见我在这儿,一个可怜的老头子,被忧伤和老迈折磨得好苦!假如是你们鼓动这两个女儿的心,使她们忤逆她们的父亲,那么请你们不要尽是愚弄我,叫我默然忍受吧;让我的心里激起了刚强的怒火,别让妇人所恃为武器的泪点玷污我的男子汉的面颊!不,你们这两个不孝的妖妇,我要向你们复仇,我要做出一些使全世界惊怖的事情来,虽然我现在还不知道我要怎么做。你们以为我将要哭泣;不,我不愿哭泣,我虽然有充分的哭泣的理由,可是我宁愿让这颗心碎成万片,也不愿流下一滴泪来。啊,傻瓜!我要发疯了!(李尔、葛罗斯特、肯特及弄人同下。)

康华尔　我们进去吧;一场暴风雨将要来了。(远处暴风雨声。)

里　根　这座房屋太小了,这老头儿带着他那班人来是容纳不下的。

高纳里尔　是他自己不好,放着安逸的日子不过,一定要吃些苦,才知道自己的蠢。

里　根　单是他一个人,我倒也很愿意收留他,可是他的那班跟随的人,我可一个也不能容纳。

高纳里尔　我也是这个意思。葛罗斯特伯爵呢?

康华尔　跟老头子出去了。他回来了。

　　　　葛罗斯特重上。

葛罗斯特　王上正在盛怒之中。

康华尔　他要到哪儿去?

葛罗斯特　他叫人备马;可是不让我知道他要到什么地方去。

康华尔　还是不要管他,随他自己的意思吧。

高纳里尔　伯爵,您千万不要留他。

葛罗斯特　唉!天色暗起来了,田野里都在刮着狂风,附近许多哩之内,简直连一株小小的树木都没有。

里　根　啊!伯爵,对于刚愎自用的人,只好让他们自己招致的灾祸教训他们。关上您的门;他有一班亡命之徒跟随在身边,他自己又是这样容易受人愚弄,谁也不知道他们会煽动他干出些什么事来。我们还是小心点儿好。

康华尔　关上您的门,伯爵;这是一个狂暴的晚上。我的里根说得一点不错。暴风雨来了,我们进去吧。(同下。)

181

第 三 幕

第一场 荒 野

　　　　　暴风雨,雷电。肯特及一侍臣上,相遇。

肯　　特　除了恶劣的天气以外,还有谁在这儿?
侍　　臣　一个心绪像这天气一样不安静的人。
肯　　特　我认识你。王上呢?
侍　　臣　正在跟暴怒的大自然竞争;他叫狂风把大地吹下海里,叫泛滥的波涛吞没了陆地,使万物都变了样子或归于毁灭;拉下他的一根根的白发,让挟着盲目的愤怒的暴风把它们卷得不知去向;在他渺小的一身之内,正在进行着一场比暴风雨的冲突更剧烈的斗争。这样的晚上,被小熊吸干了乳汁的母熊,也躲着不敢出来,狮子和饿狼都不愿沾湿它们的毛皮。他却光秃着头在风雨中狂奔,把一切付托给不可知的力量。
肯　　特　可是谁和他在一起?
侍　　臣　只有那傻瓜一路跟着他,竭力用些笑话替他排解他的中心的伤痛。
肯　　特　我知道你是什么人,我敢凭着我的观察所及,告诉你一件重要的消息。在奥本尼和康华尔两人之间，虽然表面上彼此掩饰得毫无痕迹，可是暗中却已经发生了冲突；正像一般身居高位的人一样，在他们手下都有一些名为仆人、实际上却是向法国密报我们国内情形的探子，凡是这两个公爵的明争暗斗，他们两人对于善良的老王的冷酷的待遇，以及在这种种表象底下，其他更秘密的一切动静，全都传到了法国的耳中；现在已经有一支军队从法国开到我们这一个分裂的国土上来，乘着我们疏忽无备，在我们几处最好的港口秘密登陆，不久就要揭开他们鲜明的旗帜了。现在，你要是能够信任我的话，请你赶快到多佛去一趟，那边你可以碰见有人在欢迎你，你可以把被逼疯了的王上所受种种无理的屈辱向他作一个确实的报告，他一定会感激你的好意。我是一个有地位有身价的绅士，因为知道你的为人可靠，所以把这件差使交给你。

侍　　臣　　我还要跟您谈谈。

肯　　特　　不，不必。为了向你证明我并不是像我的外表那样的一个微贱之人，你可以打开这一个钱囊，把里面的东西拿去。你一到多佛，一定可以见到考狄利娅；只要把这戒指给她看了，她就可以告诉你，你现在所不认识的同伴是个什么人。好可恶的暴风雨！我要找王上去。

侍　　臣　　把您的手给我。您没有别的话了吗？

肯　　特　　还有一句话，可比什么都重要；就是：我们现在先去找王上；你往那边去，我往这边去，谁先找到他，就打一个招呼（各下。）

第二场　荒野的另一部分

　　　　暴风雨继续未止。李尔及弄人上。

李　　尔　吹吧，风啊！胀破了你的脸颊，猛烈地吹吧！你，瀑布一样的倾盆大雨，尽管倒泻下来，浸没了我们的尖塔，淹沉了屋顶上的风标吧！你，思想一样迅速的硫磺的电火，劈碎橡树的巨雷的先驱，烧焦了我的白发的头颅吧！你，震撼一切的霹雳啊，把这生殖繁密的、饱满的地球击平了吧！打碎造物的模型，不要让一颗忘恩负义的人类的种子遗留在世上！

弄　　人　啊，老伯伯，在一间干燥的屋子里说几句好话，不比在这没有遮蔽的旷野里淋雨好得多吗？老伯伯，回到那所房子里去，向你的女儿们请求祝福吧；这样的夜无论对于聪明人或是傻瓜，都是不发一点慈悲的。

李　　尔　尽管轰着吧！尽管吐你的火舌，尽管喷你的雨水吧！雨、风、雷、电，都不是我的女儿，我不责怪你们的无情；我不曾给你们国土，不曾称你们为我的孩子，你们没有顺从我的义务；所以，随你们的高兴，降下你们可怕的威力来吧，我站在这儿，只是你们的奴隶，一个可怜的、衰弱的、无力的、遭人贱视的老头子。可是我仍然要骂你们是卑劣的帮凶，因为你们滥用上天的威力，帮同两个万恶的女儿来跟我这个白发的老翁作对。啊！啊！这太卑劣了！

弄　　人　谁头上顶着个好头脑，就不愁没有屋顶来遮他的头。

　　　　　　脑袋还没找到屋子，

　　　　　　　话儿倒先有安乐窝；

>   脑袋和他都生虱子,
>   就这么叫化娶老婆。
>   有人只爱他的脚尖,
>   不把心儿放在心上;
>   那鸡眼使他真可怜,
>   在床上翻身又叫嚷。

从来没有一个美女不是对着镜子做她的鬼脸。

> 肯特上。

李　　尔　不,我要忍受众人所不能忍受的痛苦;我要闭口无言。

肯　　特　谁在那边?

弄　　人　一个是陛下,一个是弄人;这两人一个聪明一个傻。

肯　　特　唉!陛下,你在这儿吗?喜爱黑夜的东西,不会喜爱这样的黑夜;狂怒的天色吓怕了黑暗中的漫游者,使它们躲在洞里不敢出来。自从有生以来,我从没有看见过这样的闪电,听见过这样可怕的雷声,这样惊人的风雨的咆哮;人类的精神是禁受不起这样的磨折和恐怖的。

李　　尔　伟大的神灵在我们头顶掀起这场可怕的骚动。让他们现在找到他们的敌人吧。战栗吧,你尚未被人发觉、逍遥法外的罪人!躲起来吧,你杀人的凶手,你用伪誓欺人的骗子,你道貌岸然的逆伦禽兽!魂飞魄散吧,你用正直的外表遮掩杀人阴谋的大奸巨恶!撕下你们包藏祸心的伪装,显露你们罪恶的原形,向这些可怕的天吏哀号乞命吧!我是个并没有犯多大的罪、却受了很大的冤屈的人。

肯　　特　唉!您头上没有一点遮盖的东西!陛下,这儿附近有一间茅屋,可以替您挡挡风雨。我刚才曾经到那所冷酷的屋子里——那比它墙上的石块更冷酷无情的屋子——探问您的行踪,可是他们关上了门不让我进去;现在您且暂时躲一躲雨,我还要回去,非要他们讲一点人情不可。

李　尔　我的头脑开始昏乱起来了。来,我的孩子。你怎么啦,我的孩子？你冷吗？我自己也冷呢。我的朋友,这间茅屋在什么地方？一个人到了困穷无告的时候,微贱的东西竟也会变成无价之宝。来,带我到你那间茅屋里去。可怜的傻小子,我心里还留着一块地方为你悲伤哩。

弄　人
　　　只怪自己糊涂自己蠢,
　　　　嗨呵,一阵风来一阵雨,
　　　背时倒运莫把天公恨,
　　　　管它朝朝雨雨又风风。

李　尔　不错,我的好孩子。来,领我们到这茅屋里去。(李尔、肯特下。)

弄　人　今天晚上可太凉快了,叫婊子都热不起劲儿来。待我在临走之前,讲几句预言吧:
　　　传道的嘴上一味说得好;
　　　酿酒的酒里掺水真不少;
　　　有钱的大爷教裁缝做活;
　　　不烧异教徒;嫖客害流火[①];
　　　若是件件官司都问得清;
　　　跟班不欠钱,骑士债还清;
　　　世上的是非不出自嘴里;
　　　扒儿手看见人堆就躲避;

[①] 流火,指花柳病而言。

放债的肯让金银露了眼；

　　老鸨和婊子把教堂修建；

　　到那时候，英国这个国家，

　　准会乱得无法收拾一下；

　　那时活着的都可以看到：

　　那走路的把脚步抬得高。

　　其实这番预言该让梅林①在将来说，因为我出生在他之前。(下。)

第三场　葛罗斯特城堡中的一室

　　葛罗斯特及爱德蒙上。

葛罗斯特　唉，唉！爱德蒙，我不赞成这种不近人情的行为。当我请求他们允许我给他一点援助的时候，他们竟会剥夺我使用自己的房屋的权利，不许我提起他的名字，不许我替他说一句恳求的话，也不许我给他任何的救济，要是违背了他们的命令，我就要永远失去他们的欢心。

爱德蒙　太野蛮、太不近人情了！

葛罗斯特　算了，你不要多说什么。两个公爵现在已经有了意见，而且还有一件比这更严重的事情。今天晚上我接到一封信，里面的话说出来也是很危险的；我已经把这信锁在壁橱里了。王上受到这样的凌虐，总有人会来替他报复的；已经有一支军队在路上了；我们必须站在王上的一边。我就

---

① 梅林，是亚瑟王故事中的术士和预言家，时代后于传说中的李尔王许多年，这里是作者故意说的笑话。

要找他去，暗地里救济救济他；你去陪公爵谈谈，免得被他觉察了我的行动。要是他问起我，你就回他说我身子不好，已经睡了。大不了是一个死——他们的确拿死来威吓——王上是我的老主人，我不能坐视不救。出人意料之外的事情快要发生了，爱德蒙，你必须小心点儿。（下。）

爱德蒙　你违背了命令去献这种殷勤，我立刻就要去告诉公爵知道；还有那封信我也要告诉他。这是我献功邀赏的好机会，我的父亲将要因此而丧失他所有的一切，也许他的全部家产都要落到我的手里；老的一代没落了，年轻的一代才会兴起。（下。）

第四场　荒野。茅屋之前

李尔、肯特及弄人上。

肯　特　就是这地方，陛下，进去吧。在这样毫无掩庇的黑夜里，像这样的狂风暴雨，谁也受不了的。（暴风雨继续不止。）

李　尔　不要缠着我。

肯　特　陛下，进去吧。

李　尔　你要碎裂我的心吗？

肯　特　我宁愿碎裂我自己的心。陛下，进去吧。

李　尔　你以为让这样的狂风暴雨侵袭我们的肌肤，是一件了不得的苦事；在你看来是这样的；可是一个人要是身染重病，他就不会感觉到小小的痛楚。你见了一头熊就要转身逃走；可是假如你的背后是汹涌的大海，你就只好硬着头皮向那头熊迎面走去了。当我们心绪宁静的时候，我们的肉体才是敏感的；我的心灵中的暴风雨已经取去我一切其他的感觉,只剩下心头的热血在那儿搏动。儿女的忘恩!这不就像这一只手把食物送进这一张嘴里,这一张嘴却把这一只手咬了下来吗?可是我要重重惩罚她们。不,我不愿再哭泣了。在这样的夜里,把我关在门外!尽管倒下来吧,什么大雨我都可以忍受。在这样的一个夜里!啊,里根,高纳里尔!你们年老仁慈的父亲一片诚心,把一切都给了你们——啊!那样想下去是要发疯的;我不要想起那些;别再提起那些话了。

肯　　特　陛下,进去吧。

李　　尔　请你自己进去,找一个躲身的地方吧。这暴风雨不肯让我仔细思想种种的事情;那些事情我越想下去,越会增加我的痛苦。可是我要进去。(向弄人)进去,孩子,你先走。你们这些无家可归的人——你进去吧。我要祈祷,然后我要睡一会儿。(弄人入内)衣不蔽体的不幸的人们,无论你们在什么地方,都得忍受着这样无情的暴风雨的袭击,你们的头上没有片瓦遮身,你们的腹中饥肠雷动,你们的衣服千疮百孔,怎么抵挡得了这样的气候呢?啊!我一向太没有想到这种事情了。安享荣华的人们啊,睁开你们的眼睛来,到外面来体味一下穷人所忍受的苦,分一些你们享用不了的福泽给他们,让上天知道你们不是全无心肝的人吧!

爱德伽　(在内)九英尺深,九英尺深!可怜的汤姆!(弄人自屋内奔出。)

弄　　人　老伯伯,不要进去;里面有一个鬼。救命!救命!

肯　　特　让我搀着你,谁在里边?

弄　　人　一个鬼,一个鬼;他说他的名字叫做可怜的汤姆。

肯　　特　你是什么人,在这茅屋里大呼小叫的?出来。

　　　　　　爱德伽乔装疯人上。

爱德伽　走开！恶魔跟在我的背后！"风儿吹过山楂林。"哼！到你冷冰冰的床上暖一暖你的身体吧。

李　尔　你把你所有的一切都给了你的两个女儿，所以才到今天这地步吗？

爱德伽　谁把什么东西给可怜的汤姆？恶魔带着他穿过大火，穿过烈焰，穿过水道和漩涡，穿过沼地和泥泞；把刀子放在他的枕头底下，把绳子放在他的凳子底下，把毒药放在他的粥里；使他心中骄傲，骑了一匹栗色的奔马，从四英寸阔的桥梁上过去，把他自己的影子当作了一个叛徒，紧紧追逐不舍。祝福你的五种才智！汤姆冷着呢。啊！哆啼哆啼哆啼。愿旋风不吹你，星星不把毒箭射你，瘟疫不到你身上！做做好事，救救那给恶魔害得好苦的可怜的汤姆吧！他现在就在那儿，在那儿，又到那儿去了，在那儿。

（暴风雨继续不止。）

李　尔　什么！他的女儿害得他变成这个样子吗？你不能留下一些什么来吗？你一起都给了她们了吗？

弄　人　不，他还留着一方毡毯，否则我们大家都要不好意思了。

李　尔　愿那弥漫在天空之中的惩罚恶人的瘟疫一起降临在你的女儿身上！

肯　特　陛下，他没有女儿哩。

李　尔　该死的奸贼！他没有不孝的女儿，怎么会流落到这等不堪的地步？难道被弃的父亲，都是这样一点不爱惜他们自己的身体的吗？适当的处罚！谁叫他们的身体产下那些枭獍般的女儿来？

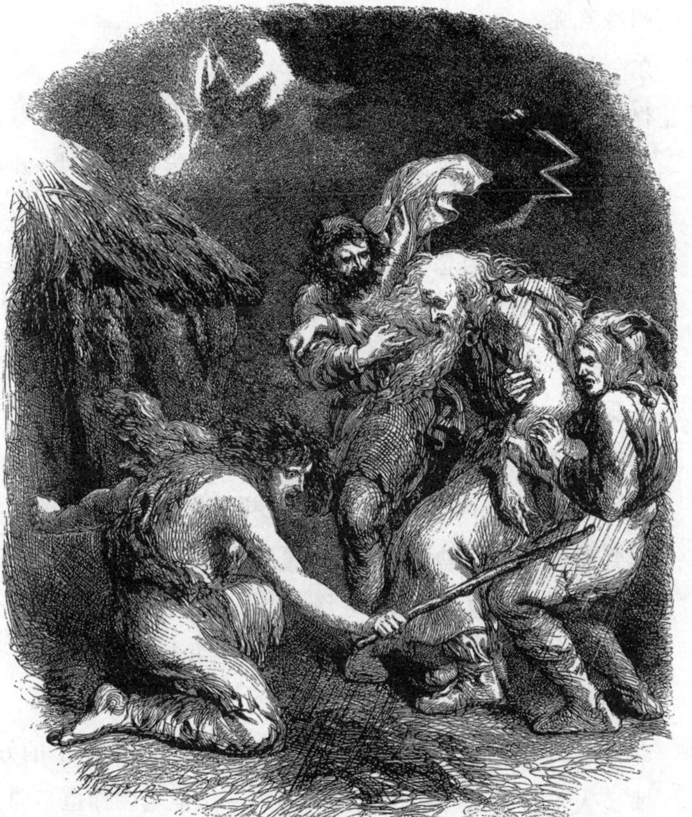

爱德伽　"小雄鸡坐在高墩上，"呵罗，呵罗，罗，罗！

弄　人　这一个寒冷的夜晚将要使我们大家变成傻瓜和疯子。

爱德伽　当心恶魔。孝顺你的爷娘；说过的话不要反悔；不要赌咒；不要奸淫有夫之妇；不要把你的情人打扮得太漂亮。汤姆冷着呢。

李　尔　你本来是干什么的？

爱德伽　一个心性高傲的仆人，头发卷得曲曲的，帽子上佩着情人的手套，惯会讨妇女的欢心，干些不可告人的勾当；开口发誓，闭口赌咒，当着上天的面前把它们一个个毁弃；睡梦里都在转奸淫的念头，一醒来便把它实行。我贪酒，我爱赌，我比土耳其人更好色；一颗奸诈的心，一对轻信的耳朵，一双不怕血腥气的手；猪一般懒惰，狐狸一般狡诡，狼一般贪狠，狗一般疯狂，狮子一般凶恶。不要让女人的脚步声和窸窣窸窣的绸衣裳的声音摄去了你的魂魄；不要把你的脚踏进窑子里去；不要把你的手伸进裙子里去；不要把你的笔碰到放债人的账簿上；抵抗恶魔的引诱吧。"冷风还是打山楂树里吹过去"；听它怎么说，呼——呼——呜——呜——哈——哈——。道芬我的孩子，我的孩子；叱嚓！让他奔过去。（暴风雨继续不止。）

李　尔　唉，你这样赤身裸体，受风雨的吹淋，还是死了的好。难道人不过是这样一个东西吗？想一想他吧。你也不向蚕身上借一根丝，也不向野兽身上借一张皮，也不向羊身上借一片毛，也不向麝猫身上借一块香料。嘿！我们这三个人都已经失掉了本来的面目，只有你才保全着天赋的原形；人类在草昧的时代，不过是像你这样的一个寒碜的赤裸的两脚动物。脱下来，脱下来，你们这些身外之物！来，松开你的纽扣。(扯去衣服。)

弄　人　老伯伯,请你安静点儿;这样危险的夜里是不能游泳的。旷野里一点小小的火光,正像一个好色的老头儿的心,只有这么一星星的热,他的全身都是冰冷的。瞧！一团火走来了。

　　　　葛罗斯特持火炬上。

爱德伽　这就是那个叫做"弗力勃铁捷贝特"的恶魔;他在黄昏的时候出现,一直到第一声鸡啼方才隐去;他叫人眼睛里长白膜,叫好眼变成斜眼;他叫人嘴唇上起裂缝;他还会叫面粉发霉,寻穷人们的开心。

　　　　圣维都尔①三次经过山岗,
　　　　　遇见魇魔和她九个儿郎;
　　　　　　他说妖精快下马,②
　　　　　　发过誓儿快逃吧;
　　　　　去你的,妖精,去你的!

肯　特　陛下,您怎么啦?

李　尔　他是谁?

肯　特　那儿什么人? 你找谁?

葛罗斯特　你们是些什么人? 你们叫什么名字?

爱德伽　可怜的汤姆,他吃的是泅水的青蛙、蛤蟆、蝌蚪、壁虎和水蜥;恶魔在他心里捣乱的时候,他发起狂来,就会把牛粪当做一盆美味的生菜;他吞的是老鼠和死狗,喝的是一潭死水上面绿色的浮渣;他到处给人家鞭打,锁在枷里,关在牢里;他从前有三身外衣、六件衬衫,跨着一匹马,带着一口剑;

---

① 圣维都尔(St. Withold),传说中安眠的保护神。
② 据说魇魔作祟,骑在熟睡者的胸口。下文"发过誓儿"即要魇魔赌咒不再骑在人身上。

193

> 可是在这整整七年时光，
>
> 耗子是汤姆惟一的食粮。

留心那跟在我背后的鬼。不要闹，史墨金！不要闹，你这恶魔！

葛罗斯特　什么！陛下竟会跟这种人作起伴来了吗？

爱德伽　地狱里的魔王是一个绅士；他的名字叫做摩陀，又叫做玛呼。

葛罗斯特　陛下，我们亲生的骨肉都变得那样坏，把自己生身之人当作了仇敌。

爱德伽　可怜的汤姆冷着呢。

葛罗斯特　跟我回去吧。我的良心不允许我全然服从您的女儿的无情的命令；虽然他们叫我关上了门，把您丢下在这狂暴的黑夜之中，可是我还是大胆出来找您，把您带到有火炉、有食物的地方去。

李　　尔　让我先跟这位哲学家谈谈。天上打雷是什么缘故？

肯　　特　陛下，接受他的好意；跟他回去吧。

李　　尔　我还要跟这位学者说一句话。您研究的是哪一门学问？

爱德伽　抵御恶魔的战略和消灭毒虫的方法。

李　　尔　让我私下里问您一句话。

肯　　特　大人，请您再催催他吧；他的神经有点儿错乱起来了。

葛罗斯特　你能怪他吗？（暴风雨继续不止）他的女儿要他死哩。唉！那善良的肯特，他早就说过会有这么一天的，可怜的被放逐的人！你说王上要疯了；告诉你吧，朋友，我自己也差不多疯了。我有一个儿子，现在我已经跟他断绝关系了；他要谋害我的生命，这还是最近的事；我爱他，朋友，没有一个父亲比我更爱他的儿子;不瞒你说,(暴风雨继续不止)我的头脑都气昏了。这是一个什么晚上!陛下,求求您——

李　　尔　　啊!请您原谅,先生。高贵的哲学家,请了。

爱德伽　　汤姆冷着呢。

葛罗斯特　　进去,家伙,到这茅屋里去暖一暖吧。

李　　尔　　来,我们大家进去。

肯　　特　　陛下,这边走。

李　　尔　　带着他;我要跟我这位哲学家在一起。

肯　　特　　大人,顺顺他的意思吧;让他把这家伙带去。

葛罗斯特　　您带着他来吧。

肯　　特　　小子,来;跟我们一块儿去。

李　　尔　　来,好雅典人①。

葛罗斯特　　嘘!不要说话,不要说话。

爱德伽　　罗兰骑士②来到黑沉沉的古堡前,他说了一遍又一遍:"呸,嘿,哼!"我闻到了一股不列颠人的血腥。(同下。)

第五场　葛罗斯特城堡中一室

康华尔及爱德蒙上。

康华尔　　我在离开他的屋子以前,一定要把他惩治一下。

爱德蒙　　殿下,我为了尽忠的缘故,不顾父子之情,一想到人家不知将要怎样批评我,心里很有点儿惴惴不安哩。

康华尔　　我现在才知道你的哥哥想要谋害他的生命,并不完全出

――――――

① 李尔王把爱德伽比作古希腊哲学家。
② 罗兰骑士,欧洲中世纪骑士文学中的著名英雄。

195

于恶毒的本性；多半是他自己咎有应得，才会引起他的杀心的。

爱德蒙　我的命运多么颠倒，虽然做了正义的事情，却必须抱恨终身！这就是他说起的那封信，它可以证实他私通法国的罪状。天啊！为什么他要干这种叛逆的行为，为什么偏偏又在我手里发觉了呢？

康华尔　跟我见公爵夫人去。

爱德蒙　这信上所说的事情倘然属实，那您就要有一番重大的行动了。

康华尔　不管它是真是假，它已经使你成为葛罗斯特伯爵了。你去找找你父亲在什么地方，让我们可以把他逮捕起来。

爱德蒙　（旁白）要是我看见他正在援助那老王，他的嫌疑就格外加重了。——虽然忠心和孝道在我的灵魂里发生剧烈的争战，可是大义所在，只好把私恩抛弃不顾。

康华尔　我完全信任你；你在我的恩宠之中，将要得到一个更慈爱的父亲。（各下。）

第六场　邻接城堡的农舍一室

葛罗斯特、李尔、肯特、弄人及爱德伽上。

葛罗斯特　这儿比露天好一些，不要嫌它寒伧，将就住下来吧。我再去找找有些什么吃的用的东西；我去去就来。

肯　特　他的智力已经在他的盛怒之中完全消失了。神明报答您的好心！（葛罗斯特下。）

爱德伽　弗拉特累多①在叫我，他告诉我尼禄王在冥湖里钓鱼。

---

① 弗拉特累多，小魔鬼的名字。

喂，傻瓜，你要祷告，要留心恶魔啊。

弄　人　老伯伯，告诉我，一个疯子是绅士呢还是平民？

李　尔　是个国王，是个国王！

弄　人　不，他是一个平民，他的儿子却挣了一个绅士头衔；他眼看他儿子做了绅士，他就成为一个气疯了的平民。

李　尔　一千条血红的火舌吱啦吱啦卷到她们的身上——

爱德伽　恶魔在咬我的背。

弄　人　谁要是相信豺狼的驯良、马儿的健康、孩子的爱情或是娼妓的盟誓，他就是个疯子。

李　尔　一定要办她们一办，我现在就要审问她们。（向爱德伽）来，最有学问的法官，你坐在这儿；（向弄人）你，贤明的官长，坐在这儿。——来，你们这两头雌狐！

爱德伽　瞧，他站在那儿，眼睛睁得大大的！太太，你在审判的时候，要不要有人瞧着你？渡过河来会我，蓓西——

弄　人　她的小船儿漏了，
　　　　　她不能让你知道
　　　　为什么她不敢见你。

爱德伽　恶魔借着夜莺的喉咙，向可怜的汤姆作祟了。霍普丹斯在汤姆的肚子里嚷着要两条新鲜的鲱鱼。别吵，魔鬼；我没有东西给你吃。

肯　特　陛下，您怎么啦！不要这样呆呆地站着。您愿意躺下来，在这褥垫上面休息休息吗？

李　尔　我要先看她们受了审判再说。把她们的证人带上来。（向爱德伽）你这披着法衣的审判官，请坐；（向弄人）你，他的执法的同僚，坐在他的旁边。（向肯特）你是陪审官，你也坐下。

爱德伽　　让我们秉公裁判。
　　　　　你睡着还是醒着,牧羊人?
　　　　　　你的羊儿在田里跑;
　　　　　你的小嘴唇只要吹一声,
　　　　　　羊儿就不伤一根毛。
　　　　呼噜呼噜;这是一只灰色的猫儿。

李　　尔　先控诉她;她是高纳里尔。我当着尊严的堂上起誓,她曾经踢她的可怜的父王。

弄　　人　过来,奶奶。你的名字叫高纳里尔吗?

李　　尔　她不能抵赖。

弄　　人　对不起,我还以为您是一张折凳哩。

李　　尔　这儿还有一个,你们瞧她满脸的横肉,就可以知道她的心肠是怎么样的。拦住她!举起你们的兵器,拔出你们的剑,点起火把来!营私舞弊的法庭!枉法的贪官,你为什么放她逃走?

爱德伽　　天保佑你的神志吧!

肯　　特　嗳哟!陛下,您不是常常说您没有失去忍耐吗?现在您的忍耐呢?

爱德伽　　(旁白)我的滚滚的热泪忍不住为他流下,怕要给他们瞧破我的假装了。

李　　尔　这些小狗:脱雷、勃尔趋、史威塔,瞧,它们都在向我狂吠。

爱德伽　　让汤姆掉过脸来把它们吓走。滚开,你们这些恶狗!
　　　　　黑嘴巴,白嘴巴,
　　　　　疯狗咬人磨毒牙,
　　　　　猛犬猎犬杂种犬,
　　　　　叭儿小犬团团转,

　　　　青屁股,卷尾毛,
　　　　汤姆一只也不饶;
　　　　只要我掉过脸来,
　　　　大狗小狗逃得快。

　　哆啼哆啼。叱嚓!来,我们赶庙会,上市集去。可怜的汤姆,你的牛角里干得挤不出一滴水来啦①。

李　　尔　叫他们剖开里根的身体来,看看她心里有些什么东西。究竟为了什么天然的原因,她们的心才会变得这样硬?(向爱德伽)我把你收留下来,叫你做我一百名侍卫中间的一个,只是我不喜欢你的衣服的式样;你也许要对我说,这是最漂亮的波斯装;可是我看还是请你换一换吧。

肯　　特　陛下,您还是躺下来休息休息吧。

李　　尔　不要吵,不要吵;放下帐子,好,好,好。我们到早上再去吃晚饭吧;好,好,好。

弄　　人　我一到中午可要睡觉哩。

　　　　葛罗斯特重上。

葛罗斯特　过来,朋友;王上呢?

肯　　特　在这儿,大人;可是不要打扰他,他的神经已经错乱了。

葛罗斯特　好朋友,请你把他抱起来。我已经听到了一个谋害他生命的阴谋。马车套好在外边,你快把他放进去,驾着它到多佛,那边有人会欢迎你,并且会保障你的安全。抱起你的主人来;要是你耽误了半点钟的时间,他的性命、你的性命以及一切出力救护他的人的性命,都要保不住了。抱起来,抱起来;跟我来,让我设法把你们赶快送到一处可以安

----

① 当时疯叫化子行乞,用挂于颈间的大牛角盛乞得的剩菜残羹。

199

身的地方。

肯　　特　受尽磨折的身心,现在安然入睡了;安息也许可以镇定镇定他的破碎的神经,但愿上天行个方便,不要让它破碎得不可收拾才好。(向弄人)来,帮我抬起你的主人来;你也不能留在这儿。

葛罗斯特　来,来,去吧。(除爱德伽外,肯特、葛罗斯特及弄人舁李尔下。)

爱德伽　做君王的不免如此下场,
　　　　使我忘却了自己的忧伤。
　　　　最大的不幸是独抱牢愁,
　　　　任何的欢娱兜不上心头;
　　　　倘有了同病相怜的侣伴,
　　　　天大痛苦也会解去一半。
　　　　国王有的是不孝的逆女,
　　　　我自己遭逢无情的严父,
　　　　他与我两个人一般遭际!
　　　　去吧,汤姆,忍住你的怨气,
　　　　你现在蒙着无辜的污名,
　　　　总有日回复你清白之身。
不管今夜里还会发生些什么事情,但愿王上能安然出险!我还是躲起来吧。(下。)

第七场　葛罗斯特城堡中一室

康华尔、里根、高纳里尔、爱德蒙及众仆上。

康华尔　夫人,请您赶快到尊夫的地方去,把这封信交给他;法国军队已经登陆了。——来人,替我去搜寻那反贼葛罗斯特的踪迹。(若干仆人下。)

里　　根　　把他捉到了立刻吊死。

高纳里尔　　把他的眼珠挖出来。

康华尔　　我自有处置他的办法。爱德蒙,我们不应该让你看见你的谋叛的父亲受到怎样的刑罚,所以请你现在护送我们的姊姊回去,替我向奥本尼公爵致意,叫他赶快准备;我们这儿也要采取同样的行动。我们两地之间,必须随时用飞骑传报消息。再会,亲爱的姊姊;再会,葛罗斯特伯爵。

　　　　　奥斯华德上。

康华尔　　怎么啦?那国王呢?

奥斯华德　　葛罗斯特伯爵已经把他载送出去了;有三十五六个追寻他的骑士在城门口和他会合,还有几个伯爵手下的人也在一起,一同向多佛进发,据说那边有他们武装的友人在等候他们。

康华尔　　替你家夫人备马。

高纳里尔　　再会,殿下,再会,妹妹。

康华尔　　再会,爱德蒙。(高纳里尔、爱德蒙及奥斯华德下)再去几个人把那反贼葛罗斯特捉来,像偷儿一样把他绑来见我。(若干仆人下)虽然在没有经过正式的审判手续以前,我们不能就把他判处死刑,可是为了发泄我们的愤怒,却只好不顾人们的指摘,凭着我们的权力独断独行了。那边是什么人?是那反贼吗?

　　　　　众仆押葛罗斯特重上。

里　　根　　没有良心的狐狸!正是他。

康华尔　　把他枯瘪的手臂牢牢绑起来。

葛罗斯特　两位殿下,这是什么意思?我的好朋友们,你们是我的客人;不要用这种无礼的手段对待我。

康华尔　捆住他。(众仆绑葛罗斯特。)

里　根　绑紧些,绑紧些。啊,可恶的反贼!

葛罗斯特　你是一个没有心肝的女人,我却不是反贼。

康华尔　把他绑在这张椅子上。奸贼,我要让你知道——(里根扯葛罗斯特须。)

葛罗斯特　天神在上,这还成什么话,你扯起我的胡子来啦!

里　根　胡子这么白,想不到却是一个反贼!

葛罗斯特　恶妇,你从我的腮上扯下这些胡子来,它们将要像活人一样控诉你的罪恶。我是这里的主人,你不该用你强盗的手,这样报答我的好客的殷勤。你究竟要怎么样?

康华尔　说,你最近从法国得到什么书信?

里　根　老实说出来,我们已经什么都知道了。

康华尔　你跟那些最近踏到我们国境来的叛徒们有些什么来往?

里　根　你把那发疯的老王送到什么人手里去了?说。

葛罗斯特　我只收到过一封信,里面都不过是些猜测之谈,寄信的是一个没有偏见的人,并不是一个敌人。

康华尔　好狡猾的推托!

里　根　一派鬼话!

康华尔　你把国王送到什么地方去了?

葛罗斯特　送到多佛。

里　根　为什么送到多佛?我们不是早就警告你——

康华尔　为什么送到多佛?让他回答这个问题。

葛罗斯特　罢了,我现在身陷虎穴,只好拼着这条老命了。

里　　根　为什么送到多佛？

葛罗斯特　因为我不愿意看见你的凶恶的指爪挖出他的可怜的老眼；因为我不愿意看见你的残暴的姊姊用她野猪般的利齿咬进他的神圣的肉体。他的赤裸的头顶在地狱一般黑暗的夜里冲风冒雨；受到那样狂风暴雨的震荡的海水，也要把它的怒潮喷向天空，熄灭了星星的火焰；但是他，可怜的老翁，却还要把他的热泪帮助天空浇洒。要是在那样怕人的晚上，豺狼在你的门前悲鸣，你也要说，"善良的看门人，开了门放它进来吧，"而不计较它一切的罪恶。可是我总有一天见到上天的报应降临在这种儿女的身上。

康华尔　你再也不会见到那样一天。来，按住这椅子。我要把你这一双眼睛放在我的脚底下践踏。

葛罗斯特　谁要是希望他自己平安活到老年的，帮帮我吧！啊，好惨！天啊！（葛罗斯特一眼被挖出。）

里　　根　还有那一颗眼珠也去掉了吧，免得它嘲笑没有眼珠的一面。

康华尔　要是你看见什么报应——

仆　　甲　住手，殿下；我从小为您效劳，但是只有我现在叫您住手这件事才算是最好的效劳。

里　　根　怎么，你这狗东西！

仆　　甲　要是你的腮上长起了胡子，我现在也要把它扯下来。

康华尔　混账奴才，你反了吗？（拔剑。）

仆　　甲　好，那么来，我们拼一个你死我活。（拔剑。二人决斗。康华尔受伤。）

里　　根　把你的剑给我。一个奴才也会撒野到这等地步！（取剑自后刺仆甲。）

仆　甲　啊！我死了。大人，您还剩着一只眼睛，看见他受到一点小小的报应。啊！（死。）

康华尔　哼，看他再瞧得见一些什么报应！出来，可恶的浆块！现在你还会发光吗？（葛罗斯特另一眼被挖出。）

葛罗斯特　一切都是黑暗和痛苦。我的儿子爱德蒙呢？爱德蒙，燃起你天性中的怒火，替我报复这一场暗无天日的暴行吧！

里　根　哼，万恶的奸贼！你在呼唤一个憎恨你的人；你对我们反叛的阴谋，就是他出首告发的，他是一个深明大义的人，决不会对你发一点怜悯。

葛罗斯特　啊，我是个蠢才！那么爱德伽是冤枉的了。仁慈的神明啊，赦免我的错误，保佑他有福吧！

里　根　把他推出门外，让他一路摸索到多佛去。（一仆率葛罗斯特下）怎么，殿下？您的脸色怎么变啦？

康华尔　我受了伤啦。跟我来，夫人。把那瞎眼的奸贼撵出去；把这奴才丢在粪堆里。里根，我的血尽在流着；这真是无妄之灾。用你的胳臂搀着我。（里根扶康华尔同下。）

仆　乙　要是这家伙会有好收场，我什么坏事都可以去做了。

仆　丙　要是她会寿终正寝，所有的女人都要变成恶鬼了。

仆　乙　让我们跟在那老伯爵的后面，叫那疯丐把他领到他所要去的地方；反正那个游荡的疯子什么地方都去。

仆　丙　你先去吧；我还要去拿些麻布和蛋白来，替他贴在他的流血的脸上。但愿上天保佑他！（各下。）

第 四 幕

第一场 荒 野

爱德伽上。

爱德伽 与其被人在表面上恭维而背地里鄙弃,那么还是像这样自己知道为举世所不容的好。一个最困苦、最微贱、最为命运所屈辱的人,可以永远抱着希冀而无所恐惧;从最高的地位上跌下来,那变化是可悲的,对于穷困的人,命运的转机却能使他欢笑!那么欢迎你——跟我拥抱的空虚的气流;被你刮得狼狈不堪的可怜虫并不少欠你丝毫情分。可是谁来啦?

一老人率葛罗斯特上。

爱德伽 我的父亲,让一个穷苦的老头儿领着他吗?啊,世界,世界,世界!倘不是你的变幻无常,使我们对你心存怨恨,哪一个人是甘愿老去的?

老 人 啊,我的好老爷!我在老太爷手里就做您府上的佃户,一直做到您老爷手里,已经有八十年了。

葛罗斯特 去吧,好朋友,你快去吧;你的安慰对我一点没有用处,他们也许反会害你的。

老　　人　您眼睛看不见,怎么走路呢?

葛罗斯特　我没有路,所以不需要眼睛;当我能够看见的时候,我也会失足颠仆。我们往往因为有所自恃而失之于大意,反不如缺陷却能对我们有益。啊!爱德伽好儿子,你的父亲受人之愚,错恨了你,要是我能在未死以前,摸到你的身体,我就要说,我又有了眼睛啦。

老　　人　啊!那边是什么人?

爱德伽　（旁白）神啊!谁能够说"我现在是最不幸"?我现在比从前才更不幸得多啦。

老　　人　那是可怜的发疯的汤姆。

爱德伽　（旁白）也许我还要碰到更不幸的命运;当我们能够说"这是最不幸的事"的时候,那还不是最不幸的。

老　　人　汉子,你到哪儿去?

葛罗斯特　是一个叫化子吗?

老　　人　是个疯叫化子。

葛罗斯特　他的理智还没有完全丧失,否则他不会向人乞讨。在昨晚的暴风雨里,我也看见这样一个家伙,他使我想起一个人不过等于一条虫;那时候我的儿子的影像就闪进了我的心里,可是当时我正在恨他,不愿想起他;后来我才听到一些其他的话。天神掌握着我们的命运,正像顽童捉到飞虫一样,为了戏弄的缘故而把我们杀害。

爱德伽　（旁白）怎么会有这样的事?在一个伤心人的面前装傻,对自己、对别人,都是一件不愉快的行为。（向葛罗斯特）祝福你,先生!

葛罗斯特　他就是那个不穿衣服的家伙吗?

老　　人　正是,老爷。

葛罗斯特　那么你去吧。我要请他领我到多佛去,要是你看在我的分上,愿意回去拿一点衣服来替他遮盖遮盖身体,那就再好没有了;我们不会走远,从这儿到多佛的路上一二哩之内,你一定可以追上我们。

老　　人　唉,老爷!他是个疯子哩。

葛罗斯特　疯子带着瞎子走路,本来是这时代的一般病态。照我的话,或者就照你自己的意思做吧;第一件事情是请你快去。

老　　人　我要把我的最好的衣服拿来给他,不管它会引起怎样的后果。(下。)

葛罗斯特　喂,不穿衣服的家伙——

爱德伽　可怜的汤姆冷着呢。(旁白)我不能再假装下去了。

葛罗斯特　过来,汉子。

爱德伽　(旁白)可是我不能不假装下去。——祝福您的可爱的眼睛,它们在流血哩。

葛罗斯特　你认识到多佛去的路吗?

爱德伽　一处处关口城门、一条条马路人行道,我全认识。可怜的汤姆被他们吓迷了心窍;祝福你,好人的儿子,愿恶魔不来缠绕你!五个魔鬼一齐作弄着可怜的汤姆:一个是色魔奥别狄克特;一个是哑鬼霍别狄丹斯;一个是偷东西的玛呼;一个是杀人的摩陀;一个是扮鬼脸的弗力勃铁捷贝特,他后来常常附在丫头、使女的身上。好,祝福您,先生!

葛罗斯特　来,你这受尽上天凌虐的人,把这钱囊拿去;我的不幸却是你的运气。天道啊,愿你常常如此!让那穷奢极欲、把你的法律当作满足他自己享受的工具、因为知觉麻木而沉迷不悟的人，赶快感到你的威力吧；从享用过度的人手里夺下一点来分给穷人，让每一个人都得到他所应得的一份吧。你认识多佛吗？

爱德伽　认识，先生。

葛罗斯特　那边有一座悬崖，它的峭拔的绝顶俯瞰着幽深的海水；你只要领我到那悬崖的边上，我就给你一些我随身携带的贵重的东西，你拿了去可以过些舒服的日子；我也不用再烦你带路了。

爱德伽　把您的胳臂给我；让可怜的汤姆领着你走。（同下。）

第二场　奥本尼公爵府前

高纳里尔及爱德蒙上。

高纳里尔　欢迎，伯爵；我不知道我那位温和的丈夫为什么不来迎接我们。

奥斯华德上。

高纳里尔　主人呢？

奥斯华德　夫人，他在里边；可是已经大大变了一个人啦。我告诉他法国军队登陆的消息，他听了只是微笑；我告诉他说您来了，他的回答却是，"还是不来的好"；我告诉他葛罗斯特怎样谋反、他的儿子怎样尽忠的时候，他骂我蠢东西，说我颠倒是非。凡是他所应该痛恨的事情，他听了都觉得很得意；他所应该欣慰的事情，反而使他恼怒。

高纳里尔　（向爱德蒙）那么你止步吧。这是他懦怯畏缩的天性，使他不敢担当大事；他宁愿忍受侮辱，不肯挺身而起。我们在路上谈起的那个愿望，也许可以实现。爱德蒙，你且回到我的妹夫那儿去;催促他赶紧调齐人马,交给你统率;我这儿只好由我自己出马,把家务托付我的丈夫照管了。这个可靠的仆人可以替我们传达消息;要是你有胆量为了你自己的好处而行事,那么不久大概就会听到你的女主人的命令。把这东西拿去带在身边;不要多说什么;(以饰物赠爱德蒙)低下你的头来:这一个吻要是能够替我说话,它会叫你的灵魂儿飞上天空的。你要明白我的心;再会吧。

爱德蒙　我愿意为您赴汤蹈火。

高纳里尔　我的最亲爱的葛罗斯特!(爱德蒙下)唉!都是男人,却有这样的不同!哪一个女人不愿意为你贡献她的一切,我却让一个傻瓜侵占了我的眠床。

奥斯华德　夫人,殿下来了。(下。)

　　　　奥本尼上。

高纳里尔　你太瞧不起人啦。

奥本尼　啊,高纳里尔!你的价值还比不上那狂风吹在你脸上的尘土。我替你这种脾气担着心事;一个人要是看轻了自己的根本,难免做出一些越限逾分的事来;枝叶脱离了树干,跟着也要萎谢,到后来只好让人当作枯柴而付之一炬。

高纳里尔　得啦得啦;全是些傻话。

奥本尼　智慧和仁义在恶人眼中看来都是恶的;下流的人只喜欢下流的事。你们干下了些什么事情?你们是猛虎,不是女儿,你们干了些什么事啦?这样一位父亲,这样一位仁慈的老人家,一头野熊见了他也会俯首贴耳,你们这些蛮横下贱的女儿,却把他激成了疯狂!难道我那位贤襟兄竟会让你们这样胡闹吗?他也是个堂堂汉子,一邦的君主,又受过他这样的深恩厚德!要是上天不立刻降下一些明显的灾祸来，惩罚这种万恶的行为，那么人类快要像深海的怪物一样自相吞食了。

高纳里尔　不中用的懦夫！你让人家打肿你的脸，把侮辱加在你的头上，还以为是一件体面的事，因为你的额头上还没长着眼睛；正像那些不明是非的傻瓜，人家存心害你，幸亏发觉得早，他们在未下毒手以前就受到惩罚，你却还要可怜他们。你的鼓呢？法国的旌旗已经展开在我们安静的国境上了，你的敌人顶着羽毛飘扬的战盔，已经开始威胁你的生命。你这迂腐的傻子却坐着一动不动，只会说，"唉！他为什么要这样呢？"

奥本尼　瞧瞧你自己吧，魔鬼！恶魔的丑恶的嘴脸，还不及一个恶魔般的女人那样丑恶万分。

高纳里尔　嗳哟，你这没有头脑的蠢货！

奥本尼　你这变化做女人的形状、掩蔽你的蛇蝎般的真相的魔鬼，不要露出你的狰狞的面目来吧！要是我可以允许这双手服从我的怒气，它们一定会把你的肉一块块撕下来，把你的骨头一根根折断；可是你虽然是一个魔鬼，你的形状却还是一个女人，我不能伤害你。

高纳里尔　哼，这就是你的男子汉的气概。——呸！

　　　　—使者上。

奥本尼　有什么消息？

使　者　啊！殿下，康华尔公爵死了；他正要挖去葛罗斯特第二只眼睛的时候，他的一个仆人把他杀死了。

奥本尼　葛罗斯特的眼睛！

使　者　他所畜养的一个仆人因为激于义愤，反对他这一种行动，就拔出剑来向他的主人行刺；他的主人大怒，和他奋力猛斗,结果把那仆人砍死了,可是自己也受了重伤,终于不治身亡。

奥本尼　啊,天道究竟还是有的,人世的罪恶这样快就受到了诛谴!但是啊,可怜的葛罗斯特!他失去了他的第二只眼睛吗?

使　者　殿下,他两只眼睛全都给挖去了。夫人,这一封信是您的妹妹写来的,请您立刻给她一个回音。

高纳里尔　(旁白)从一方面说来,这是一个好消息;可是她做了寡妇,我的葛罗斯特又跟她在一起,也许我的一切美满的愿望,都要从我这可憎的生命中消灭了;不然的话,这消息还不算顶坏。(向使者)我读过以后再写回信吧。(下。)

奥本尼　他们挖去他的眼睛的时候,他的儿子在什么地方?

使　者　他是跟夫人一起到这儿来的。

奥本尼　他不在这儿。

使　者　是的,殿下,我在路上碰见他回去了。

奥本尼　他知道这种罪恶的事情吗?

使　者　是,殿下;就是他出首告发他的,他故意离开那座房屋,为的是让他们行事方便一些。

奥本尼　葛罗斯特,我永远感激你对王上所表示的好意,一定替你报复你的挖目之仇。过来,朋友,详细告诉我一些你所知道的其他的消息。(同下。)

第三场　多佛附近法军营地

肯特及一侍臣上。

肯　特　为什么法兰西王突然回去,您知道他的理由吗?

211

侍　臣　他在国内还有一点未了的要事,直到离国以后,方才想起;因为那件事情有关国家的安全,所以他不能不亲自回去料理。

肯　特　他去了以后,委托什么人代他主持军务?

侍　臣　拉·发元帅。

肯　特　王后看了您的信,有没有什么悲哀的表示?

侍　臣　是的,先生;她拿了信,当着我的面前读下去,一颗颗饱满的泪珠淌下她的娇嫩的颊上;可是她仍然保持着一个王后的尊严,虽然她的情感像叛徒一样想要把她压服,她还是竭力把它克制下去。

肯　特　啊!那么她是受到感动的了。

侍　臣　她并不痛哭流涕;"忍耐"和"悲哀"互相竞争着谁能把她表现得更美。您曾经看见过阳光和雨点同时出现;她的微笑和眼泪也正是这样,只是更要动人得多;那些荡漾在她的红润的嘴唇上的小小的微笑,似乎不知道她的眼睛里有些什么客人,他们从她钻石一样晶莹的眼球里滚出来,正像一颗颗浑圆的珍珠。简单一句话,要是所有的悲哀都是这样美,那么悲哀将要成为最受世人喜爱的珍奇了。

肯　特　她没有说过什么话吗?

侍　臣　一两次她的嘴里迸出了"父亲"两个字,好像它们重压着她的心一般;她哀呼着,"姊姊!姊姊!女人的耻辱!姊姊!肯特!父亲!姊姊!什么,在风雨里吗?在黑夜里吗?不要相信世上还有怜悯吧!"于是她挥去了她的天仙一般的眼睛里的神圣的水珠,让眼泪淹没了她的沉痛的悲号,移步他往,和哀愁独自作伴去了。

肯　特　那是天上的星辰,天上的星辰主宰着我们的命运;否则同一个父母怎么会生出这样不同的儿女来。您后来没有跟她说过话吗?

侍　臣　没有。

肯　特　这是在法兰西王回国以前的事吗?

侍　臣　不,这是他去后的事。

肯　特　好,告诉您吧,可怜的受难的李尔已经到了此地,他在比较清醒的时候,知道我们来干什么事,一定不肯见他的女儿。

侍　臣　为什么呢,好先生?

肯　特　羞耻之心掣住了他;他自己的忍心剥夺了她的应得的慈爱,使她远适异国,听任天命的安排,把她的权利分给那两个犬狼之心的女儿——这种种的回忆像毒刺一样螫着他的心,使他充满了火烧一样的惭愧,阻止他和考狄利娅相见。

侍　臣　唉!可怜的人!

肯　特　关于奥本尼和康华尔的军队,您听见什么消息没有?

侍　臣　是的,他们已经出动了。

肯　特　好,先生,我要带您去见见我们的王上,请您替我照料照料他。我因为有某种重要的理由,必须暂时隐藏我的真相;当您知道我是什么人以后,您决不会后悔跟我结识的。请您跟我走吧。(同下。)

第四场　同前。帐幕

旗鼓前导,考狄利娅、医生及兵士等上。

考狄利娅　唉!正是他。刚才还有人看见他,疯狂得像被飓风

213

激动的怒海,高声歌唱,头上插满了恶臭的地烟草、牛蒡、毒芹、荨麻、杜鹃花和各种蔓生在田亩间的野草。派一百个兵士到繁茂的田野里各种搜寻,把他领来见我。(一军官下)人们的智慧能不能恢复他的丧失的心神?谁要是能够医治他,我愿意把我的身外的富贵一起送给他。

医　　生　娘娘,法子是有的;休息是滋养疲乏的精神的保姆,他现在就是缺少休息;只要给他服一些药草,就可以阖上他的痛苦的眼睛。

考狄利娅　一切神圣的秘密、一切地下潜伏的灵奇,随着我的眼泪一起奔涌出来吧!帮助解除我的善良的父亲的痛苦!快去找他,快去找他,我只怕他在不可控制的疯狂之中会消灭了他的失去主宰的生命。

　　　　　　一使者上。

使　　者　报告娘娘,英国军队向这儿开过来了。

考狄利娅　我们早已知道;一切都预备好了,只等他们到来。亲爱的父亲啊!我这次掀动干戈,完全是为了你的缘故;伟大的法兰西王被我的悲哀和恳求的眼泪所感动。我们出师,并非怀着什么非分的野心,只是一片真情,热烈的真情,要替我们的老父主持正义。但愿我不久就可以听见看见他!(同下。)

第五场　葛罗斯特城堡中一室

　　　　　　里根及奥斯华德上。

里　　根　可是我的姊夫的军队已经出发了吗?

奥斯华德　出发了,夫人。

里　　根　他亲自率领吗？

奥斯华德　夫人,好容易才把他催上了马;还是您的姊姊是个更好的军人哩。

里　　根　爱德蒙伯爵到了你们家里,有没有跟你家主人谈过话？

奥斯华德　没有,夫人。

里　　根　我的姊姊给他的信里有些什么话？

奥斯华德　我不知道,夫人。

里　　根　告诉你吧,他有重要的事情,已经离开此地了。葛罗斯特挖去了眼睛以后,仍旧放他活命,实在是一个极大的失策;因为他每到一个地方,都会激起众人对我们的反感。我想爱德蒙因为怜悯他的苦难,是要去替他解脱他的暗无天日的生涯的;而且他还负有探察敌人实力的使命。

奥斯华德　夫人,我必须追上去把我的信送给他。

里　　根　我们的军队明天就要出发;你暂时耽搁在我们这儿吧,路上很危险呢。

奥斯华德　我不能,夫人;我家夫人曾经吩咐我不准误事的。

里　　根　为什么她要写信给爱德蒙呢？难道你不能替她口头传达她的意思吗？看来恐怕有点儿——我也说不出来。让我拆开这封信来,我会十分喜欢你的。

奥斯华德　夫人,那我可——

里　　根　我知道你家夫人不爱她的丈夫;这一点我是可以确定的。她最近在这儿的时候,常常对高贵的爱德蒙抛掷含情的媚眼。我知道你是她的心腹之人。

奥斯华德　我,夫人！

里　　根　我的话不是随便说说的,我知道你是她的心腹;所以你且听我说,我的丈夫已经死了,爱德蒙跟我曾经谈起过,他

215

向我求爱总比向你家夫人求爱来得方便些。其余的你自己去意会吧。要是你找到了他,请你替我把这个交给他;你把我的话对你家夫人说了以后,再请她仔细想个明白。好,再会。假如你听见人家说起那瞎眼的老贼在什么地方,能够把他除掉,一定可以得到重赏。

奥斯华德　但愿他能够碰在我的手里,夫人;我一定可以向您表明我是哪一方面的人。

里　根　再会。(各下。)

第六场　多佛附近的乡间

　　　　　葛罗斯特及爱德伽作农民装束同上。

葛罗斯特　什么时候我才能够登上山顶?

爱德伽　您现在正在一步步上去;瞧这路多么难走。

葛罗斯特　我觉得这地面是很平的。

爱德伽　陡峭得可怕呢;听!那不是海水的声音吗?

葛罗斯特　不,我真的听不见。

爱德伽　嗳哟,那么大概因为您的眼睛痛得厉害,所以别的知觉也连带模糊起来啦。

葛罗斯特　那倒也许是真的。我觉得你的声音也变了样啦,你讲的话不像原来那样粗鲁、那样疯疯癫癫啦。

爱德伽　您错啦;除了我的衣服以外,我什么都没有变样。

葛罗斯特　我觉得你的话像样得多啦。

爱德伽　来,先生;我们已经到了,您站好。把眼睛一直望到这么低的地方,真是惊心眩目!在半空盘旋的乌鸦,瞧上去还没有甲虫那么大;山腰中间悬着一个采金花草的人,可怕的工作！我看他的全身简直抵不上一个人头的大小。在海滩上走路的渔夫就像小鼠一般，那艘碇泊在岸旁的高大的帆船小得像它的划艇，它的划艇小得像一个浮标，几乎看不出来。澎湃的波涛在海滨无数的石子上冲击的声音，也不能传到这样高的所在。我不愿再看下去了，恐怕我的头脑要昏眩起来，眼睛一花，就要一个筋斗直跌下去。

葛罗斯特　带我到你所立的地方。

爱德伽　把您的手给我；您现在已经离开悬崖的边上只有一英尺了；谁要是把天下所有的一切都给了我，我也不愿意跳下去。

葛罗斯特　放开我的手。朋友，这儿又是一个钱囊，里面有一颗宝石，一个穷人得到了它，可以终身温饱；愿天神们保佑你因此而得福吧！你再走远一点；向我告别一声，让我听见你走过去。

爱德伽　再会吧，好先生。

葛罗斯特　再会。

爱德伽　（旁白）我这样戏弄他的目的，是要把他从绝望的境界中解救出来。

葛罗斯特　威严的神明啊！我现在脱离这一个世界，当着你们的面，摆脱我的惨酷的痛苦了；要是我能够再忍受下去，而不怨尤你们不可反抗的伟大意志，我这可厌的生命的余烬不久也会燃尽的。要是爱德伽尚在人世，神啊，请你们祝福他！现在，朋友，我们再会了！（向前仆地。）

爱德伽　我去了，先生；再会。（旁白）可是我不知道当一个人愿意受他自己的幻想的欺骗，相信他已经死去的时候，那一种幻想会不会真的偷去了他的生命的至宝；要是他果然在他所想象的那一个地方,现在他早已没有思想了。活着还是死了?(向葛罗斯特)喂,你这位先生!朋友!你听见吗,先生?说呀!也许他真的死了;可是他醒过来啦。你是什么人,先生?

葛罗斯特　去,让我死。

爱德伽　倘使你不是一根蛛丝、一根羽毛、一阵空气,从这样千仞的悬崖上跌落下来,早就像鸡蛋一样跌成粉碎了;可是你还在呼吸,你的身体还是好好的,不流一滴血,还会说话,简直一点损伤也没有。十根桅杆连接起来,也不及你所跌下来的地方那么高;你的生命是一个奇迹。再对我说两句话吧。

葛罗斯特　可是我有没有跌下来?

爱德伽　你就是从这可怕的悬崖绝顶上面跌下来的。抬起头来看一看吧;鸣声嘹亮的云雀飞到了那样高的所在,我们不但看不见它的形状,也听不见它的声音;你看。

葛罗斯特　唉!我没有眼睛哩。难道一个苦命的人,连寻死的权利都要被剥夺去吗?一个苦恼到极点的人假使还有办法对付那暴君的狂怒,挫败他的骄傲的意志,那么他多少还有一点可以自慰。

爱德伽　把你的胳臂给我;起来,好,怎样?站得稳吗?你站住了。

葛罗斯特　很稳,很稳。

爱德伽　这真太不可思议了。刚才在那悬崖的顶上,从你身边走开的是什么东西?

葛罗斯特　一个可怜的叫化子。

爱德伽　我站在下面望着他,仿佛看见他的眼睛像两轮满月;他有一千个鼻子,满头都是像波浪一样高低不齐的犄角;一定是个什么恶魔。所以,你幸运的老人家,你应该想这是无所不能的神明在暗中默佑你,否则决不会有这样的奇事。

葛罗斯特　我现在记起来了;从此以后,我要耐心忍受痛苦,直等它有一天自己喊了出来,"够啦,够啦,"那时候再撒手死去。你所说起的这一个东西,我还以为是个人;它老是嚷着"恶魔,恶魔"的;就是他把我领到了那个地方。

爱德伽　不要胡思乱想,安心忍耐。可是谁来啦?

　　　　李尔以鲜花杂乱饰身上。

爱德伽　不是疯狂的人,决不会把他自己打扮成这一个样子。

李　尔　不,他们不能判我私造货币的罪名;我是国王哩。

爱德伽　啊,伤心的景象!

李　尔　在那一点上,天然是胜过人工的。这是征募你们当兵的饷银。那家伙弯弓的姿势,活像一个稻草人;给我射一支一码长的箭试试看。瞧,瞧!一只小老鼠!别闹,别闹!这一块烘乳酪可以捉住它。这是我的铁手套;尽管他是一个巨人,我也要跟他一决胜负。带那些戟手上来。啊!飞得好,鸟儿;刚刚中在靶子心里,咻!口令!

爱德伽　茉荞兰。

李　尔　过去。

葛罗斯特　我认识那个声音。

李　尔　嘿!高纳里尔,长着一把白胡须!她们像狗一样向我献媚。说我在没有出黑须以前,就已经有了白须。[①] 我说一声"是",她们就应一声"是";我说一声"不",她们就应

[①] 意即具有老人的智慧。

一声"不"！当雨点淋湿了我，风吹得我牙齿打颤，当雷声不肯听我的话平静下来的时候，我才发现了她们，嗅出了她们。算了，她们不是心口如一的人；她们把我恭维得天花乱坠；全然是个谎，一发起烧来我就没有办法。

葛罗斯特　这一种说话的声调我记得很清楚；他不是我们的君王吗？

李　尔　嗯，从头到脚都是君王；我只要一瞪眼睛，我的臣子就要吓得发抖。我赦免那个人的死罪。你犯的是什么案子？奸淫吗？你不用死；为了奸淫而犯死罪！不，小鸟儿都在干那把戏，金苍蝇当着我的面也会公然交合哩。让通奸的人多子多孙吧；因为葛罗斯特的私生的儿子，也比我的合法的女儿更孝顺他的父亲。淫风越盛越好，我巴不得他们替我多制造几个兵士出来。瞧那个脸上堆着假笑的妇人，她装出一副守身如玉的神气，做作得那么端庄贞静，一听见人家谈起调情的话儿就要摇头；其实她自己干起那回事来，比臭猫和骚马还要浪得多哩。她们的上半身虽然是女人，下半身却是淫荡的妖怪；腰带以上是属于天神的，腰带以下全是属于魔鬼的：那儿是地狱，那儿是黑暗，那儿是火坑，吐着熊熊的烈焰，发出熏人的恶臭，把一切烧成了灰。呸！呸！呸！呸！呸！好掌柜，给我称一两麝香，让我解解我的想象中的臭气；钱在这儿。

葛罗斯特　啊！让我吻一吻那只手！

李　尔　让我先把它揩干净；它上面有一股热烘烘的人气。

葛罗斯特　啊，毁灭了的生命！这一个广大的世界有一天也会像这样零落得只剩一堆残迹。你认识我吗？

李　尔　我很记得你这双眼睛。你在向我瞟吗？不，盲目的丘匹德,随你使出什么手段来,我是再也不会恋爱的。这是一封挑战书,你拿去读吧,瞧瞧它是怎么写的。

葛罗斯特　即使每一个字都是一个太阳,我也瞧不见。

爱德伽　(旁白)要是人家告诉我这样的事,我一定不会相信;可是这样的事是真的,我的心要碎了。

李　尔　读呀。

葛罗斯特　什么!用眼眶子读吗?

李　尔　啊哈!你原来是这个意思吗?你的头上也没有眼睛,你的袋里也没有银钱吗?你的眼眶子真深,你的钱袋真轻。可是你却看见这世界的丑恶。

葛罗斯特　我只能捉摸到它的丑恶。

李　尔　什么!你疯了吗?一个人就是没有眼睛,也可以看见这世界的丑恶。用你的耳朵瞧着吧:你没看见那法官怎样痛骂那个卑贱的偷儿吗?侧过你的耳朵来,听我告诉你:让他们两人换了地位,谁还认得出哪个是法官,哪个是偷儿?你见过农夫的一条狗向一个乞丐乱吠吗?

葛罗斯特　嗯,陛下。

李　尔　你还看见那家伙怎样给那条狗赶走吗?从这一件事情上面,你就可以看到威权的伟大的影子;一条得势的狗,也可以使人家惟命是从。你这可恶的教吏,停住你的残忍的手!为什么你要鞭打那个妓女?向你自己的背上着力抽下去吧;你自己心里和她犯奸淫,却因为她跟人家犯奸淫而鞭打她。那放高利贷的家伙却把那骗子判了死刑。褴褛的衣衫遮不住小小的过失;披上锦袍裘服,便可以隐匿一切。罪恶镀了金,公道的坚强的枪刺戳在上面也会折断;把它用破烂的布条裹起来,一根侏儒的稻草就可以戳破它。没有一

221

个人是犯罪的,我说,没有一个人;我愿意为他们担保;相信我吧,我的朋友,我有权力封住控诉者的嘴唇。你还是去装上一副玻璃眼睛,像一个卑鄙的阴谋家似的,假装能够看见你所看不见的事情吧。来,来,来,来,替我把靴子脱下来;用力一点,用力一点;好。

爱德伽 (旁白)啊!疯话和正经话夹杂在一起;虽然他发了疯,他说出来的话却不是全无意义的。

李　尔 要是你愿意为我的命运痛哭,那么把我的眼睛拿了去吧。我知道你是什么人;你的名字是葛罗斯特。你必须忍耐;你知道我们来到这世上,第一次嗅到了空气,就哇呀哇呀地哭起来。让我讲一番道理给你听;你听着。

葛罗斯特　唉!唉!

李　尔 当我们生下地来的时候,我们因为来到了这个全是些傻瓜的广大的舞台之上,所以禁不住放声大哭。这顶帽子的式样很不错!用毡呢钉在一队马儿的蹄上,倒是一个妙计;我要把它实行一下,悄悄地偷进我那两个女婿的营里,然后我就杀呀,杀呀,杀呀,杀呀,杀呀,杀呀!①

　　　　　侍臣率侍从数人上。

侍　臣 啊!他在这儿;抓住他。陛下,您的最亲爱的女儿——

李　尔 没有人救我吗?什么!我变成一个囚犯了吗?我是天生下来被命运愚弄的。不要虐待我;有人会拿钱来赎我的。替我请几个外科医生来,我的头脑受了伤啦。

侍　臣 您将会得到您所需要的一切。

李　尔 一个伙伴也没有?只有我一个人吗?嗳哟,这样会叫

---

① 李尔王在这里效仿军队冲锋时的呐喊声。

一个人变成了个泪人儿,用他的眼睛充作灌园的水壶,去浇洒秋天的泥土。

侍　　臣　陛下——

李　　尔　我要像一个新郎似的勇敢地死去。嘿!我要高高兴兴的。来,来,我是一个国王,你们知道吗?

侍　　臣　您是一位尊严的王上,我们服从您的旨意。

李　　尔　那么还有几分希望。要去快去。哟哟哟哟。(下。侍从等随下。)

侍　　臣　最微贱的平民到了这样一个地步,也会叫人看了伤心,何况是一个国王!你那两个不孝的女儿,已经使天道人伦受到咒诅,可是你还有一个女儿,却已经把天道人伦从这样的咒诅中间拯救出来了。

爱德伽　祝福,先生。

侍　　臣　足下有什么见教?

爱德伽　您有没有听见什么关于将要发生一场战事的消息?

侍　　臣　这已经是一件千真万确、谁都知道的事了;每一个耳朵能够辨别声音的人都听到过那样的消息。

爱德伽　可是借问一声,您知道对方的军队离这儿还有多少路?

侍　　臣　很近了,他们一路来得很快;他们的主力部队每一点钟都有到来的可能。

爱德伽　谢谢您,先生;这是我所要知道的一切。

侍　　臣　王后虽然有特别的原因还在这儿,她的军队已经开上去了。

爱德伽　谢谢您,先生。(侍臣下。)

葛罗斯特　永远仁慈的神明,请停止我的呼吸吧;不要在你没有要我离开人世之前,再让我的罪恶的灵魂引诱我结束我自己的生命!

爱德伽　您祷告得很好,老人家。

葛罗斯特　好先生,您是什么人?

爱德伽　一个非常穷苦的人,受惯命运的打击;因为自己是从忧患中间过来的,所以对于不幸的人很容易抱同情。把您的手给我,让我把您领到一处可以栖身的地方去。

葛罗斯特　多谢多谢;愿上天大大赐福给您!

　　　　奥斯华德上。

奥斯华德　明令缉拿的要犯!好极了,居然碰在我的手里!你那颗瞎眼的头颅,却是我的进身的阶梯。你这倒楣的老奸贼,赶快忏悔你的罪恶;剑已经拔出了,你今天难逃一死。

葛罗斯特　但愿你这慈悲的手多用一些气力,帮助我早早脱离苦痛。(爱德伽劝阻奥斯华德。)

奥斯华德　大胆的村夫,你怎么敢袒护一个明令缉拿的叛徒?滚开,免得你也遭到和他同样的命运。放开他的胳臂。

爱德伽　先生,你不向我说明理由,我是不放的。

奥斯华德　放开,奴才,否则我叫你死。

爱德伽　好先生,你走你的路,让穷人们过去吧。要是这种吓人的话也能把我吓倒,那么我早在半个月之前,就给人吓死了。不,不要走近这个老头儿;我关照你,走远一点儿;要不然的话,我要试一试究竟是你的头硬还是我的棍子硬。我可不知道什么客气不客气。

奥斯华德　走开,混账东西!

爱德伽　我要拔掉你的牙齿,先生。来,尽管刺过来吧。(二人决斗,爱德伽击奥斯华德倒地。)

奥斯华德　奴才,你打死我了。把我的钱囊拿了去吧。要是你希望将来有好日子过,请你把我的尸体掘一个坑埋了;我身边还有一封信,请你替我送给葛罗斯特伯爵爱德蒙大爷,他在英国军队里,你可以找到他。啊!想不到我死于非命!(死。)

爱德伽　我认识你;你是一个惯会讨主上欢心的奴才;你的女主人无论有什么万恶的命令,你总是奉命惟谨。

葛罗斯特　什么!他死了吗?

爱德伽　坐下来,老人家;您休息一会儿吧。让我们搜一搜他的衣袋——他说起的这一封信,也许可以对我有一点用处。他死了;我只可惜他不是死在刽子手的手里。让我们看:对不起,好蜡,我要把你拆开来了;恕我无礼,为了要知道我们敌人的居心,就是他们的心肝也要剖出来,拆阅他们的信件不算是违法的事。"不要忘记我们彼此间的誓约。你有许多机会可以除去他;只要你有决心,一切都是不成问题的。要是他得胜归来,那就什么都完了;我将要成为一个囚人,他的眠床就是我的牢狱。把我从他可憎的怀抱中拯救出来吧,他的地位你可以取而代之,这也是你应得的酬劳。你的恋慕的奴婢——但愿我能换上妻子两个字——高纳里尔。"啊,不可测度的女人的心!谋害她的善良的丈夫,叫我的兄弟代替他的位置!在这砂土之内,我要把你掩埋起来,你这杀人的淫妇的使者。在一个适当的时间,我要让那被人阴谋弑害的公爵见到这一封卑劣的信。我能够把你的死讯和你的使命告诉他,对于他是一件幸运的事。

葛罗斯特　王上疯了;我的万恶的知觉却是倔强得很,我一站起身来,无限的悲痛就涌上我的心头!还是疯了的好;那样我可以不再想到我的不幸,让一切痛苦在昏乱的幻想之中忘

225

记了它们本身的存在。(远处鼓声。)

爱德伽　把您的手给我;好像我听见远远打鼓的声音。来,老人家,让我把您安顿在一个朋友的地方。(同下。)

第七场　法军营帐

考狄利娅、肯特、医生及侍臣上。

考狄利娅　好肯特啊！我怎么能够报答你这一番苦心好意呢！就是粉身碎骨,也不能抵偿你的大德。

肯　　特　娘娘,只要自己的苦心被人了解,那就是莫大的报酬了。我所讲的话,句句都是事实,没有一分增减。

考狄利娅　去换一身好一点的衣服吧;您身上的衣服是那一段悲惨的时光中的纪念品,请你脱下来吧。

肯　　特　恕我,娘娘;我现在还不能回复我的本来面目,因为那会妨碍我的预定的计划。请您准许我这一个要求,在我自己认为还没有到适当的时间以前,您必须把我当作一个不相识的人。

考狄利娅　那么就照你的意思吧,伯爵。(向医生)王上怎样？

医　　生　娘娘,他仍旧睡着。

考狄利娅　慈悲的神明啊,医治他的被凌辱的心灵中的重大的裂痕！保佑这一个被不孝的女儿所反噬的老父,让他错乱昏迷的神智回复健全吧！

医　　生　请问娘娘,我们现在可不可以叫王上醒来？他已经睡得很久了。

考狄利娅　照你的意见,应该怎么办就怎么办吧。他有没有穿着好？

> 李尔卧椅内,众仆舁上。

侍　臣　是,娘娘;我们乘着他熟睡的时候,已经替他把新衣服穿上去了。

医　生　娘娘,请您不要走开,等我们叫他醒来;我相信他的神经已经安定下来了。

考狄利娅　很好。(乐声。)

医　生　请您走近一步。音乐还要响一点儿。

考狄利娅　啊,我的亲爱的父亲!但愿我的嘴唇上有治愈疯狂的灵药,让这一吻抹去了我那两个姊姊加在你身上的无情的伤害吧!

肯　特　善良的好公主!

考狄利娅　假如你不是她们的父亲,这满头的白雪也该引起她们的怜悯。这样一张面庞是受得起激战的狂风吹打的吗?它能够抵御可怕的雷霆吗?在最惊人的闪电的光辉之下,你,可怜的无援的兵士!戴着这一顶薄薄的戎盔,苦苦地守住你的哨岗吗?我的敌人的狗,即使它曾经咬过我,在那样的夜里,我也要让它躺在我的火炉之前。但是你,可怜的父亲,却甘心钻在污秽霉烂的稻草里,和猪狗、和流浪的乞儿做伴吗?唉!唉!你的生命不和你的智慧同归于尽,才是一件怪事。他醒来了;对他说些什么话吧。

医　生　娘娘,应该您去跟他说说。

考狄利娅　父王陛下,您好吗?

李　尔　你们不应该把我从坟墓中间拖了出来。你是一个有福的灵魂;我却缚在一个烈火的车轮上,我自己的眼泪也像熔铅一样灼痛我的脸。

考狄利娅　父亲,您认识我吗?

李　　尔　你是一个灵魂,我知道;你在什么时候死的?

考狄利娅　还是疯疯癫癫的。

医　　生　他还没有完全清醒过来;暂时不要惊扰他。

李　　尔　我到过些什么地方?现在我在什么地方?明亮的白昼吗?我大大受了骗啦。我如果看见别人落到这一个地步,我也要为他心碎而死。我不知道应该怎么说。我不愿发誓这一双是我的手;让我试试看,这针刺上去是觉得痛的。但愿我能够知道我自己的实在情形!

考狄利娅　啊!瞧着我,父亲,把您的手按在我的头上为我祝福吧。不,父亲,您千万不能跪下。

李　　尔　请不要取笑我;我是一个非常愚蠢的傻老头子,活了八十多岁了;不瞒您说,我怕我的头脑有点儿不大健全。我想我应该认识您,也该认识这个人;可是我不敢确定;因为我全然不知道这是什么地方,而且凭着我所有的能力,我也记不起来什么时候穿上这身衣服;我也不知道昨天晚上我在什么所在过夜。不要笑我;我想这位夫人是我的孩子考狄利娅。

考狄利娅　正是,正是。

李　　尔　你在流着眼泪吗?当真。请你不要哭啦;要是你有毒药为我预备着,我愿意喝下去。我知道你不爱我;因为我记得你的两个姊姊都虐待我;你虐待我还有几分理由,她们却没有理由虐待我。

考狄利娅　谁都没有这理由。

李　　尔　我是在法国吗?

肯　　特　在您自己的国土之内,陛下。

李　　尔　不要骗我。

医　　生　请宽心一点,娘娘;您看他的疯狂已经平静下去了;可是再向他提起他经历的事情,却是非常危险的。不要多烦扰他,让他的神经完全安定下来。

考狄利娅　请陛下到里边去安息安息吧。

李　　尔　你必须原谅我。请你不咎既往,宽赦我的过失;我是个年老糊涂的人。(李尔、考狄利娅、医生及侍从等同下。)

侍　　臣　先生,康华尔公爵被刺的消息是真的吗?

肯　　特　完全真确。

侍　　臣　他的军队归什么人带领?

肯　　特　据说是葛罗斯特的庶子。

侍　　臣　他们说他的放逐在外的儿子爱德伽现在跟肯特伯爵都在德国。

肯　　特　消息常常变化不定。现在是应该戒备的时候了,英国军队已在迅速逼近。

侍　　臣　一场血战是免不了的。再会,先生。(下。)

肯　　特　我的目的能不能顺利达到,要看这一场战事的结果方才分晓。(下。)

第 五 幕

第一场 多佛附近英军营地

旗鼓前导,爱德蒙、里根、军官、兵士及侍从等上。

爱德蒙　（向一军官）你去问一声公爵,他是不是仍旧保持着原来的决心,还是因为有了其他的理由,已经改变了方针;他这个人摇摆不定,畏首畏尾;我要知道他究竟抱着怎样的主张。(军官下。)

里　根　我那姊姊差来的人一定在路上出了事啦。

爱德蒙　那可说不定,夫人。

里　根　好爵爷,我对你的一片好心,你不会不知道的;现在请你告诉我,老老实实地告诉我,你不爱我的姊姊吗?

爱德蒙　我只是按照我的名分敬爱她。

里　根　可是你从来没有深入我的姊夫的禁地吗?

爱德蒙　这样的思想是有失您自己的体统的。

里　根　我怕你们已经打成一片,她心坎儿里只有你一个人哩。

爱德蒙　凭着我的名誉起誓,夫人,没有这样的事。

里　根　我决不答应她;我的亲爱的爵爷,不要跟她亲热。

爱德蒙　您放心吧。——她跟她的公爵丈夫来啦!

旗鼓前导,奥本尼、高纳里尔及兵士等上。

高纳里尔　(旁白)我宁愿这一次战争失败,也不让我那个妹子把他从我手里夺了去。

奥本尼　贤妹久违了。伯爵,我听说王上已经带了一班受不住我国的苛政、高呼不平的人们,到他女儿的地方去了。要是我们所兴的是一场不义之师,我是再也提不起我的勇气来的;可是现在的问题,并不是我们的王上和他手下的一群人在法国的煽动之下,用堂堂正正的理由向我们兴师问罪,而是法国举兵侵犯我们的领土,这是我们所不能容忍的。

爱德蒙　您说得有理,佩服,佩服。

里　根　这种话讲它做什么呢?

高纳里尔　我们只须同心合力,打退敌人;这些内部的纠纷,不是现在所要讨论的问题。

奥本尼　那么让我们跟那些久历戎行的战士们讨论讨论我们所应该采取的战略吧。

爱德蒙　很好,我就到您的帐里来叨陪末议。

里　根　姊姊,您也跟我们一块儿去吗?

高纳里尔　不。

里　根　您怎么可以不去?来,请吧。

高纳里尔　(旁白)哼!我明白你的意思。(高声)好,我就去。

　　　　　　爱德伽乔装上。

爱德伽　殿下要是不嫌我微贱,请听我说一句话。

奥本尼　你们先请一步,我就来。——说。(爱德蒙、里根、高纳里尔、军官、兵士及侍从等同下。)

爱德伽　在您没有开始作战以前,先把这封信拆开来看一看。

要是您得到胜利，可以吹喇叭为信号，叫我出来；虽然您看我是这样一个下贱的人，我可以请出一个证人来，证明这信上所写的事。要是您失败了，那么您在这世上的使命已经完毕，一切阴谋也都无能为力了。愿命运眷顾您！

奥本尼　等我读了信你再去。

爱德伽　我不能。时候一到，您只要叫传令官传唤一声，我就会出来的。

奥本尼　那么再见；你的信我拿回去看吧。（爱德伽下。）

　　　　爱德蒙重上。

爱德蒙　敌人已经望得见了；快把您的军队集合起来。这儿记载着根据精密侦查所得的敌方军力的估计；可是现在您必须快点儿了。

奥本尼　好，我们准备迎敌就是了。（下。）

爱德蒙　我对这两个姊姊都已经立下爱情的盟誓；她们彼此互怀嫉妒，就像被蛇咬过的人见不得蛇的影子一样。我应该选择哪一个呢？两个都要？只要一个？还是一个也不要？要是两个全都留在世上，我就一个也不能到手；娶了那寡妇，一定会激怒她的姊姊高纳里尔；可是她的丈夫一天不死，我又怎么能跟她成双配对？现在我们还是要借他做号召军心的幌子；等到战事结束以后，她要是想除去他，让她自己设法结果他的性命吧。照他的意思，李尔和考狄利娅两人被我们捉到以后，是不能加害的；可是假如他们果然落在我们手里，我们可决不让他们得到他的赦免；因为我保全自己的地位要紧，什么天理良心只好一概不论。（下。）

第二场　两军营地之间的原野

　　　　内号角声。旗鼓前导,李尔及考狄利娅率军队上;同下。爱德伽及葛罗斯特上。

爱德伽　来,老人家,在这树阴底下坐坐吧;但愿正义得到胜利!要是我还能够回来见您,我一定会给您好消息的。

葛罗斯特　上帝照顾您,先生!(爱德伽下。)

　　　　号角声;有顷,内吹退军号。爱德伽重上。

爱德伽　去吧,老人家!把您的手给我;去吧!李尔王已经失败,他跟他的女儿都被他们捉去了。把您的手给我;来。

葛罗斯特　不,先生,我不想再到什么地方去了;让我就在这儿等死吧。

爱德伽　怎么!您又转起那种坏念头来了吗?人们的生死都不是可以勉强求到的,你应该耐心忍受天命的安排。来。

葛罗斯特　那也说得有理。(同下。)

第三场　多佛附近英军营地

　　　　旗鼓前导,爱德蒙凯旋上;李尔、考狄利娅被俘随上;军官、兵士等同上。

爱德蒙　来人,把他们押下去,好生看守,等上面发落下来,再作道理。

考狄利娅　存心良善的反而得到恶报,这样的前例是很多的。我只是为了你,被迫害的国王,才感到悲伤;否则尽管欺人的命运向我横眉怒目,我也不把她的凌辱放在心上。我们要不要去见见这两个女儿和这两个姊姊?

李　　尔　　不,不,不,不!来,让我们到监牢里去。我们两人将要像笼中之鸟一般唱歌;当你求我为你祝福的时候,我要跪下来求你饶恕;我们就这样生活着,祈祷,唱歌,说些古老的故事,嘲笑那班像金翅蝴蝶般的廷臣,听听那些可怜的人们讲些宫廷里的消息;我们也要跟他们在一起谈话,谁失败,谁胜利,谁在朝,谁在野,用我们的意见解释各种事情的秘奥,就像我们是上帝的耳目一样;在囚牢的四壁之内,我们将要冷眼看那些朋比为奸的党徒随着月亮的圆缺而升沉。

爱德蒙　　把他们带下去。

李　　尔　　对于这样的祭物,我的考狄利娅,天神也要焚香致敬的。我果然把你捉住了吗?谁要是想分开我们,必须从天上取下一把火炬来像驱逐狐狸一样把我们赶散。揩干你的眼睛;让恶疮烂掉他们的全身,他们也不能使我们流泪,我们要看他们活活饿死。来。(兵士押李尔、考狄利娅下。)

爱德蒙　　过来,队长。听着,把这一通密令拿去;(以一纸授军官)跟着他们到监牢里去。我已经把你提升了一级,要是你能够照这密令上所说的执行,一定大有好处。你要知道,识时务的才是好汉;心肠太软的人不配佩带刀剑。我吩咐你去干这件重要的差使,你可不必多问,愿意就做,不愿意就另谋出路吧。

军　　官　　我愿意,大人。

爱德蒙　　那么去吧;你立了这一个功劳,你就是一个幸运的人。听着,事不宜迟,必须照我所写的办法赶快办好。

军　　官　　我不会拖车子,也不会吃干麦;只要是男子汉干的事,我就会干。(下。)

喇叭奏花腔。奥本尼、高纳里尔、里根、军官及侍从等上。

奥本尼　伯爵,你今天果然表明了你是一个将门之子;命运眷顾着你,使你克奏肤功,跟我们敌对的人都已经束手就擒。请你把你的俘虏交给我们,让我们一方面按照他们的身份,一方面顾到我们自身的安全,决定一个适当的处置。

爱德蒙　殿下,我已经把那不幸的老王拘禁起来,并且派兵严密监视了;我认为应该这样办;他的高龄和尊号都有一种莫大的魔力,可以吸引人心归附他,要是不加防范,恐怕我们的部下都要受他的煽惑而对我们反戈相向。那王后我为了同样的理由,也把她一起下了监;他们明天或者迟一两天就可以受你们的审判。现在弟兄们刚刚流过血汗,丧折了不少的朋友亲人,他们感受战争的残酷,未免心中愤激,这场争端无论理由怎样正大,在他们看来也就成为是可咒诅的了;所以审问考狄利娅和她的父亲这一件事,必须在一个更适当的时候举行。

奥本尼　伯爵,说一句不怕你见怪的话,你不过是一个随征的将领,我并没有把你当作一个同等地位的人。

里　根　假如我愿意,为什么他不能和你分庭抗礼呢?我想你在说这样的话以前,应该先问问我的意思才是。他带领我们的军队,受到我的全权委任,凭着这一层亲密的关系,也够资格和你称兄道弟了。

高纳里尔　少亲热点儿吧;他的地位是他靠着自己的才能造成的,并不是你给他的恩典。

里　根　我把我的权力付托给他,他就能和最尊贵的人匹敌。

高纳里尔　要是他做了你的丈夫,至多也不过如此吧。

里　根　笑话往往会变成预言。

高纳里尔　呵呵！看你挤眉弄眼的,果然有点儿邪气。

里　　根　太太,我现在身子不大舒服,懒得跟你斗口了。将军,请你接受我的军队、俘虏和财产;这一切连我自己都由你支配;我是你的献城降服的臣仆;让全世界为我证明,我现在把你立为我的丈夫和君主。

高纳里尔　你想要受用他吗？

奥本尼　那不是你所能阻止的。

爱德蒙　也不是你所能阻止的。

奥本尼　杂种,我可以阻止你们。

里　　根　(向爱德蒙)叫鼓手打起鼓来,和他决斗,证明我已经把尊位给了你。

奥本尼　等一等,我还有话说。爱德蒙,你犯有叛逆重罪,我逮捕你;同时我还要逮捕这一条金鳞的毒蛇。(指高纳里尔)贤妹,为了我的妻子的缘故,我必须要求您放弃您的权利;她已经跟这位勋爵有约在先,所以我,她的丈夫,不得不对你们的婚姻表示异议。要是您想结婚的话,还是把您的爱情用在我的身上吧,我的妻子已经另有所属了。

高纳里尔　这一段穿插真有趣！

奥本尼　葛罗斯特,你现在甲胄在身;让喇叭吹起来;要是没有人出来证明你所犯的无数凶残罪恶,众目昭彰的叛逆重罪,这儿是我的信物;(掷下手套)在我没有剖开你的胸口,证明我此刻所宣布的一切以前,我决不让一些食物接触我的嘴唇。

里　　根　嗳哟！我病了！我病了！

高纳里尔　(旁白)要是你不病,我也从此不相信毒药了。

爱德蒙　这儿是我给你的交换品;(掷下手套)谁骂我是叛徒的,

他就是个说谎的恶人。叫你的喇叭吹起来吧;谁有胆量,出来,我可以向他、向你、向每一个人证明我的不可动摇的忠心和荣誉。

奥本尼　来,传令官!

爱德蒙　传令官!传令官!

奥本尼　信赖你个人的勇气吧;因为你的军队都是用我的名义征集的,我已经用我的名义把他们遣散了。

里　根　我的病越来越厉害啦!

奥本尼　她身体不舒服;把她扶到我的帐里去。(侍从扶里根下)过来,传令官。

　　　　　传令官上。

奥本尼　叫喇叭吹起来。宣读这一道命令。

官　官　吹喇叭!(喇叭吹响。)

传令官　(宣读)"在本军之中,如有身分高贵的将校官佐,愿意证明爱德蒙——名分未定的葛罗斯特伯爵,是一个罪恶多端的叛徒,让他在第三次喇叭声中出来。该爱德蒙坚决自卫。"

爱德蒙　吹!(喇叭初响。)

传令官　再吹!(喇叭再响。)

传令官　再吹!(喇叭三响。内喇叭声相应。)

　　　　　喇叭手前导,爱德伽武装上。

奥本尼　问明他的来意,为什么他听了喇叭的呼召到这儿来。

传令官　你是什么人?你叫什么名字?在军中是什么官级?为什么你要应召而来?

爱德伽　我的名字已经被阴谋的毒齿咬啮蛀蚀了;可是我的出身正像我现在所要来面对的敌手同样高贵。

奥本尼　谁是你的敌手？

爱德伽　代表葛罗斯特伯爵爱德蒙的是什么人？

爱德蒙　他自己；你对他有什么话说？

爱德伽　拔出你的剑来，要是我的话激怒了一颗正直的心，你的兵器可以为你辩护；这儿是我的剑。听着，虽然你有的是胆量、勇气、权位和尊荣，虽然你挥着胜利的宝剑，夺到了新的幸运，可是凭着我的荣誉、我的誓言和我的骑士的身份所给我的特权，我当众宣布你是一个叛徒，不忠于你的神明、你的兄长和你的父亲，阴谋倾覆这一位崇高卓越的君王，从你的头顶直到你的足下的尘土，彻头彻尾是一个最可憎的逆贼。要是你说一声"不"，这一柄剑、这一只胳臂和我的全身的勇气，都要向你的心口证明你说谎。

爱德蒙　照理我应该问你的名字；可是你的外表既然这样英勇，你的出言吐语，也可以表明你不是一个卑微的人，虽然按照骑士的规则，我可以拒绝你的挑战，我却不惜唾弃这些规则，把你所说的那种罪名仍旧丢回到你的头上，让那像地狱一般可憎的谎话吞没你的心；凭着这一柄剑，我要在你的心头挖破一个窟窿，把你的罪恶一起塞进去。吹起来，喇叭！

（号角声。二人决斗。爱德蒙倒地。）

奥本尼　留他活命，留他活命！

高纳里尔　这是诡计，葛罗斯特；按照决斗的法律，你尽可以不接受一个不知名的对手的挑战；你不是被人打败，你是中了人家的计了。

奥本尼　闭住你的嘴，妇人，否则我要用这一张纸塞住它了。且慢，骑士。你这比一切恶名更恶的恶人，读读你自己的罪恶吧。不要撕，太太；我看你也认识这一封信的。（以信授爱德蒙。）

高纳里尔　即使我认识这一封信,又有什么关系！法律在我手中,不在你手中；谁可以控诉我？(下。)

奥本尼　岂有此理！你知道这封信吗？

爱德蒙　不要问我知道不知道。

奥本尼　追上她去；她现在情急了,什么事都干得出来；留心看着她。(一军官下。)

爱德蒙　你所指斥我的罪状,我全都承认；而且我所干的事,着实不止这一些呢,总有一天会全部暴露的。现在这些事已成过去,我也要永辞人世了。——可是你是什么人,我会失败在你的手里？假如你是一个贵族,我愿意对你不记仇恨。

爱德伽　让我们互相宽恕吧。在血统上我并不比你低微,爱德蒙；要是我的出身比你更高贵,你尤其不该那样陷害我。我的名字是爱德伽,你的父亲的儿子。公正的天神使我们的风流罪过成为惩罚我们的工具；他在黑暗淫邪的地方生下了你,结果使他丧失了他的眼睛。

爱德蒙　你说得不错；天道的车轮已经循环过来了。

奥本尼　我一看见你的举止行动,就觉得你不是一个凡俗之人。我必须拥抱你；让悔恨碎裂了我的心,要是我曾经憎恨过你和你的父亲。

爱德伽　殿下,我一向知道您的仁慈。

奥本尼　你把自己藏匿在什么地方？你怎么知道你的父亲的灾难？

爱德伽　殿下,我知道他的灾难,因为我就在他的身边照料他,听我讲一段简短的故事；当我说完以后,啊,但愿我的心爆裂了吧！贪生怕死,是我们人类的常情,我们宁愿每小时忍受着死亡的惨痛,也不愿一下子结束自己的生命；我为了逃避那紧迫着我的、残酷的宣判,不得不披上一身疯人的褴褛衣服,改扮成一副连狗儿们也要看不起的样子。在这样的乔装之中,我碰见了我的父亲,他的两个眼眶里淋着血,那宝贵的眼珠已经失去了;我替他做向导,带着他走路,为他向人求乞,把他从绝望之中拯救出来;啊!千不该、万不该,我不该向他瞒住我自己的真相!直到约摸半小时以前,我已经披上甲胄,虽说希望天从人愿,却不知道此行究竟结果如何,便请他为我祝福,才把我的全部经历从头到尾告诉他知道;可是唉!他的破碎的心太脆弱了,载不起这样重大的喜悦和悲伤,在这两种极端的情绪猛烈的冲突之下,他含着微笑死了。

爱德蒙　你这番话很使我感动,说不定对我有好处;可是说下去吧,看上去你还有一些话要说。

奥本尼　要是还有比这更伤心的事,请不要说下去了吧;因为我听了这样的话,已经忍不住热泪盈眶了。

爱德伽　对于不喜欢悲哀的人,这似乎已经是悲哀的顶点;可是在极度的悲哀之上,却还有更大的悲哀。当我正在放声大哭的时候,来了一个人,他认识我就是他所见过的那个疯丐,不敢接近我;可是后来他知道了我究竟是什么人,遭遇到什么样不幸,他就抱住我的头颈,大放悲声,好像要把天空都震碎一般;他俯伏在我的父亲的尸体上;讲出了关于李尔和他两个人的一段最凄惨的故事;他越讲越伤心,他的生命之弦都要开始颤断了;那时候喇叭的声音已经响过二次,我只好抛下他一个人在那如痴如醉的状态之中。

奥本尼　可是这是什么人?

爱德伽　肯特,殿下,被放逐的肯特;他一路上乔装改貌,跟随那把他视同仇敌的国王,替他躬操奴隶不如的贱役。

　　　　一侍臣持一流血之刀上。

侍　　臣　救命！救命！救命啊！
爱德伽　救什么命！
奥本尼　说呀,什么事？
爱德伽　那柄血淋淋的刀是什么意思？
侍　　臣　它还热腾腾地冒着气呢;它是从她的心窝里拔出来的,——啊！她死了！
奥本尼　谁死了？说呀。
侍　　臣　您的夫人,殿下,您的夫人;她的妹妹也给她毒死了,她自己承认的。
爱德蒙　我跟她们两人都有婚姻之约,现在我们三个人可以在一块儿做夫妻了。
爱德伽　肯特来了。
奥本尼　把她们的尸体抬出来,不管她们有没有死。这一个上天的判决使我们战栗,却不能引起我们的怜悯。(侍臣下。)

　　　　肯特上。

奥本尼　啊！这就是他吗？当前的变故使我不能对他尽我应尽的敬礼。
肯　　特　我要来向我的王上道一声永久的晚安,他不在这儿吗？
奥本尼　我们把一件重要的事情忘了！爱德蒙,王上呢？考狄利娅呢？肯特,你看见这一种情景吗？(侍从抬高纳里尔、里根二尸体上。)
肯　　特　嗳哟！这是为了什么？
爱德蒙　爱德蒙还是有人爱的;这一个为了我的缘故毒死了那一个,跟着她也自杀了。

241

奥本尼　正是这样。把她们的脸遮起来。

爱德蒙　我快要断气了,倒想做一件违反我的本性的好事。赶快差人到城堡里去,因为我已经下令,要把李尔和考狄利娅处死。不要多说废话,迟一点就来不及啦。

奥本尼　跑!跑!跑呀!

爱德伽　跑去找谁呀,殿下?——谁奉命干这件事的?你得给我一件什么东西,作为赦免的凭证。

爱德蒙　想得不错;把我的剑拿去给那队长。

奥本尼　快去,快去。(爱德伽下。)

爱德蒙　他从我的妻子跟我两人的手里得到密令,要把考狄利娅在狱中缢死,对外面说是她自己在绝望中自杀的。

奥本尼　神明保佑她!把他暂时抬出去。(侍从抬爱德蒙下。)

　　　　李尔抱考狄利娅尸体、爱德伽、军官及余人等同上。

李　尔　哀号吧,哀号吧,哀号吧,哀号吧!啊!你们都是些石头一样的人;要是我有了你们的那些舌头和眼睛,我要用我的眼泪和哭声震撼穹苍。她是一去不回的了。一个人死了还是活着,我是知道的;她已经像泥土一样死去。借一面镜子给我;要是她的气息还能够在镜面上呵起一层薄雾,那么她还没有死。

肯　特　这就是世界最后的结局吗?

爱德伽　还是末日恐怖的预兆?

奥本尼　天倒下来了,一切都要归于毁灭吗?

李　尔　这一根羽毛在动;她没有死!要是她还有活命,那么我的一切悲哀都可以消释了。

肯　特　(跪)啊,我的好主人!

李　尔　走开!

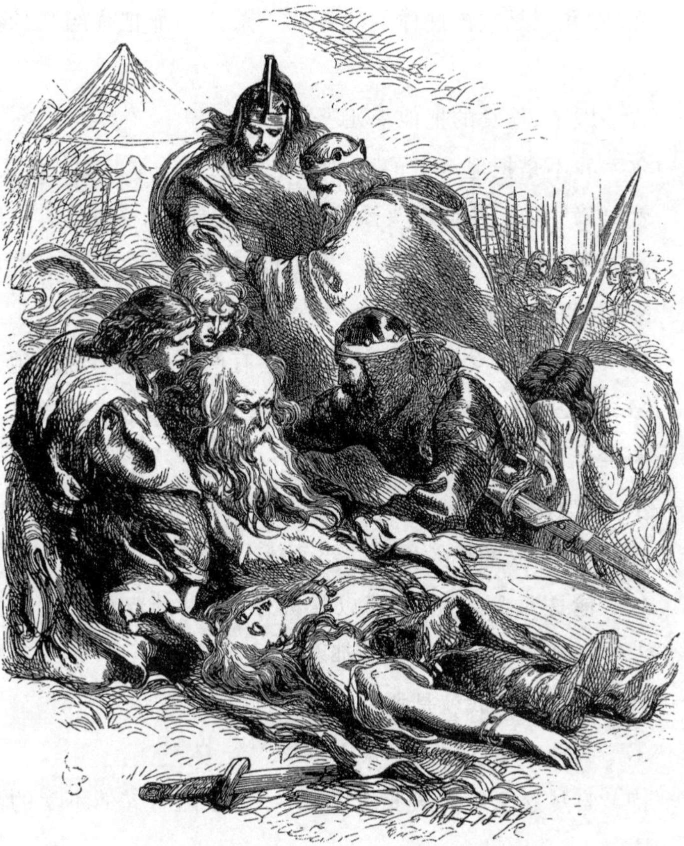

爱德伽　这是尊贵的肯特,您的朋友。

李　　尔　一场瘟疫降落在你们身上,全是些凶手,奸贼!我本来可以把她救活的;现在她再也回不转来了!考狄利娅,考狄利娅!等一等。嘿!你说什么?她的声音总是那么柔软温和,女儿家是应该这样的。我亲手杀死了那把你缢死的奴才。

军　　官　殿下,他真的把他杀死了。

李　　尔　我不是把他杀死了吗,汉子?从前我一举起我的宝刀,就可以叫他们吓得抱头鼠窜;现在年纪老啦,受到这许多磨难,一天比一天不中用啦。你是谁?等会儿我就可以说出来了;我的眼睛可不大好。

肯　　特　要是命运女神向人夸口,说起有两个曾经一度被她宠爱、后来却为她厌弃的人,那么在我们的眼前就各站着其中的一个。

李　　尔　我的眼睛太糊涂啦。你不是肯特吗?

肯　　特　正是,您的仆人肯特。您的仆人卡厄斯呢?

李　　尔　他是一个好人,我可以告诉你;他一动起火来就会打人。他现在已经死得骨头都腐烂了。

肯　　特　不,陛下;我就是那个人——

李　　尔　我马上能认出来你是不是。

肯　　特　自从您开始遭遇变故以来,一直跟随着您的不幸的足迹。

李　　尔　欢迎,欢迎。

肯　　特　不,一切都是凄惨的、黑暗的、阴郁的;您的两个大女儿已经在绝望中自杀了。

李　　尔　嗯,我也想是这样的。

奥本尼　他不知道他自己在说些什么话,我们谒见他也是徒然的。

爱德伽　全然是徒劳。

　　　　一军官上。

军　官　启禀殿下,爱德蒙死了。

奥本尼　他的死在现在不过是一件无足重轻的小事。各位勋爵和尊贵的朋友,听我向你们宣示我的意旨:对于这一位老病衰弱的君王,我们将要尽我们的力量给他可能的安慰;当他在世的时候,我仍旧把最高的权力归还给他。(向爱德伽、肯特)你们两位仍旧恢复原来的爵位,我还要加赍你们额外的尊荣,褒扬你们过人的节行。一切朋友都要得到他们忠贞的报酬,一切仇敌都要尝到他们罪恶的苦杯。——啊!瞧,瞧!

李　　尔　我的可怜的傻瓜给他们缢死了!不,不,没有命了!为什么一条狗、一匹马、一只耗子,都有它们的生命,你却没有一丝呼吸?你是永不回来的了,永不,永不,永不,永不,永不!请你替我解开这个钮扣;谢谢你,先生。你看见吗?瞧着她,瞧,她的嘴唇,瞧那边,瞧那边!(死。)

爱德伽　他晕过去了!——陛下,陛下!

肯　特　碎吧,心啊!碎吧!

爱德伽　抬起头来,陛下。

肯　特　不要烦扰他的灵魂。啊!让他安然死去吧;他将要痛恨那想要使他在这无情的人世多受一刻酷刑的人。

爱德伽　他真的去了。

肯　特　他居然忍受了这么久的时候,才是一件奇事;他的生命不是他自己的。

奥本尼　把他们抬出去。我们现在要传令全国举哀。(向肯特、
　　　爱德伽)
　　　　　　　两位朋友,帮我主持大政,
　　　　　　　培养这已经撕伤的国本。
肯　　特　不日间我就要登程上道;
　　　　　　　我已经听见主上的呼召。
奥本尼　不幸的重担不能不肩负;
　　　　　　　感情是我们惟一的言语。
　　　　　　　年老的人已经忍受一切,
　　　　　　　后人只有抚陈迹而叹息。(同下。奏丧礼进行曲。)

科利奥兰纳斯

朱生豪 译
方　　重 校

Act V. Sc. 3.

剧 中 人 物

卡厄斯·马歇斯　后称卡厄斯·马歇斯·科利奥兰纳斯

泰特斯·拉歇斯 ｝ 征伐伏尔斯人的将领
考密涅斯

米尼涅斯·阿格立巴　科利奥兰纳斯之友

西西涅斯·维鲁特斯 ｝ 护民官
裘涅斯·勃鲁托斯

小马歇斯　科利奥兰纳斯之子

罗马传令官

塔勒斯·奥菲狄乌斯　伏尔斯人的大将

奥菲狄乌斯的副将

奥菲狄乌斯的党羽们

尼凯诺　罗马人

安息市民

阿德里安　伏尔斯人

二伏尔斯守卒

伏伦妮娅　科利奥兰纳斯之母

维吉利娅　科利奥兰纳斯之妻

凡勒利娅　维吉利娅之友

维吉利娅的侍女

罗马及伏尔斯元老、贵族、警吏、侍卫、兵士、市民、使者、奥菲狄乌斯的仆人及其他侍从等

地　点

罗马及其附近；科利奥里及其附近；安息

第 一 幕

第一场　罗马。街道

一群暴动的市民各持棍棒及其他武器上。

市民甲　在我们继续前进之前,先听我说句话。

众　人　说,说。

市民甲　你们都下了决心,宁愿死,不愿挨饿吗?

众　人　我们都下了决心了,我们都下了决心了。

市民甲　第一,你们知道卡厄斯·马歇斯是人民的最大公敌。

众　人　我们知道,我们知道。

市民甲　让我们杀死他,然后我们要多少谷就有多少谷。我们就这样决定了吗?

众　人　不用多说;就这么干。走,走!

市民乙　各位好市民,听我说一句话。

市民甲　我们都是苦百姓,贵族才是好市民。那些有权有势的人吃饱了,装不下的东西就可以救济我们。他们只要把吃剩下来的东西趁着新鲜的时候赏给我们,我们就会以为他们是出于人道之心来救济我们;可是在他们看来,我们都是不值得救济的。我们的痛苦饥寒,我们的枯瘦憔悴,就像是列载着他们的富裕的一张清单；他们享福就是靠了我们受苦。让我们举起我们的武器来复仇，趁我们还没有瘦得只剩几根骨头。天神知道我说这样的话，只是迫于没有面包吃的饥饿，不是因为渴于复仇。

市民乙　你特别提出卡厄斯·马歇斯来作为攻击的对象吗？

市民甲　我们第一要攻击他；他是出卖群众的狗。

市民乙　你不想到他替祖国立下了什么功劳吗？

市民甲　我知道得很清楚，我也不愿抹煞他的功劳；可是他因为过于骄傲，已经把他的功劳抵销了。

市民乙　你不要恶意诽谤。

市民甲　我对你说，他所做的轰轰烈烈的事情，都只有一个目的：虽然心肠仁厚的人愿意承认那是为了他的国家，其实他只是要取悦于他的母亲，同时使他自己可以对人骄傲；骄傲便是他的美德的顶点。

市民乙　他自己也无能为力的天生的癖性，你却认为是他的罪恶。你不能说他是个贪心的人。

市民甲　要是我不能这样说他，我也不会缺少攻击他的理由；他有数不清的过失，说来也会叫人口酸。（内呼声）这是什么呼声？城那面的人们也起来了。我们还在这儿多说什么？到议会去！

众　人　来，来。

市民甲　且慢！谁来啦？

　　　　米尼涅斯·阿格立巴上。

市民乙　尊贵的米尼涅斯·阿格立巴；他是常常爱护着平民的。

市民甲　他是个好人；要是别人都像他一样就好了！

米尼涅斯　同胞们，你们现在要干些什么事？你们拿着这些棍棒到什么地方去？为了什么事？请你们告诉我。

市民甲　我们的事情元老院并不是不知道；他们这半个月来早已得到消息，知道我们将要有什么行动，现在我们就要做给他们看。人家说，穷人诉苦的时候，嘴里会发出一股可怕的气息；我们要让他们知道，我们还有一双可怕的胳臂哩。

米尼涅斯　哎哟，列位，我的好朋友们，你们不要活命了吗？

市民甲　先生，我们早就没有命活了。

米尼涅斯　我告诉你们，朋友们，贵族们对于你们是非常关切的。你们要是把你们的穷困和饥荒归罪政府，还不如举起你们的棍棒来打天；因为这次饥荒是天神的意旨，不是贵族们造成的。政府总是尽心竭力，替你们解除种种重大的困难；你们应该屈膝哀求，不该举手反抗，这才会对你们有好处。唉！灾祸使你们迷失了本性，引导你们到更大的灾祸的路上；你们诽谤着国家的领导者，他们像慈父一样爱护你们，你们却像仇敌一样咒诅他们。

市民甲　爱护我们！真的！他们从来没有爱护过我们：让我们忍受饥寒，他们的仓库里却堆满了谷粒；颁布保护高利贷的法令；每天都在忙着取消那些不利于富人的正当的法律，重新制定束缚穷人的苛酷的条文。我们要是不死在战争里，也会死在他们手里；这就是他们对我们的爱护！

米尼涅斯　你们必须承认你们自己太会恶意猜疑，否则你们就是一群不懂好坏的傻子。我要讲一个有趣的故事给你们听，也许你们已经听见过；可是因为它适合我的目的，我要把它的意思再引申一下。

市民甲　好，我倒要听听，先生；可是你不要以为用一个故事就可以把我们的耻辱蒙混过去。请你讲吧。

米尼涅斯　从前有一个时候,身体上的各部器官联合向肚子反抗;它们申斥它像一个无底洞似的占据在身体的中央,无所事事,其余的器官有的管看,有的管听,有的管思想,有的管教训,有的管步行,有的管感觉,分工合作,共同应付着全身的需要,只有它只知容纳食物,不知分担劳苦。肚子回答说——

市民甲　好,先生,那肚子怎么回答?

米尼涅斯　别急,让我讲给你听。——那肚子,而决非肺部,微微地露出一丝冷笑——因为你瞧,我既然可以叫肚子说话,那么当然也可以叫它微笑——带着讥讽的口气回答那些愤愤不平的、嫉妒它的收入的作乱的器官,正像你们因为元老们跟你们地位不同,所以把他们信口诽谤一样。

市民甲　你那肚子怎么回答?哼!那戴着王冠的头,那视察一切的眼睛,那运筹决策的心,那胳臂——我们的兵士,那腿——我们的坐骑,那舌头——我们的吹号人,以及其他在我们这一个组织里各尽寸劳的属僚佐贰,要是他们——

米尼涅斯　要是他们怎样?这家伙抢在我的前面说话!要是他们怎样?要是他们怎样?

市民甲　要是他们受制于饕餮的肚子,那不过是身体上的一个藏污纳垢的地方——

米尼涅斯　好,那便怎样?

市民甲　要是他们提出抗议,那肚子有什么话好回答呢?

米尼涅斯　我会告诉你的;只要你略微忍耐片刻,不要这么性急,你就可以听到肚子的回答。

市民甲　你讲话太不痛快。

米尼涅斯　听着,好朋友;这位庄严的肚子是很从容不迫的,不像攻击他的人们那样卤莽轻率,他这样回答:"不错,我的全体的朋友们,"他说,"你们全体赖以生活的食物,是由我最先收纳下来的;这是理所当然的事,因为我是整个身体的仓库和工场;可是你们应该记得,那些食物就是我把它们从你们血液的河流里一路运输过去,一直传达到心的宫廷和脑的宝座;经过人身的五官百窍,最强韧的神经和最微细的血管都从我得到保持他们活力的资粮。你们,我的好朋友们,虽然在一时之间——"听着,这是那肚子说的话——

市民甲　好,好,他怎么说?

米尼涅斯　"虽然在一时之间,不能看见我怎样把食物分送到各部分去,可是我可以清算我的收支,大家都从我领回食物的精华,剩下给我自己的只是一些糟粕。"你们觉得他的话说得怎样?

市民甲　那也回答得有理。你说这一段话是什么用意呢?

米尼涅斯　罗马的元老们就是这一个好肚子,你们就是那一群作乱的器官;因为你们要是把他们所讨论、所关切的问题仔细检讨一下,把有关大众幸福的事情彻底想一想,你们就会知道你们所享受的一切公共的利益,都是从他们手里得到,完全不是靠着你们自己的力量。你以为怎样,你这一群人中间的大拇脚趾头?

市民甲　我是大拇脚趾头?为什么我是大拇脚趾头?

米尼涅斯　因为你在这一场最聪明的叛乱里,是一个最低微、最卑鄙的人,却跑在众人的最前面;你这最下贱的恶棍,为了妄图非分的利益,竟敢自居于领导的地位。可是你们准备好举起你们粗硬的棍棒来吧;罗马和她的群鼠已经到了决战的关头;总有一方不免遭殃。

卡厄斯·马歇斯上。

米尼涅斯　祝福,尊荣的马歇斯!

马歇斯　谢谢。——什么事,你们这些违法乱纪的流氓,凭着你们那些龌龊有毒的意见,使你们自己变成了社会上的疥癣?

市民甲　我们一向多承您温语相加。

马歇斯　谁要是对你们温语相加,他也会恭维他心里所痛恨的人了。你们究竟要什么,你们这些恶狗?你们既不喜欢和平,又不喜欢战争;战争会使你们害怕,和平又使你们妄自尊大。谁要是信任你们,他将会发现他所寻找的狮子不过是一群野兔,他所寻找的狐狸不过是一群鹅;你们比冰上的炭火、阳光中的雹点更不可靠。你们的美德是尊敬那犯罪的囚徒,咒诅那执法的刑官。谁立下了功德,就应该受你们的憎恨;你们的欢心就像病人的口味,只爱吃那些足以加重他的病症的食物。谁要是信赖着你们的欢心,就等于用铅造的鳍游泳,用灯心草去斩伐橡树。该死的东西!相信你们?你们每一分钟都要变换一个心,你们会称颂你们刚才所痛恨的人,唾骂你们刚才所赞美的人。你们在城里到处鼓噪,攻击尊贵的元老院,究竟是怎么一回事?倘使没有他们帮助神明把你们约束住了,使你们有一点畏惧,你们早就彼此相食了。他们究竟是什么目的?

米尼涅斯　他们要求照他们所索取的数量给他们谷物;他们说这城里藏着很多的谷物。

马歇斯　该死的东西!他们说!他们只会坐在火炉旁边,假充知道议会里所干的事;谁将要升起,谁正在得势,谁将要没落;宣布他们猜想中的婚姻;党同伐异,凡是他们所赞成的一方面,就夸赞它的强大;凡是他们所反对的一方面,就放在他们的破鞋子底下踯躅。他们说有很多的谷！要是那些贵族们愿意放下他们的慈悲，让我运用我的剑，我要尽我的枪尖所能挑到，把几千个这样的奴才杀死了堆成一座高高的尸山。

米尼涅斯　不，这些人差不多已经完全悔悟了；因为他们虽然行事十分卤莽，然而他们都是非常懦怯的。可是请问，还有那一群怎么说？

马歇斯　他们已经解散了，该死的东西！他们说他们肚子饿；叹息出一些陈腐的老话：什么饥饿可以摧毁石墙；什么狗也要吃东西；什么肉是供口腹享受的；什么天神降下五谷，不是单为富人。用这种陈词滥调，倾吐他们的不平；他们的申诉是接受了，他们的请愿也得到了准许——一个奇怪的请愿，最慷慨的人听见了也会伤心，最大胆的人瞧见了也会失色——于是他们抛掷他们的帽子，高声欢呼，好像赌赛谁可以把他的帽子挂到月亮的钩上去似的。

米尼涅斯　准许了他们什么请愿？

马歇斯　由他们自己选出五个护民官，保护他们下贱的智慧：一个是裘涅斯·勃鲁托斯，一个是西西涅斯·维鲁特斯，还有那几个我不知道——哼！如果是我的话，就让这些乌合之众把城头上的天拆毁了，也决不答应他们；这样会使他们渐渐扩展势力，引起更大的叛乱。

米尼涅斯　真是怪事。

马歇斯　去，滚回家去，你们这些废物！

　　　　　一使者匆匆上。

使　者　卡厄斯·马歇斯呢？

马歇斯　这儿；什么事？

257

使　　者　将军,伏尔斯人起兵了。

马歇斯　我很高兴;我们可以有机会发泄发泄我们剩余下来的朽腐的精力了。瞧,我们的元老们来了。

　　　　考密涅斯、泰特斯·拉歇斯及其他元老;裘涅斯·勃鲁托斯、西西涅斯·维鲁特斯等同上。

元老甲　马歇斯,您最近对我们说的话不错;伏尔斯人果然起兵了。

马歇斯　他们有一个领袖,塔勒斯·奥菲狄乌斯,你们就会知道他的厉害。我很嫉妒他的高贵的品格,倘然我不是我,我就希望我是他。

考密涅斯　您曾经跟他交战过。

马歇斯　要是整个世界分成两半,互相厮杀,而他竟站在我这一方面,那么我为了要跟他交战的缘故,也会向自己的一方叛变;能够猎逐像他这样一头狮子,是我所认为一件可以自傲的事。

元老甲　那么,尊贵的马歇斯,跟随考密涅斯出征去吧。

考密涅斯　这是您已经答应过的。

马歇斯　是的,我决不食言。泰特斯·拉歇斯,你将要再见我向塔勒斯挥剑。怎么!你动也不动?你想置身事外吗?

拉歇斯　不,卡厄斯·马歇斯;即使我必须一手扶杖而行,我也要用另一手挥杖从征,决不后人。

米尼涅斯　啊!这才是英雄本色!

元老甲　请你们各位驾临议会;我们那些最高贵的朋友们都在那里等着我们。

拉歇斯　(向考密涅斯)您先走;(向马歇斯)您跟在考密涅斯后面;我们必须跟在您的后面。

考密涅斯　尊贵的马歇斯！

元老甲　（向众市民）去！各人回家去！去！

马歇斯　不,让他们跟着来吧。伏尔斯人有许多谷;带这些耗子去吃空他们的谷仓吧。敬天畏上的叛徒们,你们已经表现了非常的勇敢;请你们跟着来吧。（众元老、考密涅斯、马歇斯、泰特斯、米尼涅斯同下;众市民偷偷散开。）

西西涅斯　你见过像这个马歇斯一样骄傲的人吗？

勃鲁托斯　没有人可以和他相比。

西西涅斯　当我们被选为护民官的时候——

勃鲁托斯　你没有留心到他的嘴唇和眼睛吗？

西西涅斯　他那种冷嘲热讽才叫人难堪呢。

勃鲁托斯　碰到他动怒的时候,天神也免不了挨他一顿骂。

西西涅斯　温柔的月亮也要遭他的讥笑。

勃鲁托斯　这些战争把他葬送了;他已经变得这样骄傲,不会再像从前那样勇敢了。

西西涅斯　这样一种性格,在受到胜利的煽动以后,会瞧不起正午时候他所践踏的自己的影子。可是我不知道凭着他这种傲慢的脾气,怎么能够俯首接受考密涅斯的号令。

勃鲁托斯　他的目的只是争取名誉,他现在也已经有很好的名誉;一个人要保持固有的名誉,获得更大的名誉,最好的办法就是处在亚于领袖的地位;因为要是有过错的话,就可以归咎于主将,虽然他已经尽了最大的能力;盲目的舆论就会替马歇斯发出惋惜的呼声,"啊！要是他担负了这个责任就好了！"

西西涅斯　而且,要是事情进行得顺利的话,舆论因为一向认定马歇斯是他们的英雄,考密涅斯的功劳也会被他埋没。

勃鲁托斯　对了,即使马歇斯没有出一点力,考密涅斯的一半的光荣也是属于他的;考密涅斯的一切错处,对于马歇斯也会变成光荣,虽然他不曾立下一点功劳。

西西涅斯　让我们去听听他们怎样调兵遣将;还要看看他除了这一副孤僻的神气以外,是用怎样的态度出发作战的。

勃鲁托斯　我们去吧。(同下。)

第二场　科利奥里。元老院

塔勒斯·奥菲狄乌斯及众元老上。

元老甲　所以照您看来,奥菲狄乌斯,罗马人已经预闻我们的计谋,知道我们行动的情形了。

奥菲狄乌斯　那不也是您的意见吗?凡是我们这儿所想到的事情,哪一件不是在我们还没有把它实行以前,罗马就已经准备好对策了?自从我得到那边来的消息以后,到现在还不满四天;那消息是这样的:我想这封信还在我身边;是的,在这儿。"他们已经调遣一支军队,不知道是开向东方去的还是开向西方去的。饥荒很是严重;民不聊生,人心思乱。据闻那支军队由考密涅斯、马歇斯——你的旧日的敌人,罗马人恨他比你还要厉害——和泰特斯·拉歇斯——一个非常勇敢的罗马人——这三个人率领;大概是要开到你们边境上来的,请考虑考虑吧。"

元老甲　我们的军队已经在战场上;我们相信罗马一定准备着迎战了。

奥菲狄乌斯　你们以为把你们伟大的计划遮掩一下,让它到最后的关头方才暴露出来,是一个很聪明的办法;可是当它正在进行的时候,就已经被罗马人知晓了。我们本来预备趁罗马还没有知道我们计划以前,就用迅雷不及掩耳的手段,占领许多城市,现在消息已经泄露,我们的计划也要受到影响了。

元老乙　尊贵的奥菲狄乌斯,请您接受我们的委任,赶快到军前去;让我们守卫科利奥里。要是他们兵临我们城下,您就带领军队回来把他们赶走;可是我想他们一定还没有防备我们的进攻。

奥菲狄乌斯　啊!那可不能这么说;我可以确定说他们已经有充分的准备。不但如此,他们一部分军队已经出发,把我们这儿作为唯一的目标。我去了。要是我有机会碰见卡厄斯·马歇斯,那么我们曾经立誓在先,一定要战到精疲力尽方才罢手。

众元老　愿神明帮助您!

奥菲狄乌斯　愿你们各位平安!

元老甲　再会!

元老乙　再会!

众元老　再会!(各下。)

第三场　罗马。马歇斯家中一室

伏伦妮娅及维吉利娅上,各坐矮凳上做针线。

伏伦妮娅　媳妇,你唱一支歌吧,或者让你自己高兴一点儿。倘然我的儿子是我的丈夫,我宁愿他出外去争取光荣,不愿他贪恋着闺房中的儿女私情。当年,他还只是一个身体娇嫩的孩子,我膝下还只有他这么一个儿子,他的青春和美貌正吸引着众人的注目,就在这种连帝王们的整天请求也都不能使一个母亲答应让她的儿子离开她眼前一小时的时候,我因为想到名誉对于这样一个人是多么重要,要是让他默默无闻地株守家园,岂不等于一幅悬挂在墙上的画像?所以就放他出去追寻危险,从危险中间博取他的声名。我让他参加一场残酷的战争;当他回来的时候,他的头上戴着橡叶的荣冠。我告诉你,媳妇,我第一次知道他是个男孩子的时候,还不及第一次看见他已经变成一个堂堂男子的时候那样喜欢得跳跃起来。

维吉利娅　婆婆,要是他战死了呢?
伏伦妮娅　那么他的不朽的声名就是我的儿子,就是我的后裔。听我说句真心话:要是我有十二个儿子,我都同样爱着他们,就像爱着我们亲爱的马歇斯一样,我也宁愿十一个儿子为了他们的国家而光荣地战死,不愿一个儿子闲弃他的大好的身子。

　　　　　侍女上。

侍　　女　太太,凡勒利娅夫人来瞧您来啦。
维吉利娅　请您准许我进去。
伏伦妮娅　不,你不要进去。我仿佛已经听见你丈夫的鼓声,看见他拉着奥菲狄乌斯的头发把他摔下马来,那些伏尔斯人见了他就像小孩子见了一头熊似的纷纷逃避;我仿佛看见他这样顿足高呼,"上前,你们这些懦夫!虽然你们是罗马人,你们却是在恐惧中生下来的。"他用套着甲的手揩去他额角上的血,奋勇前进,好像一个割稻的农夫,倘使不把所有的稻一起割下,主人就要把他解雇一样。
维吉利娅　他额角上的血!朱庇特啊!不要让他流血!

伏伦妮娅　去,你这傻子!那样才更可以显出他的英武的雄姿,远胜于那些辉煌的战利品,当赫卡柏乳哺着赫克托的时候,她的丰美的乳房还不及赫克托流血的额角好看,当他轻蔑地迎着希腊人的剑锋的时候。——请凡勒利娅夫人进来。

（侍女下。）

维吉利娅　上天保佑我的丈夫不要遭奥菲狄乌斯的毒手!

伏伦妮娅　他会把奥菲狄乌斯的头打到他膝盖底下去,在他的脖子上践踏。

　　　　　侍女率凡勒利娅及阍者重上。

凡勒利娅　两位夫人早安。

伏伦妮娅　好夫人。

维吉利娅　今天幸会夫人,不胜欣慰。

凡勒利娅　你们两位都好?真是一对贤主妇!你们在这儿缝些什么?好一处清净的所在。小哥儿好吗?

维吉利娅　谢谢夫人,他很好。

伏伦妮娅　他宁愿看刀剑听鼓声,不愿见教书先生的面。

凡勒利娅　真是有其父必有其子;我可以发誓他是一个很可爱的孩子。不瞒你们说,星期三那天我曾经瞧了他足足半个钟头;他有这么一副坚决的面孔。我见他追赶着一只金翅的蝴蝶,捉到了手又把它放走,放走了又去追它;这么奔来奔去,捉了放、放了捉,也不知道是因为跌了一跤呢,还是因为别的缘故,他发起脾气来,咬紧了牙关,把那蝴蝶撕碎了;啊!瞧他撕的时候那股劲儿!

伏伦妮娅　他父亲也是这样的脾气。

凡勒利娅　真是一个不同凡俗的孩子。

维吉利娅　一个顽皮的孩子,夫人。

凡勒利娅　来,放下你们的针线;今天下午我要你们陪我玩去。

维吉利娅　不,好夫人,今天我不出去。

凡勒利娅　不出去!

伏伦妮娅　偏要她出去。

维吉利娅　不,真的,请您原谅;在我的丈夫打仗没有回来以前,我决不迈出门槛一步。

伏伦妮娅　胡说!你不应该这样毫无理由地把你自己关在家里。来,你必须去访问访问那位害病的好夫人。

维吉利娅　我愿意祝她早日恢复健康,替她诚心祈祷;可是我不能去。

伏伦妮娅　为什么呢,请问?

维吉利娅　不是因为偷懒,也不是因为我冷酷无情。

凡勒利娅　你要做珀涅罗珀①第二吗?可是人家说,她在俄底修斯出去以后所纺的纱线,不过使伊塔刻充满了飞蛾一般的食客而已。来;我希望你手里的布也像你的手指一样有知觉,那么你因为心怀不忍,也许不会再用针去刺它了。来,你必须跟我们一块儿去。

维吉利娅　不,好夫人,原谅我;真的,我不想出去。

凡勒利娅　真的,你跟我去吧;我会告诉你关于尊夫的好消息。

维吉利娅　啊,好夫人,现在还不会就有好消息哩。

凡勒利娅　真的,我不是对你说笑话;昨天晚上他有信来。

维吉利娅　真的吗,夫人?

凡勒利娅　真的,不骗你;我听见一个元老说起。据说,伏尔斯人有一支军队开了过来,我们的主将考密涅斯已经带了一

------

① 珀涅罗珀是俄底修斯之妻,以贞节著称,在家乡等候了俄底修斯二十年。

部分罗马军队前去迎敌了；尊夫和泰特斯·拉歇斯两人已经在他们的科利奥里城前扎下营寨，他们深信一定会在短时期内获得胜利。凭着我的名誉发誓，这是真的；所以请你陪我们去吧。

维吉利娅　请您多多原谅，好夫人；我以后什么都听从您就是了。

伏伦妮娅　随她去，夫人；照她现在这种样子，叫她同去也会扫我们的兴。

凡勒利娅　真的，我也这样想。那么再见吧。来，好夫人。维吉利娅，请你还是把你的忧愁撵出门外，跟我们一块儿去吧。

维吉利娅　不，夫人，我真的不去。我愿您快乐。

凡勒利娅　那么好，再见。（同下。）

第四场　科利奥里城前

旗鼓前导；马歇斯、泰特斯·拉歇斯、军官、兵士等上；一使者自对面上。

马歇斯　有人带消息来了；我可以打赌他们已经相遇了。

拉歇斯　我用我的马赌你的马，他们还没有相遇。

马歇斯　好，一言为定。

拉歇斯　算数。

马歇斯　喂，我们的元帅有没有跟敌人相遇？

使　者　他们已经彼此相望，可是还没有交锋。

拉歇斯　这匹好马是我的啦。

马歇斯　我向你买回来。

拉歇斯　不，我不愿把它出卖或是送人；可是我愿意借给你骑五

265

十年。让我们招降这城市吧。

马歇斯　那两支军队离这儿有多远？

使　者　有一哩半光景。

马歇斯　那么我们可以互相听见鼓角的声音了。战神啊，请你默佑我们马到成功，好让我们立刻转过头来，挥舞我们热腾腾的利剑，去帮助我们战地上的友人！来，吹起喇叭来。

　　　　吹议和信号；二元老及余人等在城墙上出现。

马歇斯　塔勒斯·奥菲狄乌斯在你们城里吗？

元老甲　不，没有一个人比他更不把你放在心上了。听，我们的鼓声（远处鼓声）正在召唤我们的青年们杀出去；我们宁愿推倒我们自己的城墙，也不愿被困在城内；我们的城门瞧上去虽然还是关得紧紧的，可是它们不过是用灯心草拴住的，等会儿就会自己打开。你听，远方的声音！（远处号角声）那是奥菲狄乌斯；听，他正在向你们那七零八落的军队大施挞伐。

马歇斯　啊！他们在交战了！

拉歇斯　让他们喧呼的声音鼓起我们的勇气。来，梯子！

　　　　一队伏尔斯兵士上，自台前经过。

马歇斯　他们不怕我们，却从城里蜂拥而出。现在把你们的盾牌挡在胸前，鼓起你们比盾牌更坚强的斗志，努力杀敌吧！上去，勇敢的泰特斯；想不到他们竟会这样藐视我们，把我气得出了一身汗。来啊，弟兄们；谁要是退缩不前，我就把他当作一个伏尔斯人，叫他死在我的剑下。

　　　　号角声；罗马人败退；马歇斯重上。

马歇斯　南方的一切瘟疫都降在你们身上，你们这些罗马的耻辱！愿你们浑身长满毒疮恶病，在逆风的一哩路之外就会互相传染,人家只要一闻到你们的气息就会远远退避。你们这些套着人类躯壳的蠢鹅的灵魂!猴子们都会把他们打退的一群奴才,也会把你们吓得乱奔乱窜!该死!你们都是背后受伤;背上流着鲜红的血,脸却因为奔逃和恐惧而变成了灰白!提起勇气来,向他们反攻!否则凭着天上的神火起誓,我要丢下敌人,向你们作战了;留心着吧。上去;要是你们奋勇坚持,我们一定要把他们打回他们妻子的怀抱里去。

　　号角声;伏尔斯人及罗马人重上交战;伏尔斯人败退城内,马歇斯追至城门口。

马歇斯　现在城门开了;大家出力!命运打开它们,是为了追赶的人,不是为了逃走的人;瞧着我的样子,跟我来吧!(进城门。)

兵士甲　简直是蛮干!我可不来。

兵士乙　我也不高兴。(马歇斯被关在城内。)

兵士丙　瞧,他们把他关在里面了。

众　人　他这回准要送命了。(号角声继续吹响。)

　　泰特斯·拉歇斯重上。

拉歇斯　马歇斯怎样啦?

众　人　他一定被杀了,将军。

兵士甲　他紧紧追赶着那些逃走的敌人,一直追进了城里,突然之间他们把城门关上了,剩下他一个人在里面应付全城的敌人。

拉歇斯　啊,英勇的壮士!当他的无情的刀剑锋摧刃折的时候,他那有知的血肉之躯依旧昂然不屈。你被我们遗弃了,马歇斯;一颗像你的身体那么大的完整的红玉,也比不上你珍贵。你是一个恰如凯图①理想的军人,不但在挥舞刀剑的时候勇猛惊人,你的威严的怒容,你的雷鸣一样的声音,也会使敌人丧胆,就像整个世界在害着热病而颤栗一样。

马歇斯被敌众围攻流血重上。

兵士甲　将军,瞧!

拉歇斯　啊!那是马歇斯!让我们救他出来,否则大家都要像他一样了。(众人上前激战,同进城内。)

第五场　科利奥里。街道

若干罗马兵士携战利品上。

兵士甲　我要把这带回罗马去。

兵士乙　我要把这带回去。

兵士丙　倒霉!我还以为这是银子哩。(远处号角声仍继续不断。)

马歇斯及泰特斯·拉歇斯上,一喇叭手随上。

马歇斯　瞧这些家伙倒是一分钟也不肯放松!垫子、铅汤匙、小小的铁器、刽子手也懒得剥下来的死刑犯身上的囚衣,这些下贱的奴才不等打完仗,就忙着收拾起来了。都是该死的东西!听,元帅在那边厮杀得那么热闹!我们也去助战去!我灵魂里痛恨的仇人,奥菲狄乌斯,正在那儿杀戮着我们的罗马人。勇敢的泰特斯,你分一部分军队在城里扫荡扫荡,我再带着那些有勇气的,立刻就去接应考密涅斯。

拉歇斯　将军,你在流血呢;你已经战得太辛苦啦,该休息休息

---

①　凯图(Cato,公元前234—公元前149),古罗马的爱国军人。

才是。

马歇斯　不要恭维我;我还没有杀上劲来呢。再见。这一点点血,可以鼓起我的勇气,有什么要紧;我要照这样子去和奥菲狄乌斯交战。

拉歇斯　但愿命运女神深深地恋爱着你;凭着她的无边的法力,使你的敌人的剑每击不中!勇敢的将军,愿胜利伴随着你!

马歇斯　愿命运同样照顾着你!再见。

拉歇斯　英勇绝伦的马歇斯!(马歇斯下)去,在市场上吹起你的喇叭来;召集全城的官吏,让他们明白我们的意旨。去!
(各下。)

第六场　考密涅斯营帐附近

考密涅斯率军队自前线退却。

考密涅斯　弟兄们,休息一会儿;你们打得不错。我们没有失去罗马人的精神,既不愚蠢地作无益的牺牲,在退却的时候,也没有露出懦怯的丑态。相信我,诸位,敌人一定还要向我们进攻。我们正在激战的时候,可以断断续续地听到从风里传来的我们友军和敌人激战的声音。罗马的神明啊!愿你们护佑他们获得胜利,正像我们希望自己获得胜利一样;当我们含笑相遇的时候,我们一定会向你们呈献感谢的祭礼。

一使者上。

考密涅斯　你带什么消息来了?

使　者　科利奥里的市民从城里蜂拥而出,和拉歇斯、马歇斯两人的军队交战;我看见我们的军队被他们击退,就离开那儿了。

考密涅斯　你的话虽然是真,却不是好消息。那是多久以前的事?

使　者　一个多钟头了,元帅。

考密涅斯　一共不到一哩路,我们曾经听到过一阵短促的鼓声;你怎么一哩路要走一个钟头,到现在才把这消息送来?

使　者　伏尔斯人的探子跟住了我,我不得不绕圈子走了三四哩路;要不然的话,元帅,我在半点钟以前早就把消息送来了。

考密涅斯　那边来的是谁?瞧他的样子,好像碰见过强盗一般。嗳哟!他的神气有点儿像马歇斯;我从前也见过他这副模样的。

马歇斯　(在内)我来得太迟了吗?

考密涅斯　正像牧羊人听见雷声就知道它不是鼓声一样,我一听见马歇斯讲话的声音,就知道那不会是一个卑微的人在讲话。

　　　　　　马歇斯上。

马歇斯　我来得太迟了吗?

考密涅斯　是的,要是你身上染着的不是别人的血,而是你自己的血,那么你是来得太迟了。

马歇斯　啊!让我用就像我求婚时候一样坚强的胳臂拥抱你,让我用花烛送我们进入洞房的时候那样喜悦的心拥抱你!

考密涅斯　战士中的英华!泰特斯·拉歇斯怎样啦?

马歇斯　他正在忙得像一个法官一样:把有的人处死、有的人放逐、有的人罚款,有的人得到了赦免,有的人受到了警告;科利奥里已经隶属于罗马的名义之下,像一头用皮带束住的摇尾乞怜的猎狗,不怕它逃到哪儿去了。

考密涅斯　告诉我说他们已经把你们击退的那个奴才呢?他到哪儿去了?叫他来。

马歇斯　不要责骂他;他并没有虚报事实。可是我们的那些士兵——死东西!他们还要护民官!——他们见了比他们自己更不中用的家伙,也会逃得像耗子见了猫儿似的。

考密涅斯　可是你们怎么会得胜呢?

马歇斯　现在还有时间讲话吗?敌人呢?你们是不是已经占到优势?倘然不是,那么你们为什么停了下来?

考密涅斯　马歇斯,我们因为实力不及敌人,所以暂避锋芒,以退为进。

马歇斯　他们的阵地布置得怎样?你知道他们的主力是在哪一方面?

考密涅斯　照我的推测,马歇斯,他们的先锋部队是他们最信任的安息地方部队,统辖他们的将领就是他们全军希望所寄的奥菲狄乌斯。

马歇斯　为了我们过去并肩作战的历次战役,为了我们共同流过的血,为了我们永矢友好的盟誓,我请求你立刻派我去向奥菲狄乌斯和他的安息地方部队挑战;让我们不要坐失时机,赶快挺起我们的刀剑枪矛来,就在这一小时内和他们决一胜负。

考密涅斯　我虽然希望用香汤替你沐浴,用油膏敷擦你的伤痕,可是我决不敢拒绝你的请求;请你自己选择一队最得力的人马带领前去吧。

马歇斯　只要是有胆量跟我去的,就是我所要选择的人。我相信在这儿一定有喜欢像我身上所涂染的这种油彩的人;我

271

也相信在这儿一定有畏惧恶名甚于生命危险的人；我更相信在这儿一定有认为蒙耻偷生不如慷慨就义、祖国的荣誉胜过个人幸福的人：要是在你们中间有一个这样的人，或是有许多人都抱着这样的思想，就请挥起剑来，跟随马歇斯去。(众人高呼挥剑，将马歇斯举起，脱帽抛掷)啊！只有我一个人吗？你们把我当作你们的剑吗？要是这不单单是形式上的表示，那么你们中间哪一个人不可以抵得过四个伏尔斯人？哪一个人不可以举起坚强的盾牌来，抵御伟大的奥菲狄乌斯？谢谢你们全体，可是我只要选择一部分人就够了；其余的必须静候号令，在别的战争里担起你们的任务来。现在请大家开步前进；我要立刻挑选那些最胜任的人。

考密涅斯　前进，弟兄们；把你们所表示的雄心壮志付诸实践，你们将和我们分享一切。(同下。)

第七场　科利奥里城门

泰特斯·拉歇斯在科利奥里布防完毕后，率兵士及鼓角等出城往考密涅斯及马歇斯处会合，一副将及一探子随上。

拉歇斯　就是这样；各个城门都要用心防守，按照我的命令行事，不可忽怠职务。要是我差人来，你就传令这些队伍开拔赴援，留少数人暂时驻守：要是我们在战场上失败了，这一个城也是守不住的。

副　将　我们一定尽我们的责任，将军。

拉歇斯　去，把城门关上。带路的人，来，领我们到罗马军队的阵地上去。(各下。)

第八场　罗马及伏尔斯营地之间的战场

　　　　号角声；马歇斯及奥菲狄乌斯自相对方向上。

马歇斯　我只要跟你厮杀，因为我恨你比恨一个背约的人还厉害。

奥菲狄乌斯　我也同样恨你；没有一条非洲的毒蛇比你的名誉和狠毒更使我憎恨。站定你的脚跟。

马歇斯　要是谁先动脚跑，让他做对方的奴隶而死去，死后永远不得超生！

奥菲狄乌斯　马歇斯，要是我逃走，你就把我当做一头兔子一样呼唤。

马歇斯　塔勒斯，过去三小时以内，我独自在你们科利奥里城里奋战，所向无敌；你看见我脸上所涂着的，不是我自己的血；你要是不服气的话，快来跟我拼命吧。

奥菲狄乌斯　即使你就是你们所夸耀的老祖宗赫克托自己，我今天也不放你活命。（二人交战，若干伏尔斯人趋前援助奥菲狄乌斯），你们这些多事的、没有勇气的东西，谁要你们来帮我，丢我的脸。（马歇斯驱众人入内且战且下。）

第九场　罗马营地

　　　　号角声；吹归营号；喇叭奏花腔。考密涅斯及罗马兵士一队自一方上，马歇斯以巾裹臂伤，率另一队罗马兵士自另一方上。

考密涅斯　要是我向你追叙你这一天来的工作，你一定不会相信你自己所干的事。可是我要回去向他们报告，让那些元老们的喜笑里掺杂着眼泪;让那些贵族们耸肩倾听,终于赞叹;让那些贵妇们惊怖失色,欢喜战栗,要求再闻其详;让那些麻木不仁、和顽固的平民一鼻孔出气、痛恨着你的尊荣的护民官们,也不得不违背他们的本心,说,"感谢神明,我们罗马有这样一位军人!"

泰特斯·拉歇斯率所部兵士追踪而至。

拉歇斯　啊,元帅,这儿才是一匹骏马,我们都不过是些鞍辔缰勒;要是你看见——

马歇斯　请你别说了。当我的母亲赞美我的时候,我就会心中不安,虽然她是有夸扬她自己骨肉的特权的。我所做的事情不过跟你们所做的一样,各人尽各人的能力;我们的动机也只有一个,大家都是为了自己的国家。谁只要克尽他良心上的天职,他的功劳就应该在我之上。

考密涅斯　你的功劳是不能埋没的;罗马必须知道她自己的健儿的价值。隐蔽你的勋绩,比偷窃诽谤的罪恶更大。所以我请求你,为了表扬你的本身,不是酬答你的辛劳,听我在全军将士面前说几句话。

马歇斯　我身上的剑痕尚新,它们听见人家提起它们的时候,就会作痛的。

考密涅斯　它们不应该因此作痛;它们只会因忘恩负义而溃烂,因死亡而治愈。在我们所虏获的无数强壮的战马之中,在我们从战地上和城中所搜得的一切珍宝财物之中,我们把十分之一分送给你;你可以在当众分配的时候,凭你自己的意思挑选。

马歇斯　谢谢你,元帅;可是我不能同意让我的剑受人贿赂。恕我拒绝你的盛情;我愿意和参与这次战役的人受同等的待遇。(喇叭奏长花腔;众高呼"马歇斯!马歇斯!"抛掷帽、枪;考密涅斯、拉歇斯脱帽立)愿这些被你们亵渎的乐器不再发出声音!当战地上的鼓角变成媚人的工具的时候,让宫廷和城市里都充斥着口是心非的阿谀趋奉吧!快别这样了!我只是没有洗净我流血的鼻子,我只是打败了几个孱弱的家伙,这是这儿的许多弟兄都跟我同样干过的事,虽然没有人注意到他们;你们就这样把我过分吹捧,好像我喜欢让我这一点儿微功薄能,用掺和着谎语的赞美大加渲染似的。

考密涅斯　你太谦虚了;你不但蔑视我们对你的至诚的称颂,尤其对于你自己的美好的声名,也未免过于苛刻。请不要见怪,要是你会对你自己动怒,那么我们要把你当作一个危险人物一样,替你加上镣铐,然后放胆跟你辩论。让全世界知道,卡厄斯·马歇斯戴着这一次战争的荣冠,为了纪念他的功勋,我送给他我这一匹全军知名的骏马,以及它所附带的一切装具;从今以后,为了他在科利奥里所建树的奇功,在我们全军欢呼声中,他将被称为卡厄斯·马歇斯·科利奥兰纳斯!让他永远光荣地戴上这一个名字!

众　人　卡厄斯·马歇斯·科利奥兰纳斯!(喇叭奏花腔;鼓角齐鸣。)

科利奥兰纳斯　我要去洗个脸;等我把脸洗净以后,你们就可以看见我有没有惭愧的颜色。可是我谢谢你们。我准备跨上你的骏马,尽我所有的能力,永远保持着你们加于我的美名。

考密涅斯　好,我们回营去;在我们解甲安息以前,还要先给罗马去信,报告我们的胜利。泰特斯·拉歇斯,你必须回到科利奥里,叫他们派代表到罗马去,为了彼此双方的利益,和我们商订议和的条款。

拉歇斯　是,元帅。

科利奥兰纳斯　天神要开始讥笑我了。我刚才拒绝了最尊荣的礼物,现在却不得不向元帅请求一个小惠。

考密涅斯　无论什么要求,我都可以允许你。你说吧。

科利奥兰纳斯　我从前曾经在这儿科利奥里城里向一个穷汉借宿过一宵,他招待我非常殷勤。我看见他已经成为我们的俘虏,他见了我就向我高呼求助;可是因为那时奥菲狄乌斯在我的眼前,愤怒吞噬了我的怜悯,我没有理会他;请您让我的可怜的居停主人恢复自由吧。

考密涅斯　啊!这是一个很好的请求!即使他是杀死我儿子的凶手,我也要让他像风一样自由。泰特斯,把他放了。

拉歇斯　马歇斯,他的名字呢?

科利奥兰纳斯　天哪!我忘了。我很疲倦;嗯,我懒得记忆。我们这儿没有酒吗?

考密涅斯　我们回营去。你脸上的血也干了;我们应当赶快替你调护调护。来。(同下。)

第十场　伏尔斯人营地

喇叭奏花腔;吹号筒。塔勒斯·奥菲狄乌斯流血上,二三兵士随上。

奥菲狄乌斯　我们的城市被占领了!

兵士甲　只要条件讲得好,它会还给我们的。

奥菲狄乌斯　条件!把自己的运命听任他人支配的一方,还会有什么好条件!马歇斯,我已经跟你交战过五次了,五次我都被你打败;要是我们相会的次数就像吃饭的次数一样多,我相信你也会每次把我打败的。天地为证,要是我再有机会当面看见他,不是我杀死他,就是他杀死我。我对他的敌视已经使我不能再顾全我的荣誉;因为我既不能堂堂正正地以剑对剑,用同等的力量取胜他,凭着愤怒和阴谋,也要设法叫他落在我的手里。

兵士甲　他简直是个魔鬼。

奥菲狄乌斯　他比魔鬼还大胆,虽然没有魔鬼狡猾。他使我的勇气受到了毁损;我的怨毒一见了他,就会自己飞出来。不论在他睡觉、害病或是解除武装的时候,不论在圣殿或神庙里,不论在教士的祈祷或在献祭的时辰,所有这一切阻止复仇的障碍,都不能运用它们陈腐的特权和惯例,禁止我向马歇斯发泄我的仇恨。要是我在无论什么地方找到了他,即使他是在我自己的家里,在我的兄弟的保护之下,我也要违反好客的礼仪,在他的胸膛里洗我的凶暴的手。你们到城里去探听探听敌人占领的情形,以及将要到罗马去做人质的是哪一些人。

兵士甲　您不去吗?

奥菲狄乌斯　我在柏树林里等着,它就在磨坊的南面;请你探到了外边的消息以后,就到那儿告诉我,让我可以决定应当怎样走我的路。

兵士甲　是,将军。(各下。)

第 二 幕

第一场 罗马。广场

    米尼涅斯、西西涅斯及勃鲁托斯上。

米尼涅斯　占卜的人告诉我,我们今晚将有消息到来。

勃鲁托斯　好消息还是坏消息?

米尼涅斯　这消息不是人民所希望听到的,因为他们对马歇斯没有好感。

西西涅斯　畜生也知道谁是他们的友人。

米尼涅斯　请问,狼喜欢什么?

西西涅斯　羔羊。

米尼涅斯　对了,因为它可以吃它,正像那些饥饿的平民恨不得把尊贵的马歇斯吃下去一般。

勃鲁托斯　他真是一头羔羊!吼起来却像一头熊。

米尼涅斯　他真是一头熊!却过着羔羊一般的生活。你们两位都是老人家了;让我问你们一件事情,请你们告诉我。

西西涅斯
勃鲁托斯　好,你说。

米尼涅斯　马歇斯究竟有些什么重大的缺点,这种缺点是不是也可以从你们两位身上同样找出许多来呢?

勃鲁托斯　任何缺点他都不缺少,所有的缺点他都齐备。

西西涅斯　尤其是骄傲。

勃鲁托斯　他的自负更可以凌越一切。

米尼涅斯　这可奇了。你们两位知道我们这城里的人,我的意思是说,我们在军中有地位的人怎样批评你们吗?

西西涅斯
勃鲁托斯　他们怎样批评我们?

米尼涅斯　因为你们现在说起骄傲——你们不会生气吗?

西西涅斯
勃鲁托斯　好,好,你说吧。

米尼涅斯　好,那也没有什么关系;因为本来就是芝麻大的一点小事,也会使你们大发脾气的。把你们的火性耐一耐;要是你们一定要动怒,那也随你们的便。你们怪马歇斯太骄傲吗?

勃鲁托斯　这不单是我们两人的意见。

米尼涅斯　我知道单单凭着你们两个人,是再也干不出什么大事情来的;你们的助手太多了,否则你们的行动就会变的非常简单;你们的能力太幼稚了,只好因人成事。你们说起骄傲;啊!要是你们能够转过眼睛来看看你们自己的背后,把你们自己反省一下!啊,要是你们能够!

勃鲁托斯　那便怎样呢?

米尼涅斯　那时候你们就可以看见一双全罗马最骄傲狂妄、无功受禄的官儿,换句话说,全罗马一对最大的傻瓜。

西西涅斯　米尼涅斯,谁都知道你是个怎样的人。

米尼涅斯　谁都知道我是个喜欢说说笑话的贵族,也喜欢喝杯

279

不掺水的热酒;人家说我有点先入为主,太容易大惊小怪;我喜欢作长夜之宴,不高兴日出而作;想到什么就要说出来,不让一些芥蒂留在心里。碰到像你们这样的两位贵人——恕我不能称你们为圣人——要是你们给我喝的酒不合我的口味,我就会向它扮鬼脸;要是你们所发表的高论,大部分都是些驴子叫,我也不敢恭维你们讲得不错;虽然人家要是说你们是两位尊严可敬的长者,我也只好不去跟他们争论,可是谁说你们长着很好的相貌,就是说了一个大谎。你们要是从我的为人里看出这一点,就算你们了解我了吗?即使算你们了解了我,那么以你们昏聩的眼光,又能从我的这种品性里看出什么缺点来呢?

勃鲁托斯　算了,算了,我们了解你是个怎样的人。

米尼涅斯　你们既不了解我,也不了解你们自己,你们什么都不了解。只要那些苦人们向你们脱帽屈膝,你们就觉得踌躇满志。你们费去整整的一个大好下午,审判一个卖橘子的女人跟一个卖塞子的男人涉讼的案件,结果还是把这场三便士的官司宣布延期判决。当你们正在听两造辩论的时候,要是突然发起疝气痛来,你们就会现出一脸的怪相,暴跳如雷,一面连声喊拿便壶来,一面斥退两造,好好一件案子,给你们越审越糊涂;纠纷没有解决,两下里只是挨你们骂了几声混蛋。你们真是一对奇怪的宝贝。

勃鲁托斯　算了,算了,大家都知道你在筵席上是一个嬉笑怒骂的好手,在议会里却是一个毫无用处的人物。

米尼涅斯　我们的教士们见了你们这种荒唐的家伙,也会忍不住把你们嘲笑。你们讲得最中肯的时候,那些话也不值得你们挥动你们的胡须;讲到你们的胡须,那么还不配塞在一个拙劣的椅垫或是驴子的驮鞍里。可是你们一定要说马歇斯是骄傲的;按照最低的估计,他也抵得过你们所有的老前辈合起来的价值,虽然他们中间有几个最有名的人物也许是世代相传的刽子手。晚安,两位尊驾;你们是那群畜类一般的平民的牧人,我再跟你们谈下去,我的脑子也要沾上污秽了;恕我失礼少陪啦。(勃鲁托斯、西西涅斯退至一旁。)

  伏伦妮娅,维吉利娅及凡勒利娅上。

米尼涅斯　啊,我的又美丽又高贵的太太们,月亮要是降下尘世;也不会比你们更高贵;请问你们这样热烈地在望着什么?

伏伦妮娅　正直的米尼涅斯,我的孩子马歇斯来了;为了天后朱诺的爱,让我们去吧。

米尼涅斯　哈!马歇斯回来了吗?

伏伦妮娅　是的,尊贵的米尼涅斯,他载着胜利的荣誉回来了。

米尼涅斯　让我向您脱帽致敬,朱庇特,我谢谢您。呵!马歇斯回来了!

伏伦妮娅
维吉利娅　是的,他真的回来了。

伏伦妮娅　瞧,这儿是他写来的一封信。他还有一封信给政府,还有一封给他的妻子;我想您家里也有一封他写给您的信。

米尼涅斯　我今晚要高兴得把我的屋子都掀翻了。有一封信给我!

维吉利娅　是的,真的有一封信给您;我看见的。

米尼涅斯　有一封信给我!读了他的信可以使我七年不害病,在这七年里头,我要向医生撇嘴唇;比起这一味延年却病的灵丹来,药经里最神效的药方也只算江湖医生的草头方,只好胡乱给马儿治治病。他没有受伤吗?他每一次回来的时候,总是负着伤的。

维吉利娅　啊,不,不,不。

伏伦妮娅　啊!他是受伤的,感谢天神!

米尼涅斯　只要受伤不厉害,我也要感谢天神。他把胜利放进他的口袋里了吗?受了伤才更可以显出他的英雄。

伏伦妮娅　他把胜利高悬在额角上,米尼涅斯;他已经第三次戴着橡叶冠回来了。

米尼涅斯　他已经把奥菲狄乌斯痛痛快快地教训过了吗?

伏伦妮娅　泰特斯·拉歇斯信上说他们曾经交战过,可是奥菲狄乌斯逃走了。

米尼涅斯　的确,他也只好逃走;否则,即使有全科利奥里城里的宝柜和金银,我也根本不会再提起这个奥菲狄乌斯的名字的。元老院有没有知道这一个消息?

伏伦妮娅　两位好夫人,我们去吧。是的,是的,是的,元老院已经得到元帅的来信,他把这次战争的全部功劳归在我的儿子身上。他这一次的战功的确比他以前各次的战功更要超过一倍。

凡勒利娅　真的,他们都说起关于他的许多惊人的作为。

米尼涅斯　惊人的作为!嘿,我告诉你吧,这些都是他凭着真本领干下来的呢。

维吉利娅　愿天神默佑那些话都是真的!

伏伦妮娅　真的!还会是假的不成?

米尼涅斯　真的!我可以发誓那些话都是真的。他什么地方受了伤?(向西西涅斯、勃鲁托斯)上帝保佑两位尊驾!马歇斯回来了;他有更多可以骄傲的理由啦。(向伏伦妮娅)他什么地方受了伤?

伏伦妮娅　肩膀上,左臂上;当他在民众之前站起来的时候,他可以把很大的伤疤公开展示哩。在击退塔昆这一役中间,他身上有七处受伤。

米尼涅斯　颈上一处,大腿上两处,我知道一共有九处。

伏伦妮娅　在这一次出征以前,他全身一共有二十五处伤痕。

米尼涅斯　现在是二十七处了;每一个伤口都是一个敌人的坟墓。(内欢呼声,喇叭奏花腔)听!喇叭的声音!

伏伦妮娅　这是马歇斯将要到来的预报。凡是他所到之处,总是震响着雷声;他经过以后,只留下一片汪洋的泪海;在他壮健的臂腕里躲藏着幽冥的死神;只要他一挥手,人们就丧失了生命。

　　　　喇叭奏花腔。考密涅斯及泰特斯·拉歇斯拥科利奥兰纳斯戴橡叶冠上,将校、兵士及一传令官随上。

传令官　罗马全体人民听着:马歇斯单身独力,在科利奥里城内奋战;他已经在那里赢得了一个光荣的名字,在卡厄斯·马歇斯之后,加上科利奥兰纳斯的荣称。欢迎您到罗马来,著名的科利奥兰纳斯!(喇叭奏花腔。)

众　　人　欢迎您到罗马来,著名的科利奥兰纳斯!

科利奥兰纳斯　快别这样;我不喜欢这一套。请你们免了吧。

考密涅斯　瞧,将军,您的母亲!

科利奥兰纳斯　啊!我知道您为了我的胜利,一定已经祈祷过所有的神明。(跪下。)

伏伦妮娅　不,我的好军人,起来;我的善良的马歇斯,尊贵的卡厄斯,还有你那个凭着功劳博得的新的荣名——那是怎么叫的?——我必须称呼你科利奥兰纳斯吗?——可是啊!

283

你的妻子！——

科利奥兰纳斯　我的静默的好人儿,愿你有福!你这样泪流满面地迎接我的凯旋,要是一具棺材装着我的尸骨回来,你倒会含笑吗?啊!我的亲爱的,科利奥里的寡妇和失去儿子的母亲,她们的眼睛也哭得像你一样。

米尼涅斯　愿天神替你加上荣冠!

科利奥兰纳斯　你还活着吗?(向凡勒利娅)啊,我的好夫人,恕我失礼。

伏伦妮娅　我不知道应当转身向什么地方。啊!欢迎你们回来!欢迎,元帅!欢迎,各位将士!

米尼涅斯　十万个欢迎!我也想哭,也想笑;我的心又轻松又沉重。欢迎!谁要是不高兴看见你,愿咒诅咬啮着他的心!你们是应当被罗马所眷爱的三个人;可是凭着人类的忠心起誓,在我们的城市里却有几棵老山楂树,它们的口味是和你们不同的。可是欢迎,战士们!是荨麻我们就叫它荨麻,傻瓜们的错处一言以蔽之,其名为愚蠢。

考密涅斯　你说得有理。

科利奥兰纳斯　米尼涅斯,这是永远的真理。

传令官　站开,站开!

科利奥兰纳斯　(向伏伦妮娅、凡勒利娅)让我吻您的手,再让我吻您的。在我还没有回到自己家里去以前,我必须先去访问那些贵族们;他们不但给我欢迎,而且还给我新的光荣。

伏伦妮娅　我已经活到今天,看见我的愿望一一实现,我的幻想构成的美梦成为事实;现在只有一个愿望还没有满足,可是我相信我们的罗马一定会把它加在你的身上的。

科利奥兰纳斯　好妈妈,您要知道,我宁愿照我自己的意思做他们的仆人,不愿擅权弄势,和他们在一起做主人。

考密涅斯　前进,到议会去!（喇叭奏花腔;吹号筒。众列队按序下;西西涅斯、勃鲁托斯留场。）

勃鲁托斯　所有的舌头都在讲他,眼光昏花的老头子也都戴了眼镜出来瞧他;饶舌的乳媪因为讲他讲得出了神,让她的孩子在一旁啼哭;灶下的丫头也把她最好的麻巾裹在她那油腻的颈上,爬上墙头去望他;马棚里、阳台上、窗眼里,全都挤满了,水沟里、田塍上,也都站满着各色各样的人,大家争先恐后地想看一看他的脸;难得露脸的祭司也在人丛里挤来挤去,跟人家占夺一个地位;蒙着面罩的太太奶奶们也让她们用心装扮过的面庞去接受阳光的热吻,吻得一块红、一块白的;真是热闹极了,简直像把他当作了一尊天神的化身似的。

西西涅斯　我说,他这次一定有做执政的希望。

勃鲁托斯　那么当他握权的时候,我们只好无所事事了。

西西涅斯　他初握政权,地位还不能巩固,可是他将要失去他已得的光荣。

勃鲁托斯　那就好了。

西西涅斯　你放心吧,我们所代表的平民,本来对他抱着恶感,只要为了些微细故,就会忘记他新得的光荣,凭着他这副骄傲的脾气,我相信他一定会干出一些不慊人意的事来。

勃鲁托斯　我听见他发誓说,要是他被推为执政,他决不到市场上去,也不愿穿上表示谦卑的粗衣;他也不愿按照习惯,把他的伤痕袒露给人民看,从他们恶臭的嘴里求得同意。

西西涅斯　正是这样。

勃鲁托斯　他是这样说的。啊!他宁愿放弃执政的地位,也不愿俯从绅士贵族们的请求去干这样的事。

西西涅斯　我但愿他坚持着这样的意思,把它见之实施。

勃鲁托斯　他大概会这么干的。

西西涅斯　要是真的这样,那么正像我们所希望的,他的崩溃一定无可避免了。

勃鲁托斯　他要是不倒,我们的权力也要动摇。为了促成他的没落,我们必须让人民知道他一向对于他们怀着怎样的敌意;要是他掌握了大权,他一定要把他们当作骡马一样看待,压制他们的申诉,剥夺他们的自由;认为他们的行动和能力是不适宜于处理世间的事务的,正像战争的时候用不着骆驼一样;豢养他们的目的,只是要他们担负重荷,要是他们在重负之下压得爬不起来,一顿痛打便是给他们的赏赐。

西西涅斯　只要给他一点刺激,他的傲慢不逊的脾气,一定会向人民发泄出来,正像嗾使一群狗去咬绵羊一样容易;那时候你这一番话就等于点在干柴上的一把烈火,那火焰可以使他的声名从此化为灰烬。

　　　　一使者上。

勃鲁托斯　有什么事?

使　者　请两位大人到议会里去。人家都以为马歇斯将要做执政。我看见聋子围拢来瞧他,瞎子围拢去听他讲话;当他一路经过的时候,中年的妇女向他挥手套,年轻的姑娘向他挥围巾手帕;贵族们见了他,像对着乔武的神像似的鞠躬致敬,平民们见了他,都纷纷掷帽;欢声雷动;我从来没有见过这样的景象。

勃鲁托斯　我们到议会去吧。让我们一面用耳朵和眼睛留心着眼前的情势,一面用我们的心思想着未来的意图。

西西涅斯　那么请了。(同下。)

第二场　同前。议会

   二吏役上,铺坐垫。

吏　甲　来,来,他们快要来了。有多少人竞争执政的位置?

吏　乙　他们说有三个人;可是谁都以为科利奥兰纳斯一定会当选。

吏　甲　他是个好汉子;可是他太骄傲了,对于平民也没有好感。

吏　乙　老实说一句,有许多大人物尽管口头上拼命讨好平民,心里却一点不喜欢他们;也有许多人喜欢了一个人,却不知道为什么要喜欢他,他们既然会莫名其妙地爱他,也就会莫名其妙地恨他。所以科利奥兰纳斯对于他们的爱憎漠不关心,正可以表示他真正了解他们的性格;他也由他们去看得一清二楚,满不在意。

吏　甲　要是他对于他们的爱憎漠不关心,那么他既不会有心讨好他们,也不会故意冒犯他们;可是他对他们寻衅的心理,却比他们对他仇恨的心理更强,凡是可以表明他是他们的敌人的事实,他总是不加讳饰地表现出来。像这样有意装出敌视人民的态度,比起他所唾弃的那种取媚人民以求得他们欢心的手段来,同样是不足为法的。

吏　乙　他替国家立下了极大的功劳;他的跻登高位,绝不像那些毫无寸尺之功、单凭着向人民曲意逢迎的手段滥邀爵禄的人们那样容易;他的荣誉彪炳在他们的眼前,他的功业铭刻在他们的心底,他们要是不作一声,否认这一切,那就是忘恩负义;要是颠倒是非,混淆黑白,那就是恶意中伤。

吏　甲　别讲他了;他是一个可尊敬的人。让开,他们来了。

> 喇叭奏花腔。侍卫官前导,考密涅斯(执政)、米尼涅斯、科利奥兰纳斯、众元老、西西涅斯、勃鲁托斯同上;元老及护民官依次就座。

米尼涅斯　我们已经决定处置伏尔斯人的办法,并且决定召唤泰特斯·拉歇斯回来,剩下来要在这一次会议里决定的主要的问题,就是怎样酬报我们这一位为国宣劳的英雄。所以,各位尊严的元老们,请你们要求现任执政,也就是领导我们得到这一次胜利的主帅,略为向我们报告一些卡厄斯·马歇斯·科利奥兰纳斯所造成的英勇的伟绩,让我们可以按照他实际的功劳向他表示我们的感谢,并且用适当的尊荣褒奖他。

元老甲　说吧,好考密涅斯;不要因为怕叙述太长而忽略了什么,宁可让我们觉得国家酬庸有功太菲薄,不要使我们觉得政府的爵禄失之过滥。(向西西涅斯、勃鲁托斯)两位人民的代表,请你们耐心静听,当我们决定了一个结果以后,还要有劳你们向民众传达我们的意见,征求他们善意的同情。

西西涅斯　我们这次为了通过一个满意的条约而集会,在欣慰之余,我们是很愿意给我们这位英雄不次的荣迁的。

勃鲁托斯　要是他能够把他一向对人民的看法稍微改善一点,那么我们一定可以赞同。

米尼涅斯　不要说到题外去;我希望你还是不要开口的好。你们愿意听考密涅斯说话吗?

勃鲁托斯　当然愿意;可是我的劝告却要比您的责备恰当一

些哩。

米尼涅斯　他喜爱你们的人民；可是不要硬叫他和他们睡在一个床上。尊贵的考密涅斯，说吧。（科利奥兰纳斯起立欲去）不，您坐下。

元老甲　坐下，科利奥兰纳斯；不要因为听到你自己所做的光荣的事情而惭愧。

科利奥兰纳斯　请诸位原谅，我宁愿让我的伤痕消失了形迹，不愿听人家讲起我得到它们时的情形。

勃鲁托斯　将军，我希望您不是因为听了我的话，所以不安于席的。

科利奥兰纳斯　不，可是往往打击使我停留，空言却使我逃避。你的话都是不关痛痒的。至于你的人民，我只能按照他们的价值来喜爱他们。

米尼涅斯　请坐下来吧。

科利奥兰纳斯　我宁愿在赴战的号角吹响的时候，让人家在太阳底下搔我的头颅，不愿呆坐着听人家把我的一些不足道的小事信口夸张。（下。）

米尼涅斯　两位人民代表，你们现在已经看见他宁愿用他全身的力量去追求荣誉，不愿分出一小部分的精神来听人家的赞美，他怎么能够向你们那些一千个中间难得有一个好人的芸芸众生浪费他的谀辞呢？说吧，考密涅斯。

考密涅斯　我的声音太微弱了，不够叙述科利奥兰纳斯的功绩。勇敢是世人公认的最大美德，有勇的人是最值得崇敬的；要是我们可以这么说，那么我现在所要说起的这一个人，在全世界简直找不出一个可以和他抗衡的人物。当塔昆举兵向罗马侵犯的时候，他还只有十六岁，就已经在战场上崭露头角，表现他过人的神勇；我们当时的执政亲眼看见那些鬘鬘多须的大汉被白皙韶秀的他追赶得没命奔逃。他跨过了一个被压倒在地上的罗马人的身体，当着执政的面前，手刃了三个敌人；塔昆也和他亲自对垒，被他打了下来。在那一天的战绩里，他本来可以做一个怯懦不前的妇女，但他证明了自己是战场上顶勇敢的男子，为了旌扬他的功勋，他的额上被加上了橡叶的荣冠。这样他从一个新列戎行的孺子，变成一个能征惯战的健儿，他的与日俱增的勇敢，像大海一样充沛，在前后十七次战役之中，战无不胜，攻无不克。讲到最近这一次在科利奥里城前和城中的鏖战，那么我可以说，我的言辞是无法给他适当的赞美的；他阻止了奔逃的败众，用他惊人的榜样，扫去了懦夫心中的恐惧；正像水草当着一艘疾驶的帆船一样，他的剑光挥处，人们不是降服就是死亡，谁要是碰着他的锋刃，再也没有活命的希望；从脸上到脚上，他浑身都染着血，他的每一个行动，都伴随着绝命的哀号；他一个人闯进了密布着死亡的城里用他操纵着死生的铁手染红了城门，然后他又单身脱围而出，带着一队生力军，像一颗彗星似的向科利奥里突击。他已经大获全胜；但战争的喧声又开始刺激他敏锐的感觉，于是他兼人的精力又使他忘却了身体的疲劳，他立刻再上战场，在那里奔走驰突，杀人如麻，好像这是一场永无休止的掠夺一样；直到我们把城郊全部占领以后，他不曾有一刻站定喘息的时间。

米尼涅斯　了不得的英雄！

元老甲　我们所准备给给他的光荣，他是受之无愧的。

考密涅斯　他拒绝我们分给他的战利品，把一切珍贵的宝物视同粪土；他的欲望比吝啬者的度量更小；行为的本身便是他给自己的酬报。

米尼涅斯　他是个高贵的人物；快去请他来。

元老甲　请科利奥兰纳斯来。

警　吏　他来了。

　　　　科利奥兰纳斯重上。

米尼涅斯　科利奥兰纳斯，元老们很愿意举你做执政。

科利奥兰纳斯　我愿意永远为他们尽忠效命。

米尼涅斯　现在还有一步手续必须履行，您应该向人民说几句话。

科利奥兰纳斯　请你们宽免我这一项例行的手续，因为我不能披上粗布的长衣，裸露着身体，请求他们为了我的伤痕的缘故，接受我做他们的执政。请你们不要让我干这种事吧。

西西涅斯　将军，人民必须表示他们的意见；他们也决不愿变更规定的仪式。

米尼涅斯　不要激怒他们；您还是遵照着习惯，像前任的那些人一样，用合法的形式取得您的地位吧。

科利奥兰纳斯　要我扮演这一幕把戏，我一定要脸红，我看还是免了吧。

勃鲁托斯　（向西西涅斯旁白）你听见吗？

科利奥兰纳斯　向他们夸口，说我做过这样的事，那样的事，把应当藏匿起来的没有痛楚的伤疤给他们看，好像我受了这些伤，只是为了换得他们的一声赞叹！

米尼涅斯　不要固执着这一点。两位护民官，请你们向民众传达我们的意志。愿我们尊严的执政享有一切快乐和光荣！

众元老　愿一切快乐和光荣降于科利奥兰纳斯！（喇叭奏花腔；除西西涅斯、勃鲁托斯外均退场。）

勃鲁托斯　你知道他将怎样对待人民。

西西涅斯　但愿他们知道他的用心！他将要用一种鄙夷不屑的态度去请求他们，好像他从他们手里得到恩惠是一件耻辱。

勃鲁托斯　来，我们去把这儿的一切经过情形通知他们；我知道他们都在市场上等候着我们的消息。（同下。）

第三场　同前。大市场

若干市民上。

市民甲　要是他请求我们的同意，我们可不能拒绝他。

市民乙　要是我们不能同意，我们可以拒绝他。

市民丙　我们有权力拒绝他，可是我们没有权力运用这一种权力；因为要是他把他的伤痕给我们看，把他的功绩告诉我们，我们的舌头就应当替他的伤痕说话，告诉他他的伟大的功绩已经得到我们慷慨的嘉纳。忘恩负义是一种极大的罪恶，忘恩负义的群众是一个可怕的妖魔；我们都是群众中间的一分子，都要变成这妖魔身上的器官肢体了。

市民甲　我可以举出一个小小的例子，证明我们在人家眼里正是这样一个东西：有一次我们为了要求谷物而鼓噪起来的时候，他自己曾经破口骂我们是多头的群众。

市民丙　许多人都这样称呼我们，不是因为我们的头发有的是褐色的，有的是黑色的，有的是赭色的，有的是光秃秃的，而是因为我们的思想是这么分歧不一。我真的在想，要是我们各人所有的思想都从一个脑壳里发表出来，它们一定会有的往东，有的往西，有的往北，有的往南，四下里飞散开去。

市民乙　你这样想吗？你看我的思想会向哪一个方向飞？

市民丙　嘿,你的思想可不像别人的思想那样容易出来,因为它是牢牢地封在一个木头的脑壳里的;可是要是它得到了自由,它一定会飞到南方去。

市民乙　为什么飞到南方去？

市民丙　到南方去迷失在一阵大雾里,它的四分之三溶解在恶臭的露水里,剩下的四分之一因为良心上过意不去,仍旧转回来,帮助你娶一个妻子。

市民乙　你老这样开人家的玩笑;开吧,开吧。

市民丙　你们都决定对他表示同意吗？可是那也没有关系,最后的结果是要取决于大多数的意见的。我说,要是他愿意同情民众,那么从来不曾有过一个比他更胜任的人了。

科利奥兰纳斯披粗衣与米尼涅斯同上。

市民丙　他来了,还披着一件粗布的长衣。留心他的举止。我们不要大家在一起,或者一个人,或者两个人三个人,分别跑到他站立的地方。他必须征求个别的同意;我们每一个人都有他各自的权利,可以用我们自己的嘴向他表示我们各自的同意。所以大家跟我来吧,让我指导你们怎样走过他的身旁。

众　人　很好,很好。(*市民等同下。*)

米尼涅斯　啊,将军,您错了;您不知道最尊贵的人都做过这样的事吗？

科利奥兰纳斯　我应该怎么说？"求求你,先生,"——哼!我不能让我的舌头发出这种乞怜的调子。"瞧,先生,我的伤痕!当你们那些同胞们听见了自己军中的鼓声而惊呼逃走的时候,我因为为国尽劳,受了这么多伤。"

米尼涅斯　嗳哟,天哪！您不能那样说;您必须请求他们想起您的功劳。

科利奥兰纳斯　想起我的功劳！哼！我宁愿他们把我忘记,正如他们把神父们的忠告也忘记了一样。

米尼涅斯　您会把事情弄坏的。我走了。请您好好地对他们说话。

科利奥兰纳斯　叫他们把脸洗一洗,把他们的牙齿刷干净。(米尼涅斯下)好,有一对来了。

　　　二市民重上。

科利奥兰纳斯　先生,你们知道我为什么站在这儿吗?

市民甲　我们知道,将军;告诉我们您到这儿来的缘故。

科利奥兰纳斯　因为我自己的功劳。

市民乙　您自己的功劳！

科利奥兰纳斯　嗯,却不是我自己的意志。

市民甲　怎么不是您自己的意志?

科利奥兰纳斯　不,先生,我从来不愿意向穷人求乞。

市民甲　您必须明白,要是我们给了您什么东西,我们是希望从您身上得到一点好处的。

科利奥兰纳斯　好,那么我要请问,向你们讨一个执政做要多少价钱?

市民甲　那价钱就是您必须恭恭敬敬地请求。

科利奥兰纳斯　恭恭敬敬！先生,我请求你们,让我做执政吧;你们要是想看我的伤痕,我愿意在隐僻一点的地方给你们看。请你们给我同意吧,先生;你们怎么说?

市民乙　您可以得到我们的同意,尊贵的将军。

科利奥兰纳斯　一言为定,先生。我已经讨到两个尊贵的同意了。谢谢你们的布施;再见。

市民甲　可是这有点儿古怪。

市民乙　要是已经出口的话可以收回——可是那也算了。(二市民下。)

其他二市民重上。

科利奥兰纳斯　我请求你们,现在我已经按照习惯,披上这一件衣服了,你们能够允许我做执政吗?

市民丙　您虽然有功国家,可是不孚众望。

科利奥兰纳斯　请教?

市民丙　您鞭笞罗马的敌人,也鞭笞罗马的友人;您对平民一向没有好感。

科利奥兰纳斯　您应该格外敬重我,因为我没有滥卖人情。先生,为了博取人民的欢心,我愿意向我这些誓同生死的同胞们谄媚,这是他们所认为温良恭顺的行为。既然他们所需要的,只是我的脱帽致敬,不是我的竭忠尽瘁,那么我可以学习一套卑躬屈节的本领,尽量向他们装腔作势;那就是说,先生,我要学学那些善于笼络人心的贵人,谁喜欢这一套,我可以大量奉送。所以我请求你们,让我做执政吧。

市民丁　我们希望您是我们的朋友,所以愿意给您诚心的赞助。

市民丙　您曾经为国家受了许多伤。

科利奥兰纳斯　你们既然已经知道,那我也用不着袒露我的身体向你们证明。我一定非常珍重你们的盛意,不再来麻烦你们了。

市民丙
市民丁　愿天神给您快乐,将军!(同下。)

科利奥兰纳斯　最珍贵的同意! 宁可死,宁可挨饿,也不要向别人求讨我们分所应得的酬报。为什么我要穿起这身毡布的外衣站在这儿,向每一个路过的人乞讨不必要的同意?习惯逼着我这样做;习惯怎样命令我们,我们就该怎样做,陈年累世的灰尘让它堆在那儿不加扫拭,高积如山的错误把公道正义完全障蔽。与其扮演这样的把戏,还不如索性把国家尊贵的名位赏给愿意干这种事的人。我已经演了半本,待我憋着这口气,演完那下半本吧。又有几个同意来了。

  其他三市民重上。

科利奥兰纳斯　你们的同意!为了你们的同意,我和敌人作战;为了你们的同意,我经历十八次战争,受到二十多处创伤;为了你们的同意,我干下许多大大小小的事情。我要做执政;请你们给我同意吧。

市民戊　他曾经立过大功,必须让他得到每一个正直人的同意。

市民己　那么让他做执政吧。愿天神给他快乐,使他成为人民的好友!

众　人　阿门,阿门。上帝保佑你,尊贵的执政!(市民等下。)

科利奥兰纳斯　尊贵的同意!

  米尼涅斯偕勃鲁托斯、西西涅斯重上。

米尼涅斯　您已经忍受种种麻烦,这两位护民官将会向您宣布您已经得到人民的同意,现在您必须立刻到元老院去,接受正式的任命。

科利奥兰纳斯　事情完了吗?

西西涅斯　您已经按照惯例履行了请求同意的手续;人民已经接受了您,他们就要再召集一次会议,通过您的任命。

科利奥兰纳斯　什么地方?就在元老院吗?

西西涅斯　就在那儿,科利奥兰纳斯。

科利奥兰纳斯　我可以把这些衣服换下来了吗?

西西涅斯　您可以,将军。

科利奥兰纳斯　我就去换衣服;让我认识了我自己的本来面目以后,再到元老院来。

米尼涅斯　我陪您去。你们两位也跟我们一起走吗?

勃鲁托斯　我们还要在这儿等候民众。

西西涅斯　再见。(科利奥兰纳斯,米尼涅斯下)他现在已经拿稳了;从他的脸色看来,他心里好像在火一样烧着呢。

勃鲁托斯　他用一颗骄傲的心穿着他的卑贱的衣服。请你打发这些民众吧。

　　　　众市民重上。

西西涅斯　啊,各位朋友!你们已经选中这个人了吗?

市民甲　他已经得到我们的同意。

勃鲁托斯　我们祈祷神明,但愿他不要辜负你们的好意。

市民乙　阿门。照我的愚见观察,他在请求我们同意的时候,仿佛在讥笑我们。

市民丙　不错,他简直在辱骂我们。

市民甲　不,他说起话来总是这样的;他没有讥笑我们。

市民乙　除了你一个人之外,我们中间每一个人都说他用侮蔑的态度对待我们。他应该把他的功劳的印记,他为国家留下的伤痕给我们看。

西西涅斯　啊,那我相信他一定会给你们看的。

众　人　不,不,谁也没有瞧见。

市民丙　他说他有许多伤痕,可以在隐僻一点的地方给我们看。他这样带着轻蔑的神气挥舞着他的帽子,"我要做执政,"

他说,"除非得到你们的同意,传统的习惯不会容许我;所以我要请求你们同意。"当我们答应了他以后,他就说,"谢谢你们的同意,谢谢你们最珍贵的同意;现在你们已经给我同意,我也用不着你们了。"这不是讥笑是什么?

西西涅斯　啊,到底是你们没有看见呢,还是你们已经看见了,却一味表示孩子气的好感,随便给了他同意?

勃鲁托斯　你们难道不会凭着你们所受的教训,对他说当他还没有掌握权力、不过是政府里一个地位卑微的仆人的时候,他就是你们的敌人,老是反对着你们的自由和你们在这共和国里所享有的特权吗?你们难道不会对他说,现在他登上了秉持国家大权的地位,要是他仍旧怀着恶意,继续做平民的死敌,那么你们现在所表示的同意,不将要成为你们自己的咒诅吗?你们应当对他说,他的伟大的功业,既然可以使他享有他所要求的地位而无愧色,但愿他的仁厚的天性,也能够想到你们现在所给他的同情的赞助,而把他对你们的敌意变成友谊,永远做你们慈爱的执政。

西西涅斯　你们照这样对他说了以后,就可以触动他的心性,试探他的真正的意向;也许他会给你们善意的允诺,那么将来倘有需要的时候,你们就可以责令他履行旧约;也许那会激怒他的暴戾的天性,因为他是不能容忍任何拘束的,这样引动了他的恼怒,你们就可以借着他的恶劣的脾气做理由,拒绝他当执政。

勃鲁托斯　你们看他在需要你们好感的时候,会用这样公然侮蔑的态度向你们请求,难道你们没有想到当他有权力压迫你们的时候,他这种侮蔑的态度不会变成公然的伤害吗?怎么,你们胸膛里难道都是没有心的吗?或者你们的舌头会反抗理智的判断吗？

西西涅斯　你们以前不是曾经拒绝过向你们请求的人吗？现在他并没有请求你们，不过把你们讥笑了一顿，你们却会毫不迟疑地给他同意吗？

市民丙　他还没有经过正式的确认，我们还可以拒绝他。

市民乙　我们一定要拒绝他；我可以号召五百个人反对他就任。

市民甲　好，就是一千个人也不难，还可以叫他们各人拉些朋友来充数。

勃鲁托斯　你们立刻就去，告诉你们那些朋友，说他已经选了一个执政，他将会剥夺他们的自由，限制他们发言的权利，把他们当作狗一样看待，虽然为了要它们吠叫而豢养，可是往往因为它们吠叫而把它们痛打。

西西涅斯　让他们集合起来，重新作一次郑重的考虑，一致撤回你们愚昧的选举。竭力向他们提出他的骄傲和他从前对你们的憎恨；也不要忘记他是用怎样轻蔑的态度穿着那件谦卑的衣服，当他向你们请求的时候，他是怎样讥笑着你们；可是你们因为存心忠厚，只想到他的功劳，所以像这样从牢不可拔的憎恨里表现出来的放肆无礼的举止，也就被你们忽略过去了。

勃鲁托斯　可以把过失推在我们两人——你们的护民官身上，说都是我们一定要你们选举他。

西西涅斯　你们可以说，你们是在我们的命令之下选举他的，不是出于你们自己的真意；你们的心里因为存着不得不然的见解，而不是因为觉得应该这样做，所以才会违背着本心，而赞同他做执政。把一切过失推在我们身上好了。

勃鲁托斯　对了，不要宽恕我们。说我们向你们反复讲说，他在多么年轻的时候就已经开始为国家出力；他已经服务了多么长久；他的家世是多么高贵；纽玛的外孙，继伟大的霍斯提力斯君临罗马的安格斯·马歇斯，就是从他们家里出来的；替我们开渠通水的坡勃律斯和昆塔斯也是那一族里的人；做过两任监察官的森索利纳斯是他的先祖。

西西涅斯　因为他出身这样高贵，他自己又立下这许多功劳，应该可以使他得到一个很高的位置，所以我们才把他向你们举荐；可是你们在把他过去的行为和现在的态度互相观照之下，认为他始终是你们的敌人，所以决定撤回你们一时疏忽的同意。

勃鲁托斯　你们坚持着说，你们的同意只是因为受到我们的怂恿；把民众召集起来以后，你们立刻就到议会里来。

众　人　我们一定这样做；我们大家都懊悔选他。（众市民下。）

勃鲁托斯　让他们去闹；与其隐忍着更大的危机，不如冒险鼓动起这一场叛变。要是他照着以往的脾气，果然因为他们的拒绝而发起怒来，那么我们正可以好好利用这一个机会。

西西涅斯　到议会去。来，我们必须趁着大批的民众还没有赶到以前先到那儿，免得被人家看出他们是受我们的煽动。（同下。）

第 三 幕

第一场　罗马。街道

　　　　吹号筒;科利奥兰纳斯、米尼涅斯、考密涅斯、泰特斯·拉歇斯、众元老、贵族等同上。

科利奥兰纳斯　那么塔勒斯·奥菲狄乌斯又发兵来了吗?

拉歇斯　是的,阁下;所以我们应当格外迅速地部署起来。

科利奥兰纳斯　这么说,伏尔斯人还是没有屈服,随时准备着向我们乘机进攻。

考密涅斯　执政阁下,他们已经精疲力尽,我们这一辈子大概不会再看见他们的旗帜飘扬了。

科利奥兰纳斯　你看见奥菲狄乌斯吗?

拉歇斯　在我们的保卫之下他曾经来看过我;他咒骂伏尔斯人,因为他们这样卑怯地举城纳降。现在他退到安息地方去了。

科利奥兰纳斯　他说起我吗?

拉歇斯　说起的,阁下。

科利奥兰纳斯　怎么说?说些什么?

拉歇斯　他说他跟您剑对剑地会过多少次;在这世上,您是他最切齿痛恨的一个人,他说只要能够找到一个机会把您打败,他不惜荡尽他的财产。

科利奥兰纳斯　他住在安息地方吗?

拉歇斯　是的。

科利奥兰纳斯　我希望有机会到那边去找他,让我们把彼此的仇恨发泄一个痛快。欢迎你回来!

　　西西涅斯及勃鲁托斯上。

科利奥兰纳斯　瞧!这两个是护民官,平民大众的喉舌;我瞧不起他们,因为他们擅作威福,简直到了叫人忍无可忍的地步。

西西涅斯　不要走过去。

科利奥兰纳斯　嘿!那是什么意思?

勃鲁托斯　前面有危险,不要过去。

科利奥兰纳斯　为什么有这样的变化?

米尼涅斯　怎么一回事?

考密涅斯　他不是已经由贵族平民双方通过了吗?

勃鲁托斯　考密涅斯,他没有。

科利奥兰纳斯　我不是已经得到孩子们的同意了吗?

元老甲　两位护民官,让开;他必须到市场上去。

勃鲁托斯　人民对他非常愤怒。

西西涅斯　站住,否则大家都要卷进一场骚动里了。

科利奥兰纳斯　你们不是他们的牧人吗?他们会把刚才出口的话当场否认,这样的人也可以让他有发言的权利吗?你们管些什么事情?你们既然是他们的嘴巴,为什么不把他们的牙齿管住?你们没有指使他们吗?

米尼涅斯　安静点儿,安静点儿。

科利奥兰纳斯　这是一场有意的行动,全然是阴谋的结果,它的目的是要拘束贵族的意志。要是我们容忍这一种行为,我们就只好和那些既没有能力统治、又不愿被人统治的人们生活在一起了。

勃鲁托斯　不要说这是一个阴谋。人民高呼着说您讥笑了他们,说您在不久以前施放谷物的时候,曾经口出怨言,辱骂那些为人民请命的人,说他们是时势的趋附者,谄媚之徒,卑鄙的小人。

科利奥兰纳斯　这是大家早就知道的。

勃鲁托斯　他们有的人还不知道。

科利奥兰纳斯　那么是你后来告诉他们的吗?

勃鲁托斯　怎么！我告诉他们！

科利奥兰纳斯　你很可以干这种事的。

勃鲁托斯　像您干的这种事,我想我可以比您干得好一点。

科利奥兰纳斯　那么我为什么要做执政呢?凭着那边天上的云起誓,让我也像你们一样没有寸尺之功,跟你们一起做个护民官吧！

西西涅斯　您把悻悻之情表现得太露骨了,人民正是为了这个缘故才激动起来的。您现在已经迷失了道路,要是您想达到您的目的地,您必须用温和一点的态度向人家问路,否则您不但永远做不到一个尊荣的执政,就是要跟他并肩做一个护民官,也是一样办不到的。

米尼涅斯　让我们安静一点。

考密涅斯　人民一定被人利用、受人指使了。这一种纷争不应该在罗马发生;科利奥兰纳斯因功受禄,也不该在他坦荡的大路上遭遇这种用卑鄙手段安放上去的当途的障碍。

科利奥兰纳斯　向我提起谷物的事情！那个时候我是这样说的，我可以把它重说一遍——

米尼涅斯　现在不用说了。

元老甲　在这样意气相争的时候，还是不用说了吧。

科利奥兰纳斯　我一定要说。我的高贵的朋友们，请你们原谅。这种反复无常、腥臊恶臭的群众，我不愿恭维他们，让他们认清楚自己的面目吧。我要再说一遍，我们因为屈尊纡贵，与他们降身相伍，已经亲手播下了叛乱、放肆和骚扰的祸根，要是再对他们姑息纵容，那么这种莠草更将滋蔓横行，危害我们元老院的权力；我们不是没有道德，更不是没有力量，可是我们的力量已经送给一群乞丐了。

米尼涅斯　好，别说下去了。

元老甲　请您不要再说下去了。

科利奥兰纳斯　怎么！不再说下去！我曾经不怕外力的凭陵，为国家流过血，现在我更要大声疾呼，直到嘶破我的肺部为止，警告你们留意那些你们所厌恶、畏惧、惟恐沾染然而却又正在竭力招引上身的麻疹。

勃鲁托斯　您讲起人民的时候，好像您是一位膺惩罪恶的天神，忘记了您也是跟他们具有同样弱点的凡人。

西西涅斯　我们应当让人民知道他这种话。

米尼涅斯　怎么，怎么？他的一时气愤的话吗？

科利奥兰纳斯　一时气愤！即使我像午夜的睡眠一样善于忍耐，凭着乔武起誓，我也不会改变我这一种意思！

西西涅斯　您这一种意思必须让它留着毒害自己，不能让它毒害别人。

科利奥兰纳斯　必须让它留着！你们听见这个侏儒群中的高个

子的话吗？你们注意到他那斩钉截铁的"必须"两个字吗？

考密涅斯　好像他的话就是神圣的律法似的。

科利奥兰纳斯　"必须"！啊，善良而不智的贵族！你们这些庄重而卤莽的元老们，为什么你们会允许这多头的水蛇选举一个官吏，让他代替怪物发言，凭着他的专横的"必须"两字，他会大胆宣布要把你们的水流向沟渠决注，把你们的河道侵为己有？放下你们的愚昧，从你们危险的宽容中间觉醒过来吧！你们是博学的人，不要像一般愚人一样，甘心替他们掇椅铺垫。要是他们做了元老，你们便要变成平民；当他们的声音和你们的声音混合在一起的时候，因为他们人数众多，你们将要完全为他们所掩盖，被他们所支配。他们可以选择他们自己的官长，就像这家伙一样，凭着他的"必须"、他的迎合民心的"必须"两字，就可以和最尊严的元老们对抗。凭着乔武本身起誓，执政们将会因此失去他们的身份；当两种权力彼此对峙的时候，混乱就会乘机而起，我一想到这种危机，心里就感到极大的痛苦。

考密涅斯　好，到市场上去吧。

科利奥兰纳斯　谁授权执政，使他散放仓库中的存谷，像从前希腊的情形——

米尼涅斯　得啦，得啦，别提起那句话啦。

科利奥兰纳斯　虽然希腊人民有更大的权力，可是我说，他们这一种举动，无异养成反叛的风气，酿成了国家的瓦解。

勃鲁托斯　嘿，人民可以同意说这种话的人当执政吗？

科利奥兰纳斯　我可以说出比他们的同意更好的理由来。他们知道这些谷不是我们名分中的酬报，自以为谁也不会把它从他们的嘴边夺下来，所以也从来不曾为它出过一丝劳力。

当国家危急存亡的关头要他们出征的时候,他们懒得连城门也不肯走出;一到了战场,他们只有在叛变内讧这一类行动上表现了最大的勇气;像这样的功绩,是不该把谷物白白分给他们的。他们常常用莫须有的罪名指斥元老院,难道我们因为受到了他们那样的指斥,才会作这样慷慨的施舍吗?好,给了他们又怎样呢?这些盲目的群众会感激元老院的好意吗?他们的行动就可以代替他们的言语:"我们提出要求;我们是大多数,他们畏惧我们,所以答应了我们的要求。"这样我们贬抑了我们自己的地位,让那些乌合之众把我们的谨慎称为恐惧;他们的胆子愈来愈大,总有一天会打开元老院的锁,让一群乌鸦飞进来向鹰隼乱啄。

米尼涅斯　够了,够了。

勃鲁托斯　够了,已经说得太多了。

科利奥兰纳斯　不,再听我说下去。无论天上人间,一切可以凭着发誓的东西,愿它们为我的结论作证!元老贵族与平民两方面的权柄,一部分因为确有原因而轻视着另一部分,那一部分却毫无理由地侮辱着这一部分;身份、名位和智慧不能决定可否,却必须取决于无知的大众的一句是非,这样的结果必致于忽略了实际的需要,让轻率的狂妄操纵着一切;正当的目的受到阻碍,一切事情都是无目的地胡作非为。所以,我请求你们,要是你们的谨慎过于你们的恐惧,你们爱护国家的基础甚于怀疑它的变化,你们喜欢光荣甚于长生,愿意用危险的药饵向一个别无生望的病体作冒险的一试,那么赶快拔去群众的舌头吧;让他们不要去舐那将要毒害他们的蜜糖。你们要是受到耻辱,是非的公论也要从此不明,政府将要失去它所应有的健全,因为它被恶势力所统治,一切善政都将无法推行。

勃鲁托斯　他已经说得很够了。

西西涅斯　他说的全然是叛徒的话;他必须受叛徒的处分。

科利奥兰纳斯　你这卑鄙的家伙!让你受众人的唾弃!人民要这种秃头的护民官干吗呢?因为信任了他们,所以人民才会不再服从比他们地位高的人。在叛乱的时候,一切不合理的事实都可以武断地成为法律,那时候他们才是应该受人拥戴的人物;可是在正常的时期,那么让一切按照着正理而行,把他们的权力推下尘土里去吧。

勃鲁托斯　公然的叛逆!

西西涅斯　这还是个执政吗?不。

勃鲁托斯　喂!警官呢?把他逮捕起来。

　　　　一警吏上。

西西涅斯　去,叫民众来;(警吏下)我用人民的名义亲自逮捕你,宣布你是一个企图政变的叛徒,公众幸福的敌人;我命令你不得反抗,跟我去听候处分。

科利奥兰纳斯　滚开,老山羊!

众元老　我们可以替他担保。

考密涅斯　老人家,放开手。

科利奥兰纳斯　滚开,坏东西!否则我要把你的骨头一根根摇下来。

西西涅斯　诸位市民,救命啊!

　　　　若干警吏率侍从及一群市民同上。

米尼涅斯　两方面彼此客气一点。

西西涅斯　这个人要夺去你们一切的权力。

勃鲁托斯　抓住他,警官们!

众市民　打倒他！打倒他！——

众元老　（围绕科利奥兰纳斯忙作一团，狂呼）武器！——武器！——武器！——护民官！——贵族们！——市民们！——喂！——西西涅斯！——勃鲁托斯！——科利奥兰纳斯！——市民们！——静！——静！——静！——且慢！——住手！——静！

米尼涅斯　事情将要闹得怎样呢？——我气都喘不过来啦。这一场乱子可不小。我话都说不出来啦。你们这两位护民官！科利奥兰纳斯，忍耐些！好西西涅斯，说句话吧。

西西涅斯　听我说，诸位民众；静下来！

众市民　让我们听我们的护民官说话；静下来！说，说，说。

西西涅斯　你们快要失去你们的自由了，马歇斯将要夺去你们的一切；马歇斯，就是刚才你们选举他做执政的。

米尼涅斯　哎哟，哎哟，哎哟！这不是去灭火，明明是火上加油。

元老甲　他要把我们这城市拆为平地。

西西涅斯　没有人民，还有什么城市？

众市民　对了，有人民才有城市。

勃鲁托斯　我们得到全体的同意，就任人民的长官。

众市民　你们继续是我们的长官。

米尼涅斯　他们也未必会放弃这一个地位。

考密涅斯　他们要把城市拆毁，把屋宇摧为平地，把整整齐齐的市面埋葬在一堆瓦砾的中间。

西西涅斯　这一种罪名应该判处死刑。

勃鲁托斯　让我们执行我们的权力，否则让我们失去我们的权力。我们现在奉人民的意旨，宣布马歇斯应该立刻受死刑的处分。

西西涅斯　抓住他,把他押送到大帕岩①上,推下山谷里去。

勃鲁托斯　警官们,抓住他!

众市民　马歇斯,赶快束手就缚!

米尼涅斯　听我说一句话;两位护民官,请你们听我说一句话。

警　吏　静,静!

米尼涅斯　请你们做祖国的真正的友人,像你们表面上所装的一样;什么事情都可以用温和一点的手段解决,何必这样操切从事?

勃鲁托斯　要是病症凶险,只有投下猛药才可见效,谨慎反会误了大事。抓住他,把他押到山岩上去。

科利奥兰纳斯　不,我宁愿死在这里。(拔剑)你们中间有的人曾经瞧见我怎样跟敌人争战;来,你们自己现在也来试一试看。

米尼涅斯　放下那柄剑!两位护民官,你们暂时退下去吧。

勃鲁托斯　抓住他!

米尼涅斯　帮助马歇斯,帮助他,你们这些有义气的人;帮助他,年轻的和年老的!

众市民　打倒他!——打倒他!(在纷乱中护民官、警吏及民众均被打退。)

米尼涅斯　去,回到你家里去;快去!否则大家都要活不成啦。

元老乙　您快去吧。

科利奥兰纳斯　站住;我们的朋友跟我们的敌人一样多。

米尼涅斯　难道我们一定要跟他们打起来吗?

元老甲　天神保佑我们不要有这样的事!尊贵的朋友,请你回

---

①　大帕岩是加比托林山的悬崖,古罗马人将叛国犯人由此推下摔死。

家去,让我们设法挽回局势吧。

米尼涅斯　这是我们身上的一个痛疮,你不能替你自己医治;请你快去吧。

考密涅斯　来,跟我们一块儿去。

科利奥兰纳斯　我希望他们是一群野蛮人,不是罗马人;虽然这些畜类生在罗马,长大在朱庇特神庙的宇下,可是他们却跟野蛮人没有分别——

米尼涅斯　去吧;不要把你的满脸义愤放在你的唇舌上。

科利奥兰纳斯　要是堂堂正正地交锋起来,我一个人可以打败他们四十个人。

米尼涅斯　我自己也可以抵挡他们中间的一对头儿脑儿,那两个护民官。

考密涅斯　可是现在众寡悬殊;当一幢房屋坍下的时候而不知道趋避,这一种勇气是被称为愚笨的。您还是趁着那群乱民没有回来以前赶快走开吧;他们的愤怒就像受到阻力的流水一样,一朝横决,就会把他们所负载的一切完全冲掉。

米尼涅斯　请您快去吧。我要试一试我这老年人的智慧对于那些没有头脑的东西是不是有点需要;无论如何,这事情总要想法子弥缝过去。

考密涅斯　去吧,去吧。(科利奥兰纳斯、考密涅斯及余人等同下。)

贵族甲　这个人把他自己的前途葬送了。

米尼涅斯　他的天性太高贵了,不适宜于这一个世界。他不肯恭维涅普图努斯的三叉戟的雄威,或是乔武的雷霆的神力。他的心就在他的口头,想到什么一定要说出来。他一动了怒,就会忘记世上有一个死字。(内喧声)听他们闹得多厉害!

贵族乙　我希望他们都去睡觉!

米尼涅斯　我希望他们都给我跳下台伯河里!好厉害!他就不能对他们说句好话吗?

    勃鲁托斯及西西涅斯率乱民上。

西西涅斯　要把全城的人吃掉、让他一个人称霸的那条毒蛇呢?

米尼涅斯　两位尊贵的护民官——

西西涅斯　我们必须用无情的铁手,把他推下大帕岩去;他已经公然反抗法律,所以法律也无须再向他执行什么审判的手续,他既然藐视群众,就叫他认识认识群众的力量。

市民甲　我们要让他明白,尊贵的护民官是人民的喉舌,我们是他们的胳臂。

众市民　我们一定要让他明白。

米尼涅斯　诸位,诸位——

西西涅斯　静些!

米尼涅斯　有话可以商量,何必吵成这个样子?

西西涅斯　先生,你怎么也会帮助他逃走了?

米尼涅斯　听我说;我知道这位执政的长处,我也可以举出他的短处。

西西涅斯　执政!什么执政?

米尼涅斯　科利奥兰纳斯执政。

勃鲁托斯　他!执政!

众市民　不,不,不,不,不。

米尼涅斯　要是两位护民官和你们这些善良的民众允许我,我要请求说一两句话,你们听了以后,就会平心静气,自悔多事了。

西西涅斯　那么简简单单地说吧;因为我们已经决定除去这个

恶毒的叛徒。把他驱逐出境会引起未来的祸患；留在国内，我们都要死在他的手里；所以我们决定就在今晚把他处死。

米尼涅斯　我们的罗马是以赏罚严明著名于全世界的，她对于有功的儿女的爱护，是记录在天神的册籍里的，要是现在她像一头灭绝天性的母兽一样，吞食了她自己的子女，善良的神明一定不能容许！

西西涅斯　他是一颗必须割去的疮疖。

米尼涅斯　啊！他是一段生着疮疖的肢体，割去了会致人死命，治愈它却很容易。他对罗马做了些什么事，你们要把他处死呢？他杀死我们的敌人，为他的祖国流过血，我敢说一句，他所失去的血，比他身上所有的血更多；他剩下的血，要是现在再被他的国人取去，那么无论下这样毒手的人，或是容忍这种事情发生的人，都要永远在后世留下一个可耻的烙印了。

西西涅斯　这些全然是胡说八道。

勃鲁托斯　一派歪论；当他爱他的国家的时候，他的国家也尊重他。

米尼涅斯　他的战功如果腐朽了，人家也就对他失去敬意了。

勃鲁托斯　我们不想再听你说下去了。追到他家里去，把他拖出来；他是一种能够传染的恶病，不要让他的流毒沾到别人身上。

米尼涅斯　再听我说一句话，只有一句话。你们现在的行动，都是出于一时的气愤，就像纵虎出柙一样，当你们自悔孟浪的时候，再要把笨重的铅块系在虎脚上就来不及了。与其卤莽偾事，不如循序渐进；否则他也不是没有人拥护的，要是因此而引起内争，那么伟大的罗马要在罗马人自己手里毁掉了。

勃鲁托斯　要是这样的话——

西西涅斯　你还说什么？我们不是已经领略到他是怎样地服从命令的吗？我们的警察官不是已经遭他痛打了吗？我们自己不是也遭他反抗过了吗？来！

米尼涅斯　请你们想到这一点：他自从两手能够拔剑的时候起，就一直在战阵中长大，不曾在温文尔雅的语言方面受过训练；他说起话来，总是把美谷和糠麸不加分别地同时倾吐。你们要是允许我，我可以到他家里去，向他陈说利害，叫他接受用和平的手段，合法的方式进行的裁判。

元老甲　两位尊贵的护民官，这是最人道的办法；你们原来的方式太残酷了，而且也不知道将会引起怎样的结果。

西西涅斯　尊贵的米尼涅斯，那么请您接受人民的委托，去把他传来。各位朋友，放下你们的武器。

勃鲁托斯　不要回去。

西西涅斯　在市场上集合。我们在那边等着你们。要是您不能把马歇斯带来，我们就实行原来的办法。

米尼涅斯　我一定会叫他来的。(向众元老)请你们陪我去一趟。他一定要来，否则事情会愈弄愈糟的。

元老甲　我们去找他吧。(同下。)

第二场　同前。科利奥兰纳斯家中一室

　　　　科利奥兰纳斯及贵族等上。

科利奥兰纳斯　让他们大家来扯我的耳朵；让他们把我用车轮辗死、马蹄踏死，或是堆十座山在大帕岩上，把我推下看不

见底的深谷;我还是用这样一副态度对待他们。

贵族甲　这正是您的过人之处。

科利奥兰纳斯　我的母亲常常说他们只是一批萎靡软弱的货色,几毛钱就可以把他们买来卖去,在集会的时候秃露着头顶,听到像我这样地位的人谈到战争或和平的问题,就会打呵欠,莫名其妙地不作一声;我想她现在也不大赞成我。

　　　　伏伦妮娅上。

科利奥兰纳斯　我正在说起您。您为什么要我温和一点？难道您要我违反我的本性吗？您应该说,我现在的所作所为,正可以表现我的真正的骨气。

伏伦妮娅　啊!儿啊,儿啊,儿啊,我希望你不要在基础未固以前,就丢失了你手中的权力。

科利奥兰纳斯　别管我。

伏伦妮娅　你要不是这样有意显露你的锋芒,已经不失为一个豪杰之士;在他们还有力量阻挠你的时候,你要是少向他们矜夸一些意气,也可以少碰到一些逆意的事情。

科利奥兰纳斯　让他们上吊去吧!

伏伦妮娅　是的,我还希望他们在火里烧死。

　　　　米尼涅斯及元老等上。

米尼涅斯　来,来;您太粗暴了,有点太粗暴了;您非得回去把局势弥缝弥缝不可。

元老甲　此外没有办法了;您要是不愿意这样做,我们的城市就要分裂而灭亡了。

伏伦妮娅　请你接受劝告吧。我有一颗跟你同样刚强的心,可是我还有一个头脑,教我把我的愤怒用在更适当的地方。

米尼涅斯　说得好,尊贵的夫人!倘不是因为遭到这样非常的变化，为了挽回大局起见，不得不出此下策，那么我也要擐甲持枪，决不忍受这样的耻辱，让他去向群众屈身的。

科利奥兰纳斯　我必须怎么办？

米尼涅斯　回去见那两个护民官。

科利奥兰纳斯　好，还有呢？还有呢？

米尼涅斯　为了您的失言道歉。

科利奥兰纳斯　向他们道歉！我不能向神明道歉；难道我必须向他们道歉吗？

伏伦妮娅　你太固执了；在危急的时候，一个人是应当通权达变的。我听你说过，在战争中间，荣誉和权谋就像亲密的朋友一样不可分离；假定这句话是真的，那么请你告诉我，在和平的时候，它们倘然不能交相为用，是不是能够独立存在？

科利奥兰纳斯　嘿！嘿！

米尼涅斯　问得好。

伏伦妮娅　要是你们在战争中间，为了达到你们的目的起见，不妨采用权谋，示人以诈，而这样的行为对于荣誉并无损害，那么在和平的时候，万一也像战时一样需要权谋，为什么它就不能和荣誉并行不悖呢？

科利奥兰纳斯　为什么您要强迫我接受这种理由？

伏伦妮娅　因为你现在必须去向人民说话；不是照着你自己的意思说话，却要去向他们说一些完全违背你的本心的话。为了避免把自己的命运作孤注，为了避免流许多的血，你可以用温和的词句招抚一个城市，那么向人民说这样的话，对于你的荣誉又有什么损害呢？要是我的财产和我的亲友处于生死存亡的关头，需要我用欺诈的手段保全他们，我就会毅然去干那样的事，并不以为有什么可耻；我是代表你的妻

315

子、你的儿子、这些元老和贵族们向你进这番忠告的；可是你却宁愿向这些无知的群众们怒目横眉，不愿向他们稍假辞色，去博取他们的欢心和爱戴，这是维持你的荣誉和地位所必需的保障。

米尼涅斯　尊贵的夫人！走吧，跟我们走吧；说两句好话；也许你不但可以缓和当前的危险，并且可以弥补过去的错误。

伏伦妮娅　我的孩子，请你现在就去见他们，把这帽子拿在手里，你的膝盖吻着地上的砖石，摇摆着你的头，克制你的坚强的心，让它变得像摇摇欲坠的烂熟的桑子一样谦卑；在这种事情上，行为往往胜于雄辩，愚人的眼睛是比他们的耳朵聪明得多的。你可以对他们说，你是他们的战士，因为生长在干戈扰攘之中，不懂得博取他们好感所应有的礼节；可是从此以后，当你握权在位的日子，你一定会为他们鞠躬尽瘁。

米尼涅斯　您只要照她这两句话说过以后，他们的心就是您的了；因为他们的原谅是有求必应的，正像他们爱说废话一样不费事。

伏伦妮娅　请你听从我们的劝告，去吧；虽然我知道你宁愿在火焰的深谷里追逐你的敌人，不愿在卧室之中向他献媚。考密涅斯来了。

　　　　考密涅斯上。

考密涅斯　我已经到市场上去过。您现在必须结合强力的援助，否则就得用温和的态度保全您自己，或者暂时出走，躲避他们的锋芒。所有的民众都激怒了。

米尼涅斯　只有谦恭的言语才可以挽回形势。

考密涅斯　要是他能够勉力抑制他的性子，我想这也是个办法。

伏伦妮娅　他必须这样做,非这样做不可。请你说你愿意这样做,立刻就去吧。

科利奥兰纳斯　我必须去向他们露我的秃脑袋吗？我必须用我的无耻的舌头,把一句谎话加在我的高贵的心上吗？好,我愿意。可是这一个计策倘然失败,他们就要把这个马歇斯的体肤磨成齑粉,迎风抛散了。到市场上去！你们现在逼着我去做一件事情,它的耻辱是我终身不能洗刷的。

考密涅斯　来,来,我们愿意帮您的忙。

伏伦妮娅　好儿子,你曾经说过,当初你因为受到我的奖励,所以才会成为一个军人；现在请你再接受我的奖励,做一件你从来没有做过的事吧。

科利奥兰纳斯　好,那么我就去。滚开,我的高傲的脾气,让一个娼妓的灵魂占据住我的身体！让我那和战鼓竞响的巨嗓变成像阉人一样地尖细、像催婴儿入睡的处女的歌声一样轻柔的声音！让我的颊上挂起奸徒的巧笑,让学童的眼泪蒙蔽我的目光！让乞儿的舌头在我的嘴唇之间转动,我那跨惯征鞍的罩甲的膝盖,像接受布施一样向人弯曲！不,我不愿意；我怕我会失去对我自己的尊敬,我的身体干了这样的事,也许会使我的精神沾上一重无法摆脱的卑鄙。

伏伦妮娅　那么随你的便。我向你请求,比之你向他们请求,对于我是一个更大的耻辱。一切都归于毁灭吧；宁可让你的母亲感觉到你的骄傲,不要让她因为你的危险的顽强而担忧,因为我用像你一样豪壮的心讪笑着死亡。你愿意怎么办就怎么办；你的勇敢是从我身上得来的,你的骄傲却是你自己的。

科利奥兰纳斯　请您宽心吧,母亲,我就到市场上去；不要责备我了。我要骗取他们的欢心,当我回来的时候,我将被罗马的一切手艺人所喜爱。瞧,我去了。替我向我的妻子致意。我一定要做一个执政回来,否则你们再不要相信我的舌头也会向人谄媚。

伏伦妮娅　照你的意思做吧。(下。)

考密涅斯　去!护民官在等着您。准备好一些温和的回答;因为我听说他们将要向您提出一些比现在他们加在您身上的更严重的罪状。

米尼涅斯　记好"温和"两个字。

科利奥兰纳斯　让我们去吧;尽他们捏造我什么罪状,我都可以用我的荣誉答复他们。

米尼涅斯　是的,可是要温和点儿。

科利奥兰纳斯　好,那么就温和点儿。温和!(同下。)

第三场　同前。大市场

西西涅斯及勃鲁托斯上。

勃鲁托斯　我们说他企图独裁专政,用这一点作为他的最大的罪名;要是他在这一点上能够饰辞自辩,我们就说他敌视人民,并且说他把从安息人那里得到的战利品都中饱了自己的私囊。

一警吏上。

勃鲁托斯　啊,他来不来?

警　吏　他就来了。

勃鲁托斯　什么人陪着他?

警　吏　年老的米尼涅斯和那些一向袒护他的元老们。

西西涅斯　你有没有把我们得到的票数记录下来？

警　吏　我已经记下在这儿了。

西西涅斯　你有没有按着部族征询他们的意见？

警　吏　我已经分别征询过了。

西西涅斯　快把民众立刻召集到这儿来；当他们听见我说，"凭着民众的权利和力量，必须如此如此"的时候，不论是死刑、罚款或是放逐，我要是说"罚款"，就让他们跟着我喊"罚款"；我要是说"死刑"，就让他们跟着我喊"死刑"。

警　吏　我一定这样吩咐他们。

西西涅斯　当他们开始呼喊的时候，叫他们不停地喊下去，大家乱哄哄地高声鼓噪，要求把我们的判决立刻实行。

警　吏　很好。

西西涅斯　叫他们留心我们的说话行事，不要退缩让步。

勃鲁托斯　去干你的事吧。(警吏下)一下子就激动他的怒气。他一向惯于征服别人，爱闹别扭；一受了拂逆，就不能控制自己的性子，那时候他心里想到什么便要说出口来，我们就可以看准他这个弱点致他死命。

西西涅斯　好，他来了。

　　　　　科利奥兰纳斯、米尼涅斯、考密涅斯及元老贵族等上。

米尼涅斯　请您温和点儿。

科利奥兰纳斯　好，就像一个马夫似的，为了一点点的赏钱，愿意替无论哪个恶徒奔走。但愿尊荣的天神们护佑罗马的安全，让贤德的君子做我们的执法者！播散爱的种子在我们的中间，使我们宏大的神庙里充满和平的气象，不要使我们的街道为战争所扰乱！

元老甲　阿门，阿门。

米尼涅斯　好一个高尚的愿望！

　　　　　警吏率市民等重上。

西西涅斯　过来,民众。

警　吏　听你们的护民官说话;肃静!

科利奥兰纳斯　先听我说几句话。

西西涅斯　
勃鲁托斯　好,说吧。喂,静下来!

科利奥兰纳斯　你们就在此刻宣布我的罪状吗？一切必须在这儿决定吗？

西西涅斯　我要请你答复,你是不是愿意服从人民的公意,承认他们的官吏的权力,当你的罪案成立以后,甘心接受合法的制裁？

科利奥兰纳斯　我愿意。

米尼涅斯　听着！各位市民,他说他愿意。想一想,他立过多少战功;想一想他身上的伤痕,就像墓地上的坟茔一样多。

科利奥兰纳斯　那些不过是荆棘抓破的伤痕,这点点的创痏,也不过供人一笑罢了。

米尼涅斯　再想一想,他说的话虽然不合一个市民的身份,可是却不失为军人的谈吐;不要把他粗暴的口气认为恶意的言辞,那正是他的军人本色,不是对你们的敌视。

考密涅斯　好,好,别说了。

科利奥兰纳斯　为了什么原因,我已经得到全体同意当选执政以后,你们又立刻撤销原议,给我这样的羞辱？

西西涅斯　回答我们。

科利奥兰纳斯　好,说吧;我是应该回答你们的。

西西涅斯　你企图推翻一切罗马相传已久的政制,造成个人专权独裁的地位,所以我们宣布你是人民的叛徒。

科利奥兰纳斯　怎么!叛徒!

米尼涅斯　不,温和点儿,你答应过的。

科利奥兰纳斯　地狱底层的烈火把这些人民吞了去!说我是他们的叛徒!你这害人的护民官!在你的眼睛里藏着两万个死亡,在你的两手中握着两千万种杀人的毒计,在你说谎的舌头上含着无数杀人的阴谋,我要用向神明祈祷一样坦白的声音,向你说,"你说谎!"

西西涅斯　民众,你们听见他的话吗?

众市民　把他送到山岩上去!把他送到山岩上去!

西西涅斯　静!我们不必再把新的罪名加在他的身上;你们亲眼看见他所做的事,亲耳听见他所说的话:殴打你们的官吏,辱骂你们自己,用暴力抗拒法律,现在他又公然藐视那些凭着他们的权力审判他的人,像这样罪大恶极的行为,已经应处最严重的死刑了。

勃鲁托斯　可是他既然为罗马立过功劳——

科利奥兰纳斯　你们还要讲什么功劳?

勃鲁托斯　我提起这一点,因为我知道你的功劳。

科利奥兰纳斯　你!

米尼涅斯　你怎样答应你的母亲的?

考密涅斯　你要知道——

科利奥兰纳斯　我不要知道什么。让他们宣判把我投身在高峻的大帕岩下,放逐,鞭打,每天给我吃一粒谷监禁起来,我也不愿用一句好话的代价购买他们的慈悲,更不愿为了乞讨他们的布施而抑制我的雄心,向他们道一声早安。

西西涅斯　因为他不但在思想上,而且在行动上不断敌对人民,

321

企图剥夺他们的权力,到现在他居然擅敢在尊严的法律和执法的官吏之前,行使暴力反抗的手段,所以我们用人民的名义,秉着我们护民官的职权,宣布从即时起,把他放逐出我们的城市,要是以后他再进入罗马境内,就要把他投身在大帕岩下。用人民的名义,我说,这判决必须实行。

众市民　这判决必须实行——这判决必须实行——把他赶出去!——把他放逐出境!

考密涅斯　听我说,各位人民大众——

西西涅斯　他已经受到判决;没有什么说的了。

考密涅斯　让我说句话。我自己也曾当过执政;我可以向罗马公开展示她的敌人加在我身上的伤痕;我重视祖国的利益,甚于自己的生命和我所珍爱的儿女;要是我说——

西西涅斯　我们知道你的意思;说什么?

勃鲁托斯　不必多说,他已经被当作人民和祖国的敌人而放逐了;这判决必须实行。

众市民　这判决必须实行——这判决必须实行。

科利奥兰纳斯　你们这些狂吠的贱狗!我痛恨你们的气息,就像痛恨恶臭的沼泽的臭味一样;我轻视你们的好感,就像厌恶腐烂的露骨的尸骸一样。我驱逐了你们;让你们和你们那游移无定的性格永远留在这里吧!让每一句轻微的谣言震动你们的心,你们敌人帽上羽毛的摇闪,就会把你们搠进绝望的深渊!永远保留着把你们的保卫者放逐出境的权力吧,直到最后让你们自己的愚昧觉得人家已经不费一刀一枪,使你们成为最微贱的俘虏!对于你们,对于这一个城市,我只有蔑视;我这样离开你们,这世界上什么地方没有我的安身之处。(科利奥兰纳斯、考密涅斯、米尼涅斯、元老、贵族等同下。)

警　吏　人民的仇敌已经去了,已经去了!

众市民　我们的敌人已经被放逐了!——他去了!——呵!呵!(众欢呼,掷帽。)

西西涅斯　去,把他赶出城门,像他从前驱逐你们一样驱逐他,尽量发泄你们的愤怒,让他也难堪难堪。让一队卫士卫护我们通过全城。

众市民　来,来——让我们把他赶出城门!来!神明保佑我们尊贵的护民官!来!(同下。)

第四幕

第一场　罗马。城门前

　　科利奥兰纳斯、伏伦妮娅、维吉利娅、米尼涅斯、考密涅斯及若干青年贵族上。

科利奥兰纳斯　算了,别哭了,就这样分手吧;那多头的畜生把我撞走了。哎,母亲,您从前的勇气呢?您常常说,患难可以试验一个人的品格;非常的境遇方才可以显出非常的气节;风平浪静的海面,所有的船只都可以并驱竞胜;命运的铁拳击中要害的时候,只有大勇大智的人才能够处之泰然:您常常用那些格言教训我,锻炼我的坚强不屈的志气。

维吉利娅　天啊!天啊!

科利奥兰纳斯　不,妇人,请你——

伏伦妮娅　愿赤色的瘟疫降临在罗马各色人民的身上,使百工商贾同归于尽!

科利奥兰纳斯　怎么,怎么,怎么!当我离开他们以后,他们将会追念我的好处。不,母亲,您从前不是常常说,要是您做了赫剌克勒斯的妻子,您一定会替他完成六件艰巨的工作,减轻他一半的劳力吗?请您仍旧保持这一种精神吧。考密涅斯,不要懊丧;再会!再会,我的妻子!我的母亲!我一定还要干一番事业。你年老而忠心的米尼涅斯,你的眼泪比年轻人的眼泪更辛酸,它会伤害你的眼睛的。我的旧日的主帅,我曾经瞻仰过您那刚强坚毅的气概,您也看见过不少可以使人心肠变硬的景象,请您告诉这两个伤心的妇人,为了不可避免的打击而悲痛,是一件多么痴愚的事情。我的母亲,您知道您一向把我的冒险作为您的安慰,请您相信我,虽然我像一条孤独的龙一样离此而去,可是我将要使人们在谈起我的沼泽的时候,就会瞿然变色;您的儿子除非误中奸谋,一定会有吐气扬眉的一天。

伏伦妮娅　我的长子,你要到哪儿去呢?让考密涅斯陪你走一程吧;跟他商量一个妥当的方策,不要盲冲瞎撞,去试探前途的危险。

科利奥兰纳斯　天神啊!

考密涅斯　我愿意陪着你走一个月,跟你决定一个安身的地方,好让我们彼此互通声息;要是有机会可以设法召你回来的话,我们也可以不致于在茫茫的世界上到处找寻一个莫明踪迹的人,万一事过境迁,大好的机会又要蹉跎过去了。

科利奥兰纳斯　再会吧;你已经有一把的年纪,饱受战争的辛苦,不要再跟一个筋骨壮健的人去跋涉风霜了。我只要请你送我出城门。来,我亲爱的妻子,我最亲爱的母亲,我的情深义厚的朋友们,当我出去的时候,请你们用微笑向我道别。请你们来吧。只要我尚在人世,你们一定会听到我的消息;而且你们所听到的,一定还是跟我原来的为人一样。

米尼涅斯　那正是每一个人所乐意听见的。来,我们不用哭泣。要是我能够从我衰老的臂腿上减去七岁年纪,凭着善良的神明发誓,我一定要寸步不离地跟着你。

科利奥兰纳斯　把你的手给我。来。(同下。)

第二场　同前。城门附近的街道

　　　　西西涅斯、勃鲁托斯及一警吏上。

西西涅斯　叫他们大家回家去;他已经去了,我们也不必追他。贵族们很不高兴,他们都是袒护他的。

勃鲁托斯　现在我们已经表现出我们的力量,事情既已了结,我们不妨在言辞之间装得谦恭一点。

西西涅斯　叫他们回家去;说他们重要的敌人已经去了,他们已经恢复了往日的力量。

勃鲁托斯　打发他们各人回家。(警吏下。)

　　　　伏伦妮娅、维吉利娅及米尼涅斯上。

勃鲁托斯　他的母亲来了。

西西涅斯　让我们避开她。

勃鲁托斯　为什么?

西西涅斯　他们说她发了疯了。

勃鲁托斯　她们已经看见我们;您尽管走吧。

伏伦妮娅　啊!你们来得正好。愿神明把所有的灾祸降在你们身上,报答你们的好意!

米尼涅斯　静些,静些!不要这样高声嚷叫。

伏伦妮娅　我倘不是哭不成声,一定要让你们听听——不,我要嚷给你们听听。(向勃鲁托斯)你想逃走吗?

维吉利娅　(向西西涅斯)你也别走。我希望我能够向我的丈夫说这样的话。

西西涅斯　你们是男人吗?

伏伦妮娅　是的,傻瓜;那是丢脸的事吗?听这傻瓜说的话。我的父亲不是一个男人吗?你果然有这样狐狸般的狡狯,会把一个替罗马立过多少汗马功劳的人放逐出去吗?

西西涅斯　哎哟,苍天在上!

伏伦妮娅　为了罗马的利益,他挥舞他的英勇的剑锋,那次数比你说过的聪明话还要多。让我告诉你;可是你去吧;不,你给我站住:我但愿我的儿子在阿拉伯,你和你那一族里的人都跪在他的面前,他手里举起宝剑——

西西涅斯　那又怎么样呢?

维吉利娅　那又怎么样!他要斩草除根,不留下一个孽种在世上。

伏伦妮娅　全都是些杂种私生子!好人,他为了罗马受过多少伤!

米尼涅斯　来,来,别闹了。

西西涅斯　要是他能够贯彻为国献身的初衷,不把自己辛苦换来的光荣亲手撕毁,那就好了!

勃鲁托斯　我也希望他这样。

伏伦妮娅　"我也希望他这样"!都是你们煽动这些乱民,猫狗般的畜生,他们不能认识他的价值,正像我不能了解上天不让世间知道的神秘一样。

勃鲁托斯　请你让我们走吧。

伏伦妮娅　现在,先生,请你给我滚吧。你们已经干了一件了不得的好事。在你们未走之前,再听我说一句话:正像朱庇特的神庙不能和罗马最卑陋的一间屋子相比一样,被你们放逐出去的我的儿子——这位夫人的丈夫,就是他,你们明白了没有?——比起你们这些东西来,真是天壤之别。

勃鲁托斯　好,好,我们少陪啦。

西西涅斯　为什么我们要呆在这儿,给一个疯婆子缠个不休?

伏伦妮娅　把我的祈祷带了去吧。(二护民官下)我但愿天神们什么事也不做,只替我实现我的咒诅!要是我能够每天遇见他们一次,那么我心头的悲哀也许可以倾吐一空。

米尼涅斯　您已经骂得他们很痛快;凭良心说,您没有冤屈他们。你们愿意赏光到舍间吃晚饭吗?

伏伦妮娅　愤怒是我的食物;我一肚子都是气恼,吃不下东西了。来,我们走吧。不要这样呜呜咽咽地哭个不停,瞧着我的样子,我们在愤怒的时候,应当保持天后般的尊严。来,来,来。

米尼涅斯　唉,唉,唉!(同下。)

第三场　罗马安息间的大路

一罗马人及一伏尔斯人上,相遇。

罗马人　先生,我认识您,您也认识我;您的大名我想是阿德里安。

伏尔斯人　正是,先生。不瞒您说,我可忘记您了。

罗马人　我是个罗马人;可是我所干的事,却跟您一样,是跟罗马人作对的。您现在认识我了吗?

伏尔斯人　尼凯诺吗?不是。

罗马人　正是,先生。

伏尔斯人　我上次看见您的时候,您的胡子比现在多一点;可是您的声音可以证明您的确是他。罗马有什么消息?我得到了伏尔斯政府的命令,叫我到罗马去找您;您现在省了我一天的路程了。

罗马人　罗马曾经发生惊人的叛变;人民跟元老贵族们作对。

伏尔斯人　曾经发生!那么现在已经解决了吗?我们的政府却不这样想;他们正在积极准备用兵,想要趁他们争执得十分激烈的时候向他们突袭。

罗马人　火焰大体已经熄灭,可是一件微细的琐事就可以使它重新燃烧起来。因为那些贵族们对于放逐科利奥兰纳斯这件事感到非常痛心,一有机会,就准备剥夺人民的一切权力,把那些护民官永远罢免。我可以告诉你,未灭的余烬正在那儿吐出熊熊的火焰,猛烈爆发的时期已经不远了。

伏尔斯人　科利奥兰纳斯被放逐了!

罗马人　被放逐了,先生。

伏尔斯人　尼凯诺,您带了这一个消息去,他们一定十分欢迎。

罗马人　他们现在的机会很好。人家说,诱奸有夫之妇,最好趁她和丈夫反目的时候下手。你们那位英勇的塔勒斯·奥菲狄乌斯这一下可以大逞威风了,因为他的最大的敌手科利奥兰纳斯已经被他的祖国摈斥了。

伏尔斯人　这是不用说的。我很幸运今天凑巧碰见了您;现在我的任务已了,让我陪着您高高兴兴地回去吧。

罗马人　我现在就可以开始把许多罗马的怪事讲给您听,一直讲到晚餐的时候为止;这些事情,都是对于他们的敌人有利的。您说你们已经有一支军队准备出发了吗?

伏尔斯人　一支很雄壮的军队;所有人马都已经征齐入伍,分派营舍,命令发出以后,一小时之内就可以出发。

罗马人　我很高兴听见他们已经准备好了;我想我去见了他们

以后，就可以催促他们立刻举事。好，先生，今天能够碰见您，真是一件幸事，我很愿意做您的同行的伴侣。

伏尔斯人　您省了我一趟跋涉，先生；能够跟您一路同行，真是我的莫大的荣幸。

罗马人　好，我们一块儿走吧。（同下。）

第四场　安息。奥菲狄乌斯家门前

科利奥兰纳斯微服化装蒙面上。

科利奥兰纳斯　这安息倒是一个很好的城市。城啊，是我使你的妇女们成为寡妇；这些富丽大厦的后嗣，有许多人我曾经听见他们在我的战阵中间呻吟倒地。所以不要认识我，免得你的妇人们用唾涎唾我，你的小儿们投石子打我，使我在琐小的战争中间死去。

一市民上。

科利奥兰纳斯　请了，先生。

市　民　请了。

科利奥兰纳斯　请您指点我伟大的奥菲狄乌斯住在什么地方。他是在安息吗？

市　民　是的，今天晚上他在家里宴请政府中的贵人。

科利奥兰纳斯　请问他的家在哪儿？

市　民　就是在您面前的这一所屋子。

科利奥兰纳斯　谢谢您，先生。再见。（市民下）啊，变化无常的世事！刚才还是誓同生死的朋友。两个人的胸膛里好像只有一颗心，睡眠、饮食、工作、游戏，都是彼此相共，亲爱得分不开来，一转瞬之间，为了些微的争执，就会变成不共戴天的仇人。同样,切齿痛恨的仇敌,他们在梦寐之中也念念不忘地勾心斗角,互谋倾陷,为了一个偶然的机会,一些不足道的琐事,也会变成亲密的友人,彼此携手合作。我现在也正是这样:我痛恨我自己生长的地方,我的爱心已经移向了这个仇敌的城市。我要进去;要是他把我杀死,那也并不是有悖公道的行为;要是他对我曲意优容,那么我愿意为他的国家尽力。(下。)

第五场　同前。奥菲狄乌斯家中厅堂

内乐声;仆甲上。

仆　甲　酒,酒,酒!他们都在干些什么事!我想我们那些伙计们都睡着了。(下。)

仆乙上。

仆　乙　戈得斯呢?主人在叫他。戈得斯!(下。)

科利奥兰纳斯上。

科利奥兰纳斯　好一间屋子;好香的酒肉味道!可是我却不像一个客人。

仆甲重上。

仆　甲　朋友,你要什么?你是哪儿来的?这儿没有你的地方;出去。(下。)

科利奥兰纳斯　因为我是科利奥兰纳斯,他们这样款待我是理所当然的。

仆乙重上。

仆　乙　朋友,你是从什么地方来的?管门的难道不生眼睛,会放这种家伙进来吗?出去出去!

科利奥兰纳斯　走开!

仆　乙　走开!你自己走开!

科利奥兰纳斯　你真讨厌。

仆　乙　你这样放肆吗?我就去叫人来跟你说话。

　　　　　仆丙上;仆甲重上。

仆　丙　这家伙是什么人?

仆　甲　我从来没有见过这样古怪的家伙,我没有法子叫他出去。请你去叫主人出来。

仆　丙　朋友,你到这儿来干吗?谢谢你,快出去吧。

科利奥兰纳斯　只要让我站在这儿;我不会弄坏你们的炉灶的。

仆　丙　你是什么人?

科利奥兰纳斯　一个绅士。

仆　丙　一个穷得出奇的绅士。

科利奥兰纳斯　正是,你说得不错。

仆　丙　谢谢你,穷绅士,到别处去吧;这儿没有你的地方。喂,滚出去。

科利奥兰纳斯　你管你自己的事;去,吃你的残羹冷菜去。(将仆丙推开。)

仆　丙　怎么,你不肯去吗?请你去告诉主人,他有一个奇怪的客人在这儿。

仆　乙　好,我就去告诉他。(下。)

仆　丙　你住在什么地方?

科利奥兰纳斯　在苍天之下。

仆　丙　在苍天之下!

科利奥兰纳斯　是的。

仆　丙　那是在什么地方?

科利奥兰纳斯　在鹞子和乌鸦的城里。

仆丙　在鹞子和乌鸦的城里！这个蠢驴！那么你是和乌鸦住在一起的吗？

科利奥兰纳斯　不；我并不侍候你的主人。

仆丙　怎么，你是来和我们老爷打交道的吗？

科利奥兰纳斯　嗯，反正不是跟你们太太打交道就是好事。别尽说废话了，到酒席上侍候去吧。（将仆丙打走。）

　　　　　奥菲狄乌斯及仆乙上。

奥菲狄乌斯　这家伙在什么地方？

仆乙　这儿，老爷。倘不是恐怕惊吵了里面的各位老爷，我早就把他当狗一样打得半死了。

奥菲狄乌斯　你是从哪儿来的？你要什么？你叫什么名字？为什么不说话？说吧，朋友，你叫什么名字？

科利奥兰纳斯　（取下面巾）塔勒斯，要是你还不认识我，看见了我的面，也想不到我是什么人，那么我必须自报姓名了。

奥菲狄乌斯　你叫什么名字？（众仆退后。）

科利奥兰纳斯　我的名字在伏尔斯人的耳中是不好听的，你听见了会觉得刺耳。

奥菲狄乌斯　说，你叫什么名字？你有一副凛然不可侵犯的容貌，你的脸上有一种威严；虽然你的装束这样破旧，却不像是一个庸庸碌碌的人。你叫什么名字？

科利奥兰纳斯　准备皱起你的眉头来吧。你还不认识我吗？

奥菲狄乌斯　我不认识你。你的名字呢？

科利奥兰纳斯　我的名字是卡厄斯·马歇斯，我曾经把极大的伤害和灾祸加在你和一切伏尔斯人的身上；我的姓氏科利奥兰纳斯就是最好的证明。辛苦的战役、重大的危险、替我

333

这负恩的国家所流过的血,结果只是换到了这一个空洞的姓氏,为你对我所怀的怨恨留下一个创巨痛深的记忆。只有这名字剩留着;残酷猜嫉的人民,得到了我们那些懦怯的贵族的默许,已经一致遗弃了我,抹煞了我一切的功绩,让那些奴才们把我轰出了罗马。这一种不幸的遭遇,使我今天来到你的家里;不要误会我,以为我想来向你求恩乞命,因为要是我怕死的话,我就应该远远地躲开你;我只是因为出于气愤,渴想报复那些放逐我的人,所以才到这儿来站在你的面前。要是你也有一颗复仇的心,想要替你自己和你的国家洗雪耻辱,现在就是你的机会到了,你正可以利用我的不幸,达到你自己的目的,因为我将要用地狱中一切饿鬼的怨毒,来向我的腐败的祖国作战。可是你要是没有这样的胆量,也不想追求远大的前程,那么一句话,我也已经厌倦人世,愿意伸直我的颈项,听任你的宰割,让你一泄这许多年来郁积在心头的怨恨;你要是不杀我,你就是个傻瓜,因为我一向是你的死敌,曾经从你祖国的胸前溅下了无数吨的血;要是让我活在世上,对于你永远是一个耻辱,除非你能够跟我合作。

奥菲狄乌斯　啊,马歇斯,马歇斯!你所说的每一个字,已经从我心里薅除了旧日的怨恨,不再存留一些芥蒂。要是朱庇特从那边的云中宣示神圣的诏语,说,"这是真的,"我也不会相信他甚于相信你,高贵无比的马歇斯。让我用我的胳臂围住你的身体;我这样拥抱着我的剑砧,热烈而真诚地用我的友谊和你比赛,正像我过去雄心勃勃地和你比赛着勇力一样。我告诉你,我曾经热恋着我的妻子,为她发过无数挚情的叹息;可是我现在看见了你,你高贵的英雄!我的狂喜的心,比我第一次看见我的恋人成为我的新妇,跨进我的门槛的时候还要跳跃得厉害。嗨,战神,我对你说,我们已经有一支军队准备行动;我已经再度下了决心,一定要从你的胸前割下一块肉来,即使牺牲自己的一只胳臂,也是甘心的。你曾经打败我十二次,每天晚上我都做着和你交战的梦;在我的睡梦之中,我们常常一起倒在地上,争着解开彼此盔上的扣子,拳击着彼此的咽喉,等到梦醒以后,已经无缘无故地累得半死了。尊贵的马歇斯,即使我们和罗马毫无仇恨,只是因为你被他们放逐了出来,我们也会动员一切十二岁以上七十岁以下的男子,把战争的汹涌的洪流倾倒在罗马忘恩的心脏里。来啊!进去和我们那些善意的元老们握握手,他们现在正要向我告别;他们虽然还没有想到要把罗马吞并,可是已经准备向你们的领土进攻了。

科利奥兰纳斯　感谢神明!

奥菲狄乌斯　所以,沉鸷雄毅的将军,要是你愿意为报复自己的仇恨而做我们的前导,我可以分我的一半军力归你节制;你既然对于自己国中的虚实了如指掌,就可以凭着你自己的经验决定进军的方策;或者直接向罗马本城进攻,或者在僻远的所在猛力骚扰,让他们在灭亡以前,先受到一些惊恐。可是进来吧;让我先介绍你见见几个人,取得他们的准许。一千个欢迎!我们已经尽释前嫌,变成了一心一德的友人。把你的手给我;欢迎!(科利奥兰纳斯、奥菲狄乌斯同下。)

仆　甲　(上前)真是意想不到的变化!

仆　乙　我可以举手为誓,我还想用棍子打他呢;可是我心里总觉得他这个人是不能凭他的衣服判断他是个什么人的。

仆　甲　他的臂膀多么结实!他用两个指头把我掇来掇去,就

仆　乙　噢,我瞧着他的脸,就知道他有一点不同凡俗的地方;我觉得他的脸上有一种——我不知道应该怎么说。

仆　甲　他的确是这样;瞧上去好像——我早就知道他有一点不是我所窥测得到的东西。

仆　乙　我可以发誓,我也这样想;他简直是世界上最稀有的人物。

仆　甲　我想是的;可是他是比你所知道的一个人更伟大的军人。

仆　乙　谁?我的主人吗?

仆　甲　噢,那就不用说了。

仆　乙　我的主人一个人可以抵得过像他这样的六个人。

仆　甲　不,那也不见得;我看还是他了不得。

仆　乙　哼,那可不能这么说;讲到保卫城市,我们大帅的本领是超人一等的。

仆　甲　是的,就是进攻起来也不弱呢。

　　　　仆丙重上。

仆　丙　奴才们哪!我可以告诉你们好多消息。

仆　甲
仆　乙　什么,什么,什么?讲给我们听听。

仆　丙　在所有的国家之中,我顶不愿意做一个罗马人;我宁可做一个判了死罪的囚犯。

仆　甲
仆　乙　为什么?为什么?

仆　丙　嘿,刚才来的那个人,就是常常打败我们的大帅的那个卡厄斯·马歇斯呢。

仆　甲　你为什么说"打败我们的大帅"?

仆　丙　我并不说"打败我们的大帅";可是他一向是他的劲敌。

仆　乙　算了吧,我们都是自己人好朋友;我们的大帅总是败在他手里,我常常听见他自己这样说。

仆　甲　说句老实话,我们的大帅实在打他不过;在科利奥里城前,他曾经把他像切肉一样宰着呢。

仆　乙　要是他喜欢吃人肉,也许还会把他煮熟了吃下去哩。

仆　甲　可是再讲你的新闻吧。

仆　丙　嘿,他在里边受到这样的敬礼,好像他就是战神的儿子一样;坐在食桌的上首;那些元老们有什么问题问他的时候,总是脱下帽子站在他的面前。我们的大帅自己也把他当作一个情人似的敬奉,握着他的手,翻起了眼白听他讲话。可是最要紧的消息是,我们的大帅已经腰斩得只剩半截了,还有那半截因为全体在座诸人的要求和同意,已经给了那个人了。他说他要去把看守罗马城门的人扯着耳朵拖出来;他要斩除挡住他的路的一切障碍,使他的所过之处都成为一片平地。

仆　乙　他一定做得到这样的事。

仆　丙　做得到!他当然做得到:因为你瞧,他虽然有许多敌人,也有许多朋友;那些朋友在他沮丧失势的时候,却不敢自称为他的朋友,不敢露面出来。

仆　甲　沮丧失势!怎么讲?

仆　丙　可是他们要是看见他恢复元气,再振声威,就会像雨后的兔子一样从他们的洞里钻了出来,环绕在他的身边了。

仆　甲　可是什么时候出兵呢?

仆丙　明天;今天;立刻。今天下午你们就可以听见鼓声;这是他们宴会中的一个余兴,在他们抹干嘴唇以前就要办好。

仆乙　啊,那么我们就可以热闹起来啦。这种和平不过锈了铁,增加了许多裁缝,让那些没事做的人编些歌曲唱唱。

仆甲　还是战争好,我说;它胜过和平就像白昼胜过黑夜一样。战争是活泼的、清醒的、热闹的、兴奋的;和平是麻木不仁的、平淡无味的、寂无声息的、昏睡的、没有感觉的。和平所产生的私生子,比战争所杀死的人更多。

仆乙　对呀:战争可以说是一个强奸妇女的狂徒,因而和平就无疑是专事培植乌龟的能手了。

仆甲　是呀,它使人们彼此仇恨。

仆丙　理由是有了和平,人们就不那么需要彼此照顾了。我愿意用我的钱打赌还是战争好。我希望看见罗马人像伏尔斯人一样贱。他们都从席上起来了,他们都从席上起来了。

众仆　进去,进去,进去,进去!(同下。)

第六场　罗马。广场

西西涅斯及勃鲁托斯上。

西西涅斯　我们没有听见他的消息,也不必怕他有什么图谋。人民现在已经由狂乱的状态回复到安宁平静,他也无能为力了。因为一切进行得如此顺利,我们已经使他的朋友们感到惭愧,他们是宁愿瞧见纷争的群众在街道上闹事——虽然那样对于他们自身也是同样有害——而不愿瞧见我们的百工商贾们安居乐业、歌舞升平的。

米尼涅斯上。

勃鲁托斯　我们总算没有错过了时机。这是米尼涅斯吗?

西西涅斯　正是他,正是他。啊!他近来变得和气多啦。您好,老人家!

米尼涅斯　你们两位都好!

西西涅斯　您那科利奥兰纳斯除了他的几个朋友以外,没有什么人因为他的不在而惋惜。我们的共和政府依然存在,即使他对它再不高兴一些,也会继续存在下去的。

米尼涅斯　一切都很好;要是他的态度能够谦和一些,事情一定会更好的。

西西涅斯　他在什么地方?你听见人家说起吗?

米尼涅斯　不,我没有听到什么;他的母亲和他的妻子也没有听到他的消息。

　　　　　市民三、四人上。

众市民　天神保佑你们两位!

西西涅斯　各位朋友,你们都好。

勃鲁托斯　你们大家都好,你们大家都好。

市民甲　我们自己、我们的妻子儿女,都应该跪下来为你们两位祈祷。

西西涅斯　愿你们都能享受幸福繁荣的生活!

勃鲁托斯　再见,好朋友们;我们希望科利奥兰纳斯也像我们一样爱你们。

众市民　神明保佑你们!

西西涅斯
勃鲁托斯　再见,再见。(市民等下。)

西西涅斯　这才是太平盛世的光景,比从前这些人在街上到处奔走、叫嚣扰乱的时候好得多啦。

勃鲁托斯　卡厄斯·马歇斯在战阵上是一员能将；可是太傲慢、太目空一世、太野心勃勃、太自负了——

西西涅斯　他只想由他一个人称王道霸，用不着别人帮助。

米尼涅斯　我倒不这样想。

西西涅斯　要是他果然当了执政，我们现在就要发现他是这样一个人而后悔不及了。

勃鲁托斯　幸亏神明默护，不让他当选，罗马去掉了这个人，可以从此安宁了。

　　　　一警吏上。

警　吏　两位尊贵的护民官，据一个给我们关在牢里的奴隶说，伏尔斯人派了两支军队，已经开进了罗马领土，毁灭他们所碰到的一切，存心要来向我们挑起一场恶战。

米尼涅斯　那一定是奥菲狄乌斯；当罗马有马歇斯挺身保卫的时候，他就像一只缩头的蜗牛，不敢钻出壳来张望一眼，现在他听见马歇斯已经被放逐出去，又要把他的角伸出来了。

西西涅斯　得啦，您何必提起马歇斯呢？

勃鲁托斯　去把这个造谣惑众的家伙抽一顿鞭子。伏尔斯人决不敢来侵犯我们。

米尼涅斯　决不敢！我们有过去的记录可以证明他们会干这样的事；在我的一生之中，已经看到过三次同样的例子了。可是你们在处罚这家伙以前，应该把他问清楚，他从什么地方听到这句话，免得屈打了一个把确实消息报告你们、叫你们预防祸事的好人。

西西涅斯　不劳指教，我知道决不会有这种事。

勃鲁托斯　不可能的。

　　　　一使者上。

使　　者　贵族们都急急忙忙地到元老院去了;他们不知道听到了什么消息,一个个脸色都变了。

西西涅斯　都是这个奴才。——去把他鞭打示众;完全是他造谣生事。

使　　者　是的,大人,这奴隶的话已经有人证实;而且还有更可怕的消息。

西西涅斯　什么更可怕的消息?

使　　者　许多人都在那里公开传说,我也不知道他们从哪儿听来的,说是马歇斯已经和奥菲狄乌斯联合,带领一支军队来攻打罗马了;他发誓为自己复仇,把罗马人无论老幼,一起杀尽。

西西涅斯　会有这样的事!

勃鲁托斯　完全是谣言;他们想用这样的话煽惑那些懦弱的人,让他们希望善良的马歇斯回来。

西西涅斯　正是这个诡计。

米尼涅斯　这话恐怕未必;他跟奥菲狄乌斯是势不两立的仇人,决没有调和的可能。

　　　　　　另一使者上。

使者乙　请各位大人到元老院去。卡厄斯·马歇斯由奥菲狄乌斯辅佐,已经率领了一支声势浩大的军队,向我们的领土进犯了;他们一路过来势如破竹,到处纵火焚烧,掳夺一空。

　　　　　　考密涅斯上。

考密涅斯　啊!你们干得好事!

米尼涅斯　什么消息?什么消息?

考密涅斯　你们已经帮助你们的敌人来强奸你们自己的女儿,把全城的铅块熔灌在你们的头顶,亲眼看你们的妻子被人污辱——

米尼涅斯　什么消息？什么消息？

考密涅斯　你们的神庙化为灰烬，你们所倚赖的特权压缩得只剩锥孔一样大小。

米尼涅斯　请你把消息告诉我吧。——哼，你们干得好事！——请问什么消息？假如马歇斯和伏尔斯人联合起来——

考密涅斯　假如！他就是他们的神。他领导着他们的那副气概，好像凭着造化的本领，也造不出他这样一个顶天立地的男儿一样；他们跟随着他来攻击我们这些小儿，也像孩子们追捕夏天的蝴蝶、屠夫们杀戮苍蝇一样有把握。

米尼涅斯　你们干得好事，你们和你们那些穿围裙的家伙！你们那样看重那些手工匠的话，那些吃大蒜的人们吐出来的气息！

考密涅斯　他将要荡平你们的罗马。

米尼涅斯　就像赫剌克勒斯从树上摇落一颗烂熟的果子一样容易。你们干得好事！

勃鲁托斯　可是这是真的吗？

考密涅斯　还会不真吗？等着瞧吧，你们的脸色都要吓白了。各处属地都望风响应，欣然脱离我们的羁縻；企图抵抗的，都被讥笑为勇敢的愚夫，因为不自量力而覆亡。谁能责怪他的不是呢？你们的敌人和他的敌人都知道他是一个不可轻视的人。

米尼涅斯　我们全都完了，除非这位英雄大发慈悲。

考密涅斯　谁去求他开恩呢？护民官是不好意思去向他求情的；人民不值得他怜悯，正像豺狼不值得牧人怜悯一样；至于他的要好的朋友们，要是他们向他说，"照顾照顾罗马吧，"那么他们也就和他所憎恨的人一鼻孔出气，也就是他的仇敌了。

米尼涅斯　不错，要是他在我的家里放起火来，我也没有脸向他说，"请您住手。"——你们干得好事，你们和你们那些手段！

考密涅斯　你们使罗马发生空前的战栗，它从来没有像今天这样濒于绝望的境地。

西西涅斯
勃鲁托斯　不要说这是我们的错处。

米尼涅斯　怎么！那么是我们的错处吗？我们都是敬爱他的，可是像一群畜生和懦怯的贵族似的，让你们那群贱民为所欲为，把他轰出了城。

考密涅斯　可是我怕他们又要用高声的叫喊迎接他进来了。塔勒斯·奥菲狄乌斯，人类中间第二个令人畏惧的名字，像他的部属一样服从他的号令。罗马倘要抵抗他们，除了准备与城俱亡以外，已经力竭计穷、无法防御了。

　　　一群市民上。

米尼涅斯　这群东西来了。奥菲狄乌斯也和他在一起吗？你们抛掷你们恶臭油腻的帽子，鼓噪着把科利奥兰纳斯放逐出去，就这样使罗马的空气变得污浊了。现在他来了；每一个兵士头上的每一根头发，都会变成惩罚你们的鞭子；他要把你们的头颅一个一个砍下来，报答你们的好意。算了，要是他把我们一起烧成了一个炭块，也是活该。

众市民　真的，我们听见了可怕的消息。

市民甲　拿我自己来说，当我说把他放逐的时候，我也说这是一件很可惋惜的事。

市民乙　我也这样说。

市民丙　我也这样说;说句老实话,我们中间有许多人都这样说。我们所干的事,都是为了大众的利益;虽然我们同意放逐他,可是那也并不是我们的本意。

考密涅斯　你们都是些好东西,你们的同意!

米尼涅斯　你们干得好事,你们和你们的鼓噪! 我们要不要到议会里去?

考密涅斯　啊,是,是;不去又有什么事情好做?(考密涅斯、米尼涅斯同下。)

西西涅斯　各位! 你们回家去吧;不要发急。这两个人是一党,他们虽然面子上装得很害怕,心里却但愿真有这样的事。回去吧,不要露出惊慌的样子来。

市民甲　但愿神明照顾我们! 来,朋友们,我们回去吧。我们把他放逐的时候,我早就说我们做了一件错事。

市民乙　我们大家都这样说。可是走吧,我们回去吧。(众市民下。)

勃鲁托斯　我不喜欢这种消息。

西西涅斯　我也不喜欢。

勃鲁托斯　我们到议会去吧。要是有人能够证明这消息是个谣言,我愿意把我一半的家产赏给他!

西西涅斯　我们走吧。(同下。)

第七场　离罗马不远的营地

奥菲狄乌斯及其副将上。

奥菲狄乌斯　他们仍旧向那罗马人纷纷投附吗?

副　将　我不知道他有一种什么魔力,可是他们简直把他当作食前的祈祷、席上的谈话,和餐后的谢恩一样一刻不离口。您的声名,主帅,在这次战役中已经相形见绌,甚至于您自己的部下对您的信仰也一天不如一天了。

奥菲狄乌斯　我现在也没有法子,虽然可以用计策排挤他,可是那会影响到军事的进行。当我第一次拥抱他的时候,我想不到他在我的面前也会倨傲到这个样子;可是这也是他天性如此,改变不过来的脾气,我也只好原谅他了。

副　将　可是主帅,为您着想,我倒希望这次您没有和他负起共同的责任,或者您自己统率全军,或者让他独自主持一切。

奥菲狄乌斯　我很懂得你的意思;你等着瞧吧,等到我跟他最后清算的日子,怕他不跌翻在我的手里。虽然看上去好像他的行事非常堂皇正大,对伏尔斯政府也十分尽忠,作战的时候像龙一样勇猛,一拔出剑来就可以克敌制胜,他自己也因此沾沾自喜,一般凡俗的眼光也莫不以为如此;可是他还有一件事情留下没有做,在我们最后清算的日子,它将要使我们两人中间有一个人牺牲。

副　将　请教主帅,您看来他会不会把罗马征服?

奥菲狄乌斯　他还没有坐下,他的威力就已经压倒一切。罗马的元老和贵族们都是他的朋友;护民官不是军人;他们的人民会卤莽地把他放逐,也会卤莽地收回成命。我想他对于罗马,就像白鹭对于鱼类一样,天性中自有一种使人俯首就范的力量。本来他是他们的一个忠勇的仆人,可是他不能使他的荣誉维持不坠。也许因为他的一帆风顺的命运,使他沾上骄傲的习气,损坏了他的完善的人格;也许因为他见事不明,不善于利用他自己的机会;也许因为他本性难移,只适宜于顶盔披甲,不适宜于雍容揖让,刚毅严肃本来是治军的正道,他却用来对待和平时期的民众;这几重原因他虽然并不完全犯着,可是每一种都犯几分,只要犯了其中之一,就可以使他为人民所畏惧,因而被他们憎恨以至于放逐。正像一个怀璧亡身的人一样,他的功劳一经出口,就会被它自己所噎死。所以我们的美德是随着时间而变更价值的;权力的本身虽可称道,可是当它高踞宝座的时候,已经伏下它的葬身的基础了。一个火焰驱走另一个火焰,一枚钉打掉另一枚钉;权利因权利而转移,强力被强力所征服。来,我们去吧。卡厄斯,当你握有整个罗马的时候,你是一个最贫穷的人;那时候你就在我的手掌之中了。(同下。)

第 五 幕

第一场 罗马。广场

  米尼涅斯、考密涅斯、西西涅斯、勃鲁托斯及余人等上。

米尼涅斯　不,我不去。你们已经听见他从前的主将怎么说了,他对于他的爱护是无微不至的。他虽然把我叫做父亲,可是那又有什么用处呢?你们把他放逐出去,还是你们去向他央求,在他营帐之前一哩路的地方俯伏下来,膝行而进,请他大发慈悲吧。不,他既然不愿听考密涅斯的话,那么我还是安住家里的好。

考密涅斯　他假装不认识我。

米尼涅斯　你们听见了吗?

考密涅斯　可是从前他却用我的名字称呼我。我向他提起我们过去的交情,我们在一起流过的血;可是无论我叫他科利奥兰纳斯或者其他的名字,他都不应一声;他仿佛是一个无名无姓的东西,等着用罗马城中的烈火替他自己熔铸出一个名字来。

米尼涅斯　哼,好,你们干得好事!一对护民官替罗马降低了炭价,不朽的功绩!

考密涅斯　我对他说,宽恕人家所不能宽恕的,是一种多么高贵的行为;他却回答我,一个国家向它所处罚的罪人求恕,是一件多么无聊的事。

米尼涅斯　很好,他当然要说这样的话啦。

考密涅斯　我叫他想想他自己的亲戚朋友;他回答我说,他等不及把他们从一大堆恶臭发霉的糠屑中间选择出来;他说他不能为了不忍烧去一两粒谷子的缘故,永远忍受着难闻的气味。

米尼涅斯　为了一两粒谷子的缘故!我就是这样一粒谷子;他的母亲、妻子,他的孩子,还有这位好汉子,我们都是这样的谷粒;你们是发霉的糠屑,你们的臭味已经熏到月亮上去了。为了你们的缘故,我们也只好同归于尽!

西西涅斯　不,请您不要恼怒;要是您不肯在这样危急的时候帮助我们,那么您也不要在我们的患难之中责备我们。可是我们相信,要是您愿意替您的祖国请命,那么凭着您的巧妙的口才,一定可以使我们那位同国之人放下干戈,比我们所能召集的军队更有力量。

米尼涅斯　不,我不愿多管闲事。

西西涅斯　请您去这一趟吧。

米尼涅斯　我干得了什么事呢?

勃鲁托斯　只要您去向马歇斯试一试您对他的交情能不能为罗马做一点事。

米尼涅斯　好;要是马歇斯理也不理我,就像他对待考密涅斯一样对待我,那便怎样呢?要是我在他的无情的冷淡之下抱着满怀的懊恼失望而归,那可怎么办呢?

西西涅斯　无论此去成功失败,您的好意总是会得到罗马的感谢的。

米尼涅斯　好,我就去试一试;也许他会听我的话。可是他对考密涅斯咬紧嘴唇,哼呀哈的,却叫我担着老大的心事。也许考密涅斯没有看准适当的时间,那个时候他还没有吃过饭;一个人在腹中空虚、血液没有温暖的时候,往往会噘着嘴生气,不大肯布施人,更不容易宽恕别人的过失;可是当我们把酒食填下了脏腑,使全身的血管增加热力以后,我们的灵魂就要比未进饮食以前温柔得多了。所以我要留心看着他,等他餐罢以后,方才向他提出我的请求,竭力说得他回心转意。

勃鲁托斯　您已经知道用怎样的途径激发他的天良,我们相信您一定不会有错。

米尼涅斯　好,不论结果如何,我去试一试再说。成功失败,不久就可以见个分晓。(下。)

考密涅斯　他决不会听他的话。

西西涅斯　不听他?

考密涅斯　我告诉你,他坐在黄金的椅上,他的眼睛红得像要把罗马烧起来一般,他的冤愤就是监守他的恻隐之心的狱吏。我跪在他的面前,他淡淡地说了一声"起来",用他的无言的手把我挥走。他准备做的事,他将用书面告诉我;他不愿做的事,他已经立誓在先,决无改移。所以一切希望都已归于乌有了,除非他的母亲和妻子去向他当面哀求;听说她们已经准备前去求他保全他的祖国了,所以让我们就去恳促她们赶快动身吧。(同下。)

第二场　罗马城前的伏尔斯人营地

　　二守卒立岗位前防守；米尼涅斯上。

守卒甲　站住！你是什么地方来的？

守卒乙　站住！回去！

米尼涅斯　你们这样尽职，很好；可是对不起你们，我是一个政府官吏，要来见科利奥兰纳斯说话。

守卒甲　从什么地方来的？

米尼涅斯　从罗马来的。

守卒甲　你不能通过；你必须回去。我们主将有令，凡是从罗马来的人，一概不见。

守卒乙　等你看见你们的罗马被烈焰拥抱的时候，你再来跟科利奥兰纳斯说话吧。

米尼涅斯　我的好朋友们，要是你们曾经听见你们的主将说起罗马和他在罗马的朋友们，那么我的名字一定接触过你们的耳朵：我是米尼涅斯。

守卒甲　很好，回去吧；你的名字不能使你在这儿通行无阻。

米尼涅斯　我告诉你吧，朋友，你的主将是我的好朋友；我曾经是记载他的善行的一卷书，人家可以从我的嘴里读到他的无比的名声，因为我对于我的朋友们的好处总是极口称扬的，尤其是他，我有时候因为说溜了嘴，就像一个球碰到了光滑的地面一样，会不知不觉地夸张过分，越过了限定的界线。所以，朋友，你必须让我通过。

守卒甲　先生，即使您替他说过的谎话，就跟您自己说过的话一样多，即使说谎是一件善事，您也不能在这儿通过。所以您还是回去吧。

米尼涅斯　朋友，请你记好我的名字是米尼涅斯，一向都是站在你主将一边的。

守卒乙　不管你替他扯过多少谎，我奉着他的命令，却必须老实告诉你，你不能通过。所以你回去吧。

米尼涅斯　你知道他已经吃过饭了没有？我一定要等他饭后方才跟他说话。

守卒甲　你是一个罗马人，是不是？

米尼涅斯　我是罗马人，你的主将也是罗马人。

守卒甲　那么你应当像他一样痛恨罗马。你们把保卫罗马的人逐出门外，在一阵群众的狂暴的愚昧中，把你们的干盾给了你们的敌人，现在你们却想用老妇人的不费力的呻吟、你们女儿们的童贞的手掌或是像你这样一个老朽的瘫痪的说项，来抵御他的复仇的怒焰吗？你们想要用像这样微弱的呼吸，来吹灭将要焚毁你们城市的烈火吗？不，你完全想错了；所以赶快回到罗马去，准备引颈就戮吧。你们的劫运已经无可避免，我们的主将发誓不再宽恕你们。

米尼涅斯　哼，要是你的长官知道我在这儿，他一定会对我以礼相待的。

守卒乙　算了吧，我的长官不认识你。

米尼涅斯　我是说你的主将。

守卒甲　我的主将不知道有你这样一个人。回去，走，否则我要叫你流出你身上所有的两三滴血了；回去回去。

米尼涅斯　不，不，朋友，朋友——

　　　　　科利奥兰纳斯及奥菲狄乌斯上。

科利奥兰纳斯　什么事？

米尼涅斯　现在,伙计,我也不要麻烦你替我传报了。你现在就可以知道我是一个被人敬礼的人;一个卑微的哨兵,是不能挡住我不让我看见我的孩儿科利奥兰纳斯的。你只要看他怎样款待我,就可以猜想得到你是不是将要上绞架,或者受到其他欣赏起来更长久、受苦得更残酷的死刑了;现在你给我留心看着,想一想你的未来的遭遇而晕过去吧。(向科利奥兰纳斯)愿荣耀的天神们每时每刻护佑着你,像你的米尼涅斯老爹一样眷爱你!啊,我的孩子!我的孩子!你在准备用火烧我们;瞧,我要用我眼睛里的泪水把它浇熄。他们好容易劝我到这儿来;可是我因为相信除了我自己以外,再也没有别人可以说动你,所以就让叹息把我吹出了城门,来求你宽恕罗马,和你的迫切待命的同胞们。愿善良的神明们缓和你的愤怒,要是你还有几分气恼未消,请你发泄在这个奴才的身上吧,他像一块石头一样,挡住了我不让见你。

科利奥兰纳斯　去!

米尼涅斯　怎么!去!

科利奥兰纳斯　我不知道什么妻子、母亲、儿女。我现在替别人做着事情,虽然是为自己报仇,可是我的行动要受伏尔斯人的支配。讲到我们过去的交情,那么还是让它在无情的遗忘里冷淡下去,不要用同情的怜悯唤起它的记忆吧。所以你去吧;你们的城门经不起我大军的一击,我的耳朵却不会被你们的呼吁所打动。可是为了我们的友谊,把这拿去吧;(以信交米尼涅斯)这是我写给你的,我本想叫人送给你。还有一句话,米尼涅斯,我不想听你说话。奥菲狄乌斯,这个人是我在罗马的好朋友,可是你瞧我怎样对待他!

奥菲狄乌斯　您有一个很坚决的意志。(科利奥兰纳斯、奥菲狄乌斯同下。)

守卒甲　先生,您的大名是米尼涅斯吗?

守卒乙　这一个名字是一道很有法力的符咒。现在您知道从哪条路回家去了。

守卒甲　您有没有听见我们因为不让大驾通过,挨了怎样一顿痛骂?

守卒乙　为了什么理由您说我要晕过去呢?

米尼涅斯　整个世界和你们的主将都不在我的心上;至于像你们这种东西,那么我简直不知道世上有你们存在,你们是太渺小了。自己愿意死的人,不怕别人把他杀死。让你们的主将去大施威风吧。讲到你们,那么愿你们一辈子做个没出息的小兵;愿你们的困苦与年俱增!你们叫我去,我也要对你们说,滚开!(下。)

守卒甲　他不是一个等闲之辈。

守卒乙　我们的主将是个好汉;他是岩石,是风吹不折的橡树。

(同下。)

第三场　科利奥兰纳斯营帐

科利奥兰纳斯、奥菲狄乌斯及余人等上。

科利奥兰纳斯　我们明天将要在罗马城前驻扎下我们的大军。我的从征的助手,你必须向伏尔斯政府报告我怎样坦白地执行我的任务的情形。

奥菲狄乌斯　您只知道履行他们的意旨,充耳不闻罗马人民的呼吁,不让一句低声的私语进入您的耳中;即使那些自信和您交情深厚、决不会遭您拒绝的朋友,也不能不失望而归。

科利奥兰纳斯　最后来的那位老人家,就是我使他怀着一颗碎裂的心回去的那位,爱我胜如一个父亲;他简直把我像天神一样崇拜。他们把最后的希望寄托在他身上,叫他来向我说情;我虽然用冷酷的态度对待他,可是为了顾念往日的交情起见,仍旧向他提出最初的条件,那是他们所已经拒绝、现在也无法接受的。我不曾向他们作过什么让步;以后要是他们再派什么人来向我请求,无论是政府方面的使者,或是私人方面的朋友,我都一概不去理会他们。(内呼声)嘿!这是什么呼声?难道我刚发了誓,就有人来引诱我背誓吗?我一定不。

　　　　　维吉利娅、伏伦妮娅各穿丧服,率小马歇斯、凡勒利娅及侍从等上。

科利奥兰纳斯　我的妻子走在最前面;跟着她来的就是塑成我这躯体的高贵的模型,她的手里还挽着她的嫡亲的孙儿。可是去吧,感情!一切天性中的伦常,都给我毁灭了吧!让倔强成为一种美德。那屈膝的敬礼,还有那可以使天神背誓的鸽子一样温柔的眼光,又都值得了什么呢?我要是被温情所溶解,那么我就要变得和别人同样软弱了。我的母亲向我鞠躬了,好像俄林波斯山也会向一个土丘低头恳求一样;我的年幼的孩儿也露着求情的脸色,伟大的天性不禁喊出,"不要拒绝他!"让伏尔斯人耕耘着罗马的废墟,把整个意大利夷为田亩吧;我决不做一头服从本能的呆鹅,我要漠然无动于衷,就像我是我自己的创造者,不知道还有什么亲族一样。

维吉利娅　我的主,我的丈夫!

科利奥兰纳斯　我现在不是用我在罗马时候的那双眼睛瞧着

你了。

维吉利娅　悲哀改变了我们的容貌,所以您才会这样想。

科利奥兰纳斯　像一个愚笨的伶人似的,我现在已经忘记了我所扮演的角色,将要受众人的耻笑了。我的最亲爱的,原谅我的残酷吧;可是不要因此而向我说,"原谅我们的罗马人。"啊!给我一个像我的放逐一样长久、像我的复仇一样甜蜜的吻吧!善妒的天后可以为我证明,爱人,我这一个吻就是上次你给我的,我的忠心的嘴唇一直为它保持着贞操。天啊!我是多么饶舌,忘记了向全世界最高贵的母亲致敬。母亲,您的儿子向您下跪了;(跪)我应该向您表示不同于一般儿子的最深的敬意。

伏伦妮娅　啊!站起来受我的祝福;让坚硬的石块做我的膝垫,我现在跪在你的面前,颠倒向我的儿子致敬了。(跪。)

科利奥兰纳斯　这是什么意思?您向我下跪!向您有罪的儿子下跪!那么让硗瘠的海滨的石子向天星飞射,让作乱的狂风弯折凌霄的松柏,去打击赤热的太阳吧;一切不可能的事都要变成可能,一切不会实现的奇迹都要变成轻易的工作了。

伏伦妮娅　你是我的战士;你这雄伟的躯体上一部分是我的心血。你认识这位夫人吗?

科利奥兰纳斯　坡勃力科拉的尊贵的姊妹,罗马的明月;她的贞洁有如从最皎白的雪凝冻而成,悬挂在狄安娜神庙檐下的冰柱;亲爱的凡勒利娅!

伏伦妮娅　这是你自己的一个小小的缩影,(指小儿)等他长大成人以后,他就会完全像你一样。

科利奥兰纳斯　愿至高无上的乔武允许战神把义勇的精神启发你的思想,让你不会屈服于耻辱之下,在战争中间做一座伟

355

大的海标,受得住一切风浪的袭击,使那些望着你的人都能得救!

伏伦妮娅　跪下来,孩子。

科利奥兰纳斯　我的好孩子!

伏伦妮娅　他,你的妻子,这位夫人,以及我自己,现在都来向你请求了。

科利奥兰纳斯　请您不要说下去;或者在您没有向我提出什么要求以前,先记住这一点:我所立誓决不允许的事情,不能因为你们的请求而答应你们。不要叫我撤回我的军队,或者再向罗马的手工匠屈服;不要对我说我在什么地方太不近人情;也不要想用你们冷静的理智浇熄我的复仇的怒火。

伏伦妮娅　啊!别说了,别说了;你已经拒绝我们一切的要求,因为我们除了你所已经拒绝的以外,更没有什么其他的要求了;可是我们还是要向你请求,那么要是你拒绝了我们,我们就可以归怨于你的忍心。所以,听我们说吧。

科利奥兰纳斯　奥菲狄乌斯,还有你们这些伏尔斯人,请你们听着;因为凡是从罗马来的言语,我都要公之于众人。您的要求是什么?

伏伦妮娅　即使我们静默不言,你也可以从我们的衣服和容态上,看出我们自从你放逐以后,过着怎样的生活。请你想一想,我们到这儿来,是怎样比世间所有的妇女不幸万分,因为我们看见了你,本来应该眼睛里荡漾着喜悦,心坎里跳跃着欣慰,可是现在反而悲泣流泪,忧惧颤栗;母亲、妻子、儿子,都要看着她的孩子、她的丈夫和他的父亲亲手挖出他祖国的心脏来。你的敌意对于可怜的我们是无上的酷刑,你使我们不能向神明祈祷,那本来是每一个人所能享受的安慰。因为,唉!我们虽然和祖国的命运是不可分的,可是我们的命运又是和你的胜利不可分的,我们怎么能为我们的祖国祈祷呢?唉!我们倘不是失去我们的国家,我们亲爱的保姆,就是失去你,我们在国内唯一的安慰。无论哪一方得胜,虽然都符合我们的愿望,可是总免不了一个悲惨的结果:我们不是看见你像一个通敌的叛徒一般,戴上镣铐牵过市街,就是看见你意气扬扬地践踏在祖国的废墟上,高举着胜利的旗帜,因为你已经勇敢地溅了你妻子儿女的血。至于我自己,那么,孩子,我不愿等候命运宣判战争的最后胜负;要是我不能把你劝服,使你放弃了陷一个国家于灭亡的行动,而采取一种兼利双方的途径,那么相信我,我决不让你侵犯你的国家,除非先从你生身母亲的身上践踏过去。

维吉利娅　噉,我替您生下这个孩子,继续您的家声,您现在也必须从我的身上践踏过去。

小马歇斯　我可不让他踏;我要逃走,等我年纪长大了,我也要打仗。

科利奥兰纳斯　看见孩子和女人的脸,容易使人心肠变软。我已经坐得太久了。(起立。)

伏伦妮娅　不,不要就这样离开我们。要是我们的请求,是要你为了拯救罗马人的缘故而毁灭你所臣事的伏尔斯人,那么你可以责备我们不该损害你的信誉;不,我们的请求只是要你替双方和解,伏尔斯人可以说,"我们已经表示了这样的慈悲,"罗马人也可以说,"我们已经接受了这样的恩典,"同时两方面都向你欢呼称颂,"祝福你替我们缔结和平!"你知道,我的伟大的儿子,战争的结果是不能确定的,可是这一点却可以确定:要是你征服了罗马,你所收得的利益,不过是一个永远伴着唾骂的恶名；历史上将要记载："这个人本来是很英勇的，可是他在最后一次的行动里亲手涂去了他的令名，毁灭了他的国家，他的名字永受后世的憎恨。"儿子，对你的母亲不能默默无言哪；你已保全了体面，就该同天神一样做得光彩，虽然用雷电撕裂云层，却不妨霹雳一声，震倒一棵橡树，何必让生灵涂炭呢。你为什么不说话呢？你以为一个高贵的人，是应该不忘旧怨的吗？媳妇，你说话呀；他不理会你的哭泣呢。你也说话呀，孩子；也许你的天真会比我们的理由更能使他感动。没有一个人和他母亲的关系更密切了；可是他现在却让我像一个用脚镣锁着的囚人一样叨叨絮语，置若罔闻。你从来不曾对你亲爱的母亲表示过一点孝敬；她却像一头痴心爱着它头胎雏儿的母鸡似的，把你教养成人，送你献身疆场，又迎接你满载着光荣归来。要是我的请求是不正当的，你尽可以挥斥我回去；否则你就是不忠不孝，天神将要降祸于你，因为你不曾向你母亲尽一个人子的义务。他转身去了；跪下来，让我们用屈膝羞辱他。附属于他那科利奥兰纳斯的姓氏上的，只有骄傲，没有一点怜悯。跪下来；完了，这是我们最后的哀求；我们现在要回到罗马去，和我们的邻人们死在一起。不，瞧着我们吧。这个小孩不会说他要些什么，只是陪着我们下跪举手，他代替我们呼吁的理由，比你拒绝的理由有力得多。来，我们去吧。这人有一个伏尔斯的母亲，他的妻子在科利奥里，他的孩子也许像他一样。可是请你给我们一个答复；我要等我们的城市在大火中焚烧以后，方才停止我的声音，那时候我也没有什么好说了。

科利奥兰纳斯　（握伏伦妮娅手，沉默）啊，母亲，母亲！您做了一件什么事啦？瞧！天都裂了开来，神明在俯视这一场悖逆的情景而讥笑我们了。啊，我的母亲！母亲！啊！您替罗马赢得了一场幸运的胜利；可是相信我，啊！相信我，被您战败的您的儿子，却已经遭遇着严重的危险了。可是让它来吧。奥菲狄乌斯，虽然我不能帮助你们战胜，可是我愿意为双方斡旋和平。好奥菲狄乌斯，要是你处在我的地位，你会听你的母亲这样说而不答应她吗？

奥菲狄乌斯　我心里非常感动。

科利奥兰纳斯　我敢发誓你一定受到感动。将军，要我的眼睛里流下同情的眼泪来，可不是一件容易的事呢。可是，好将军，你们想要缔结怎样的和平，请你告诉我；我自己并不到罗马，仍旧跟着你们一起回去；请你帮助我促成这一个目的吧。啊，母亲！妻子！

奥菲狄乌斯　（旁白）我很高兴你已经使慈悲和荣誉两种观念在你的心里互相抵触了；我可以利用这一个机会，恢复我以前的地位。（诸妇人向科利奥兰纳斯作手势示意。）

科利奥兰纳斯　好，那慢慢再说。我们先在一起喝杯酒；你们可以带一个比言语更确实的证据回去，那是我们在同样情形之下也会照样签署的。来，跟我们进去。夫人们，罗马应该为你们建造一座庙宇；意大利所有的刀剑和她的联合的军力，都不能缔结这样的和平。（同下。）

第四场　罗马。广场

米尼涅斯及西西涅斯上。

米尼涅斯　你看见那边庙堂上的基石吗？

西西涅斯　看见了又怎样？

米尼涅斯　要是你能够用你的小指头把它移动，那么，罗马的妇女们，尤其是他的母亲，也许有几分希望可以把他说服。可是我说，再也不会有什么希望了。我们只是在伸着头颈等候人家来切断我们的咽喉。

西西涅斯　难道在这样短短的时间里，一个人会改变得这样厉害吗？

米尼涅斯　毛虫和蝴蝶是大不相同的，可是蝴蝶就是从毛虫变化而成的。这马歇斯已经从一个人变成一条龙了；他已经生了翅膀，不再是一个爬行的东西了。

西西涅斯　他本来是很孝敬他的母亲的。

米尼涅斯　他本来也很爱我；可是他现在就像一匹八岁的马，完全忘记他的母亲了。他脸上那股凶相，可以使熟葡萄变酸；他走起路来，就像一辆战车开过，把土地都震陷了；他的目光可以穿透甲胄；他的说话有如丧钟，哼一声也像大炮的轰鸣。他坐在尊严的宝座上，好像只有亚历山大才可以和他对抗。他的命令一发出，事情就已经办好。他全然是一个天神，只缺少永生和一个可以雄踞的天庭。

西西涅斯　要是你说得他不错，那么他还缺少天神应有的慈悲。

米尼涅斯　我不过照他的本相描写他。你瞧着吧，他的母亲将会从他那儿带些什么慈悲来。他要是会发慈悲，那么雄虎身上也会有乳汁了；我们这不幸的城市就可以发现这一个真理，这一切都是为了你们的缘故！

西西涅斯　但愿神明护佑我们！

米尼涅斯　不，神明在这种事情上是不会护佑我们的。当我们把他放逐的时候，我们就已经冒犯了神明；现在他回来杀我们的头,神明也不会可怜我们。

　　　　一使者上。

使　者　先生,您要是爱惜性命,赶快逃回家里躲起来吧。民众已经把你们那一位护民官捉住,把他拖来拖去,大家发誓说要是那几位罗马妇女不把好消息带回来,就要把他寸寸磔死。

　　　　另一使者上。

西西涅斯　有什么消息?

使者乙　好消息!好消息!那几位夫人已经得到胜利,伏尔斯军队撤退了,马歇斯也去了。罗马从来不曾有过这样欢乐的日子;就是击退塔昆的时候,也不及今天这样高兴。

西西涅斯　朋友,你能够确定这句话是真的吗?全然是正确的吗?

使者乙　正像我知道太阳是一团火一样正确。您究竟躲在什么地方,才会不相信这句话呢?好消息传进城里,是比潮水冲过桥孔还快的。你听!(喇叭箫鼓声同时并奏,内欢呼声)喇叭、号筒、弦琴、横笛、手鼓、铙钹,还有欢呼的罗马人,使太阳都跳起舞来了。您听!(内欢呼声。)

米尼涅斯　这果然是好消息。我要去迎接那几位夫人。这位伏伦妮娅抵得过全城的执政、元老和贵族;比起像你们这样的护民官来,那么盈海盈陆的护民官,也抵不上她一个人。你们今天祷告得很有灵验;今天早上我还不愿出一个铜子来买你们一万条喉咙哩。听,他们多么快乐!(乐声,欢呼声继续。)

西西涅斯　第一,你带了这样好消息来,愿神明祝福你;第二,请你接受我的感谢。

使者乙　先生,我们大家都应该感谢上天。

西西涅斯　她们已经离城很近了吗?

使者乙　快要进城来了。

西西涅斯　我们也去迎接她们,凑凑热闹。(欲去。)

　　　　伏伦妮娅、维吉利娅、凡勒利娅等由元老、贵族、民众等簇拥而上,自台前穿过。

元老甲　瞧我们的女恩人,罗马的生命!召集你们的部族,赞美神明,燃起庆祝的火炬来;在她们的面前散布鲜花;用欢迎他母亲的呼声,代替你们从前要求放逐马歇斯的鼓噪,大家喊,"欢迎,夫人们,欢迎!"

众　人　欢迎,夫人们,欢迎!(鼓角各奏花腔;众人下。)

第五场　科利奥里。广场

　　　　塔勒斯·奥菲狄乌斯及侍从等上。

奥菲狄乌斯　你们去通知城里的官员们,说我已经到了;把这封信交给他们,叫他们读了以后,就到市场上去,我要在那边当着他们和民众,证明这信里所写的话。我所控告的那个人,现在大概也进了城,他也想在民众面前用言语替他自己辩解;你们快去吧。(侍从等下。)

　　　　奥菲狄乌斯党羽三四人上。

奥菲狄乌斯　非常欢迎!

党徒甲　我们的主帅安好?

奥菲狄乌斯　别提啦,我正像一个被自己的布施所毒害、被自己的善心所杀死的人。

党徒乙　主帅,要是您仍旧希望我们帮助您实行原来的计划,我们一定愿意替您解除您的重大的危险。

奥菲狄乌斯　现在我还不能说；我们必须在明白人民的心理以后，再决定怎么办。

党徒丙　当你们两人继续对立的时候，人民的喜怒也不会有一定的方向；可是你们中间无论哪一个人倒下以后，还有那一个人就可以为众望所归。

奥菲狄乌斯　我知道；我必须找到一个振振有辞的借口，方才可以对他作无情的抨击。他是我提拔起来的人，我用自己的名誉担保他的忠心；可是他这样跻登贵显以后，就用谄媚的露水灌溉他的新栽的树木，引诱我的朋友们归附他，为了这一个目的，他方才有意抑制他的粗暴倔强、不受拘束的性格，装出一副卑躬屈节的态度。

党徒丙　主帅，他在候选执政的时候，因为过于傲慢而落选——

奥菲狄乌斯　那正是我要说起的事：他因为得罪了罗马的民众，被他们放逐出境，他就到我的家里来，向我伸颈就戮；我收容了他，使他成为我的同僚，一切满足他的要求；甚至于为了帮助他完成他的目的起见，让他在我的部队中间亲自挑选最勇壮的兵士；我自己也尽力协助他，和他分任劳苦，却让他一个人收到名誉。我这样挫抑着自己，非但毫无怨尤，而且还自以为成人之美，是一件值得自豪的事。直到后来，我仿佛变成了他的下属，而不是他的同僚了；他对我老是露出不屑的神气，好像我是一个贪利之徒一样。

党徒甲　他正是这样，主帅；全军都觉得非常奇怪。后来我们向罗马长驱直进，满以为这次一定可以大获全胜——

奥菲狄乌斯　正是；为了这一次的事情，我也一定要把他亲手扑杀。单单几滴像谎话一样不值钱的女人的眼泪，就会使他出卖了我们在这次伟大的行动中所抛掷的血汗和劳力。他非死不可,他的没落才是我出头的机会。可是听!(鼓角声,夹杂人民高呼声。)

党徒甲　您走进您自己的故乡,就像到一处驿站一样,不曾有一个人欢迎您回来;可是他回来的时候,那喧哗的声音却把天都震破了。

党徒乙　那些健忘的傻瓜们,没有想到他曾经杀死他们的子女,却拼命张开他们卑贱的喉咙来向他称颂。

党徒丙　所以您应该趁他没有为自己辩白、凭着他的利嘴鼓动人心以前,就让他死在您的剑下,我们一定会帮助您。等他死了以后,您就可以用您自己的话宣布他的罪状,即使他有天大的理由,也只好和他的尸体一同埋葬了。

奥菲狄乌斯　不要说下去;官员们来了。

　　　　城中众官员上。

众　官　您回来了,欢迎得很!

奥菲狄乌斯　我不值得受各位这样的欢迎。可是,各位大人,你们有没有用心读过我写给你们的信?

众　官　我们已经读过了。

官　甲　并且很觉得痛心。他以前所犯的种种错误,我想未始不可以从宽处分;可是他这样越过一切的界限,轻轻地放弃了我们厉兵秣马去谋取的利益,擅作主张,和一个濒于屈膝的城市缔结休战的条约,这是绝对不可容恕的。

奥菲狄乌斯　他来了;你们可以听听他怎么说。

　　　　科利奥兰纳斯上,旗鼓前导,一群市民随上。

科利奥兰纳斯　祝福,各位大人!我回来了,仍旧是你们的兵士,仍旧像我去国的时候一样对自己的祖国没有一点眷恋,

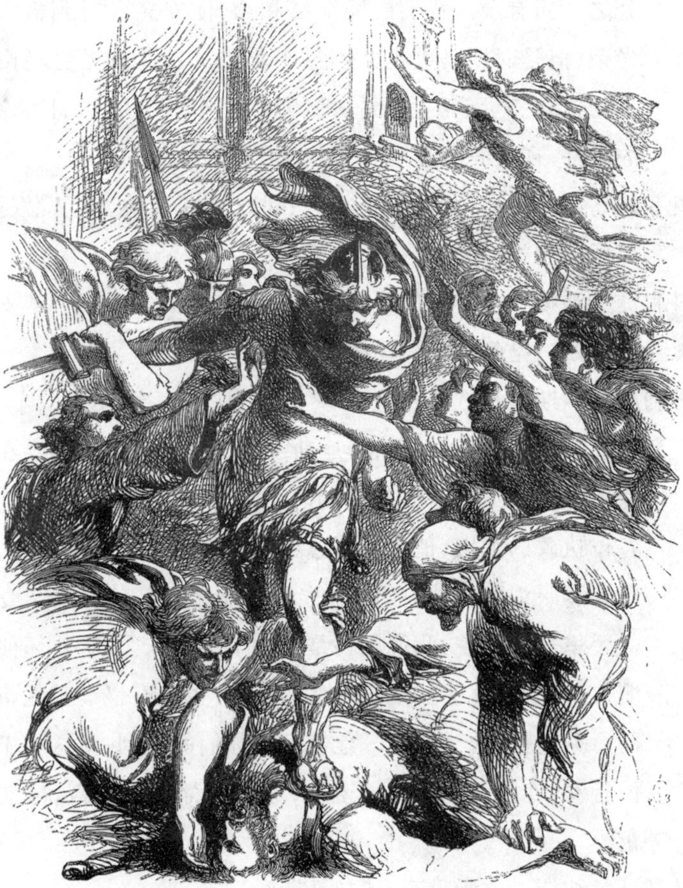

一心一意接受你们伟大的命令。让我报告你们知道,我已经顺利地执行了我的使命,用鲜血打开了一条大道,直达罗马的城前。我们这次带回来的战利品,足足抵偿出征费用的三分之一而有余。我们已经缔结和约,使安息人得到极大的光荣,但是对罗马人也并不过于难堪。这儿就是已经由罗马的执政和贵族签字,并由元老院盖印核准的我们所议定的条件,现在我把它呈献给各位了。

奥菲狄乌斯　不要读它,各位大人;对这个叛徒说,他已经越权滥用你们的权力,罪在不赦了。

科利奥兰纳斯　叛徒!怎么?

奥菲狄乌斯　是的,叛徒,马歇斯。

科利奥兰纳斯　马歇斯!

奥菲狄乌斯　是的,马歇斯,卡厄斯·马歇斯。你以为我会在科利奥里用你那个盗窃得来的名字科利奥兰纳斯称呼你吗?各位执政的大臣,他已经不忠不信地辜负了你们的付托,为了几滴眼泪的缘故,把你们的罗马城放弃在他的母亲妻子的手里——听着,我说罗马是"你们的城市"。他破坏他的盟誓和决心,就像拉断一绞烂丝一样,也没有咨询其他将领的意见,就这样痛哭号呼地牺牲了你们的胜利;他这种卑怯的行动,使孩儿们也代他羞愧,勇士们都面面相觑,愕然失色。

科利奥兰纳斯　你听见吗,战神马斯?

奥菲狄乌斯　不要提起天神的名字,你这善哭的孩子!

科利奥兰纳斯　嘿!

奥菲狄乌斯　我的话就是这样。

科利奥兰纳斯　你这漫天说谎的家伙,我的心都气得快要胀破了。孩子！啊,你这奴才！恕我,各位大人,这是我第一次迫不得已的骂人。请各位秉公判断,痛斥这狗子的妄言。他身上还留着我鞭笞的痕迹,我总要把他打下坟墓里去。

官　甲　两个人都不要闹,听我说话。

科利奥兰纳斯　把我斩成片段吧,伏尔斯人;成人和儿童们,让你们的剑上都沾着我的血吧。孩子！说谎的狗！要是你们的历史上记载的是实事,那么你们可以翻开来看一看,我曾经怎样像一头鸽棚里的鹰似的,在科利奥里城里单拳独掌,把你们这些伏尔斯人打得落花流水。孩子！

奥菲狄乌斯　嘿,各位大人;你们愿意让这个亵渎神圣、大言不惭的狂徒当着你们的耳目,夸耀他的盲目的侥幸,使你们回想到你们的耻辱吗?

众党徒　杀死他,杀死他！

众市民　撕碎他的身体！——立刻杀死他！——他杀死我的儿子！——我的女儿！——他杀死了我的族兄玛克斯！——他杀死了我的父亲！

官　乙　静下来,喂！不许行暴;静下来！这人是一个英雄,他的名誉广播世间。他对于我们所犯的罪行,必须用合法的手续审判。站住,奥菲狄乌斯,不要扰乱治安。

科利奥兰纳斯　啊！要是我的剑在手头,即使有六个奥菲狄乌斯,或者他的所有的党徒都在我的面前,我也一定要结果他的性命！

奥菲狄乌斯　放肆的恶徒！

众党徒　杀,杀,杀,杀,杀死他！(奥菲狄乌斯及众党徒拔剑杀科利奥兰纳斯,科利奥兰纳斯倒地;奥菲狄乌斯立于科利奥兰纳斯尸体上。)

众　官　　住手,住手,住手,住手!

奥菲狄乌斯　各位朋友,听我说话。

官　甲　　啊,塔勒斯!

官　乙　　你已经做了一件将要使勇士们悲泣的事了。

官　丙　　不要踏在他的身上。各位朋友,静下来。收好你们的剑。

奥菲狄乌斯　各位大人,这次暴行完全是他自己向我们挑衅的结果,你们已经亲眼瞧见他的行为,一定知道这一个人的存在对于你们是一种多大的危险,现在我们已经除去这一个祸患,你们应该引为莫大的幸事。请你们把我传到你们的元老院里去质询吧,我愿意呈献我自己做你们的忠仆,或者受你们最严厉的处分。

官　甲　　把他的尸体搬去;你们大家为他悲泣,用最隆重的敬礼表示哀思吧。

官　乙　　他自己的躁急,免去了奥菲狄乌斯大部分的责任。事情已经到这个地步,我们还是商量善后的处置吧。

奥菲狄乌斯　我的愤怒已经消失,我感到深深的悔恨。把他抬起来;让三个重要的军人帮着抬他的尸体,我自己也做其中的一个。鼓手,在你的鼓上敲出沉痛的节奏来;把你们的钢矛倒拖在地上行走。虽然他在这城里杀死了许多人的丈夫儿女,使他们至今吞声饮泣,可是他必须有一个光荣的葬礼。大家帮着我。(众抬科利奥兰纳斯尸体同下;奏丧礼进行曲。)